闪光骇客

［澳］格雷格·伊根 著

罗妍莉 译

LUMINOUS

GREG EGAN

江苏凤凰文艺出版社
JIANGSU PHOENIX LITERATURE AND
ART PUBLISHING

图书在版编目（CIP）数据

闪光骇客 /（澳）格雷格·伊根（Greg Egan）著；
罗妍莉译 . —— 南京：江苏凤凰文艺出版社，2022.12 （2023.10 重印）
书名原文：Luminous
ISBN 978-7-5594-7242-7

Ⅰ . ①闪… Ⅱ . ①格… ②罗… Ⅲ . ①幻想小说 – 小
说集 – 澳大利亚 – 现代 Ⅳ . ① I611.45

中国版本图书馆 CIP 数据核字 (2022) 第 203242 号

闪光骇客

[澳] 格雷格·伊根　著　　　罗妍莉　译

责任编辑	丁小卉
特约编辑	武姗姗　　张敏倩　　李玉洁
封面设计	梁剑清
责任印制	刘　巍
出版发行	江苏凤凰文艺出版社
	南京市中央路 165 号，邮编：210009
网　址	http://www.jswenyi.com
印　刷	大厂回族自治县德诚印务有限公司
开　本	889 毫米 ×1270 毫米　1/32
印　张	11.25
字　数	288 千字
版　次	2022 年 12 月第 1 版
印　次	2023 年 10 月第 3 次印刷
标准书号	ISBN 978-7-5594-7242-7
定　价	49.90 元

江苏凤凰文艺版图书凡印刷、装订错误，可向出版社调换，联系电话：010-87681002。

目录

谷糠

Chaff

  "匪窠"[1]——"盗贼巢穴"——大致呈椭圆形，位于亚马孙低地的西部，占地约有五万平方公里，横跨哥伦比亚与秘鲁两国的边境。很难确切说清自然雨林的边界到何处而止，巢穴中经过基因工程改造的物种又是从何处开始取而代之，然而，这一系统的生物质总量必定接近1万亿吨。1万亿吨的结构材料，渗透泵、太阳能采集器、细胞化学工厂，以及生物计算及通信资源，一切都由设计者所控制。

  昔日的地图和数据库早已过时。通过控制水文地理和土壤化学，以及影响降水和侵蚀的模式，植被已经彻底重塑了这里的地形：改变了普图马约河[2]的河道，盖住了沼泽里的旧路，在丛林中抬升了隐秘的堤道。这种由生物所塑造的地理仍处于不断变化的状态，即便是罕有的巢穴叛逃者亲眼所见的描述，也很快便不再具有现时性了。卫星图像毫无意义：无论在怎样的频率上，森林的林冠都会遮掩或刻意篡

---

1 原文为西班牙语。——译者注（本书中注释如无特别说明，均为译者注。）
2 亚马孙河支流，发源于哥伦比亚的帕斯托附近，形成了哥伦比亚与厄瓜多尔、哥伦比亚与秘鲁间的大部分边界。

改下方一切物体的光谱特征。

化学毒素与落叶剂并无用处：这些植物及其共生菌能对多数有毒物质加以分析，并将它们的新陈代谢过程重新进行编程，使之变得无害——或者将之转化为食物——这比我们农业战争专家系统发明新分子的速度还要快。生物武器遭受了引诱、破坏和驯化：我们发现，上一次引入的致命植物病毒的大部分基因，在过了3个月后就被整合到了一种无害载体中，为巢穴复杂的通信网络服务。派去的刺客变成了信差。凡是企图焚烧植被的行为都会被二氧化碳迅速扑灭——如果采用的是自氧化燃料，也可能会遇到更复杂的阻燃剂。有一次，我们甚至泵入了几吨掺有强放射性同位素的营养物质——它们被锁定于化合物中，在化学上，其与同类天然化合物并无区别。我们用伽马射线成像技术对结果进行了跟踪：巢穴分离出了携带着同位素的分子——很可能是基于其在有机膜上的扩散速度——加以隔离和稀释，然后直接将其重新泵了出来。

所以，当我听说，有一位出生于秘鲁的生物化学家吉列尔莫·拉尔戈从马里兰州的贝塞斯达启程，携带着高度机密的遗传学工具——那固然是他自身的研究成果，但在很大程度上却又属于其雇主——在巢穴里不见了影踪，我心想：总算给原子弹找到借口了。近10年来，公司一直在倡导对巢穴进行热核改造。安理会肯定会不经审查就照例批准的。对这一地区拥有名义控制权的各国政府也会乐见其成。千百名巢穴居民有违反美国法律的嫌疑，戈利诺总统正巴不得有机会证明一下，不管私底下在自家讲哪种语言，她在边境以南都可以强硬行事。事后，她可以在黄金时段的节目中露面，告诉全国人民，他们应当为"回归自然"行动感到自豪，在哥伦比亚不宣而战的内战中，有3万名流离失所的农民曾经进入巢穴避难，他们现在已经从恐怖分子与毒枭的压迫下永远解放出来了，他们会颂扬她的勇气和果决的。

我一直没弄明白这为何无法如愿。莫非有什么技术问题，难以确保神圣的亚马孙河下游不致出现令人尴尬的连带后果，在本届政府卸任之前，会彻底消灭某些适合在电视上宣传的濒危物种？是否担心哪位中东军阀可能会将这样的行为莫名解读为一种许可，借此对某个烦人的少数族裔使出囤积已久、效果不佳的裂变武器，以不可取的方式破坏该地区的稳定？难道是由于狂热的反核主义生态市场论者重新掌了权，于是担心日本会实施贸易制裁？

我没有看到地缘政治计算机模型做出的判断，我只是接到了命令而已——命令被编码进了本地凯玛特超市荧光灯管的闪烁方式中，插入了货架上价格标签的更新里，经过我左眼视网膜上额外神经层的解码后，在超市货架通道平淡欢快的色彩背景下，以血红色的文字显现。

我要进入巢穴，找回吉列尔莫·拉尔戈。

要活的。

* * *

我打扮得像个当地的房地产经纪人——甚至还戴着镀金的手镯电话，梳着要价300美金档次里的最差发型——去了拉尔戈在贝塞斯达的住宅，家里已是人去楼空。贝塞斯达位于华盛顿北部近郊，刚过马里兰州的边界。这套公寓风格现代，空间宽敞，陈设整洁，但并不奢华——基于对他扣除赡养费后的工资的判断，任何优秀的营销软件都有可能设法将这样的公寓出售给他。

拉尔戈一直被归为有才却不可靠的一类人——属于潜在的安全隐患，但他天赋太高，工作又卓有成效，不可弃置荒废。早在2005年，他从哈佛毕业，作为应届生被冠冕堂皇的所谓能源部聘用后，便一直处在例行监视下——很明显，迄今为止的监视太例行公事了……不过话又说回来，我可以理解，30年无可指摘的清白记录必定引起了一定程度的自得。拉尔戈从未企图掩饰自己的政治立场——仅仅是行事谨慎而已，这种谨慎更多是出于礼节，而非使诈，比如在访问洛斯阿拉莫斯[1]时不穿印有切·格瓦拉头像的T恤——但他也从未真正实践过自己的信仰。

客厅的墙壁上喷涂着一幅近似红外色调的壁画（多数时髦的14岁华盛顿人都能看到，他们的父母倒不见得）。这是那幅声名狼藉的《新世界秩序英雄的平面拼贴》的复制品，世纪之交时，这幅数字图像曾在计算机网络上广为流传。20世纪90年代早期的政治领袖们，赤身裸体，互相交缠——埃舍尔[2]与《爱经》[3]相遇了——把热气腾腾的粪便倒进彼此洞开的脑壳里，若非如此，脑壳里便是空空如也，这种效果借鉴自德国讽刺画家乔治·格罗兹的作品。倘若发生了像调查拉尔戈叛逃这样乏味的事，我可以想象得出参议院中少数信奉新麦卡锡主义的老顽固火冒三丈的模样，但我们原本该怎么办呢？哪怕他

---

1 洛斯阿拉莫斯国家实验室，位于美国新墨西哥州，是"二战"后期闻名世界的美国原子武器研究基地；1945年，这里研制出了世界上第一颗原子弹。
2 荷兰著名版画家。
3 古印度关于性爱的经典著作。

只有区区一条印着《格尔尼卡》[1]的茶巾，都拒不雇用他吗？

离开之前，拉尔戈清空了公寓里的每一台电脑，包括娱乐系统，不过他对音乐的品位我已经领教过了，因为我听过好几个小时的监听音频采样，其中充斥着难听的斯卡乐曲[2]。没有值得赞赏的民族团结革命乐曲，也没有萦绕于心的安第斯管乐：真是可惜——那样的音乐我喜欢得多。他的书架上摆着几本关于生物化学的大学课本，破破烂烂的，留存在此大抵是出于感情原因；另外还有几十部发霉的文学名著和一本本诗集，英语、西班牙语和德语的皆有，作者包括黑塞、里尔克、瓦列霍、康拉德、尼采。没有一部现代作品，也没有任何2010年之后的印刷品。拉尔戈对管家说了几句话，就把他拥有过的数字化作品删了个一干二净，把他过去25年的个人资料一扫而空。

我翻了翻那些留存下来的书籍，看看有无价值。有一本教材里，鸟嘌呤的结构用铅笔做了纠正……在《黑暗的心》[3]一书中，有一节文字画了线。故事的叙述者马洛正在思考一件难以理解的事：汽船上的仆人们属于一个食人部落，他们的食物——腐烂的河马肉被扔到了水里，而他们居然尚未反叛，并将他吃掉。毕竟：

> 恐惧无法抵挡饥饿，耐心无法克服饥饿，饥饿所在之
> 处，厌恶根本无法存在：至于迷信、信仰和你们称为原则的
> 东西，还不如微风中的谷糠。

---

1 毕加索的名画，以"纳粹轰炸西班牙北部重镇格尔尼卡"为主题。
2 牙买加的一种流行音乐。
3 约瑟夫·康拉德所著的小说，描写一家英国贸易公司委托主人公马洛进入非洲丛林，寻找该公司失踪的贸易代表库尔茨，找到时，却发现其人已经变疯，并很快死去。该书探索了人性潜在的、固有的黑暗面。

这段话我无可辩驳，但我想知道，拉尔戈为何认为这一段值得注意。或许当年，他正在设法为自己从五角大楼获得第一笔研究经费的行为辩护，而这段话引起了他的共鸣？墨迹褪色了，该书的印刷日期是2003年。我倒宁愿掌握的是他失踪前两周那些日记条目的副本，但他的家用电脑已有近20年未被系统监控过了。

我在他书房里的书桌前坐下，盯着他的工作站空白的屏幕。1980年，拉尔戈出生在利马一个名义上信奉天主教的中产阶级家庭，家人有极为温和的左翼倾向。他父亲是《商业报》的一名记者，于2029年死于脑血栓。他的母亲已经78岁了，仍在一家国际矿业公司担任律师，在工作之余为失踪激进分子的家人申请人身保护令，为了在股东民主制中赢得廉价的公关加分，雇用公司容忍了她的这一兴趣。吉列尔莫有个哥哥，是一名退休的外科医生，还有个妹妹，是一名小学教师，兄妹两人在政治上都不活跃。

他基本是在瑞士和美国接受的教育：获得博士学位后，他在政府机构、生物技术行业和学术界先后担任了一系列研究类职位——所有这些职位真正的赞助者基本都一样。他现年55岁，离过三次婚，但仍无子女，返回利马只是为了短暂的探亲。

他在分子遗传学的军事应用方面研究了整整30年——最初毫不知情，但蒙在鼓里的时间并不长——是什么原因导致他突然叛逃到巢穴去了？假如长久以来，他一直把愤世嫉俗的矛盾观念处理得很好，能让国防研究与虔诚的自由主义情绪和谐共存，那他必定已将其变成了一门高超的艺术。他最近的心理学档案也表明了这一点：在思考自身科学成就的终极目的时，他产生了自我厌恶，而对自身科学成就的强烈自豪感又平衡了这种自厌——这样的矛盾显示出了衰退的迹象，正在转变为不那么痛苦的冷漠。这样的动态变化在这个行业里司空见惯。

30年前，他似乎就已在内心深处承认，他的"原则"还不如微风中的谷糠。

或许他已经做出了迟来的决定，既然要当婊子，那倒不如好好当，把自己的本事卖给出价最高的人——哪怕这意味着将基因武器走私给贩毒集团。不过，我看过他的财务记录：没有税务欺诈，未曾欠下赌债，也没有曾经入不敷出的证据。背叛自己的雇主，就像当年背叛年轻时代的理想，委身其中一样，也许看似是种恰如其分的虚无主义姿态，但就更务实的层面而言，很难想象他会觉得钱和随之而来的一切有多诱人。巢穴能给他什么呢？一个有编号的卫星账户，巴拉圭的一个新身份？在第三世界财阀统治下的边缘地带生活的各种卑劣乐趣？他原本可以拥有一切，在移居国度过退休生活，在某个无人问津的左翼网络杂志上发表一两篇关于外交政策的刻薄文章，借此拯救自己的良心——然后最终说服自己，无论是哪个国家，只要给予了他如此无拘无束的言论自由，那他为了捍卫它而做出的一切大概都是值得的。

不过，为了捍卫它，他到底做过什么——他完善并窃取了什么工具——我却无权知晓。

*　　*　　*

暮色降临时，我锁上公寓门，沿着威斯康辛大道南行。华盛顿活跃起来了，街道上早已挤满了想在炎热的天气里找点儿消遣的人。城市里的夜色变得迷幻。青少年展示着醒目的生物发光共生体，在他们的太阳穴、脖颈和鼓起的前臂肌肉上，静脉闪耀着青蓝色的电光，犹如行走的血液循环图，故意形成高血压来强化视觉效果。还有些人利用视网膜共生体，将红外线转化为可见光，在暗影中，他们的眼睛闪烁着吸血鬼似的红辉。

其他人的效果没那么抢眼，头骨上全是白衣骑士。

"母亲"是一种改变了遗传性状的逆转录病毒，感染病毒后的骨髓干细胞会产生某种介于胚胎神经元和白细胞之间的物质。白衣骑士会分泌必要的细胞因子来解锁血脑屏障，一旦穿透血脑屏障，细胞黏附分子就会将其导向目标，它们可以让该区域内充满选定的神经递质——甚至与真正的神经元形成暂时性的准突触。使用者的血液中往往同时含有六七种以上的亚型，每种亚型都由一种特定的饮食添加剂来激活：某种廉价而无害的化学物质，完全合法，在人体内并没有天然存在。将无害的人工色素、香料和防腐剂以恰当的比例加以混合，通过摄入这种混合物，他们便几乎能以任意一种方式对自身进行神经化学调节——直到白衣骑士衰亡（这是程序的设定），并需要重新摄入一剂"母亲"。

"母亲"既可吸入，也可静脉注射，但最高效的用法却是刺穿骨骼，直接注入骨髓中——即使病毒本身未遭污染，且真材实料，这种方式也极为痛苦，会带来麻烦和危险。上等货色来自巢穴；劣等货色则来自加利福尼亚和得克萨斯的地下实验室，基因黑客在那些地方设法迫使被"母亲"感染的细胞培养物复制出病毒——而病毒的设计明显就是为了不让他们如愿——大量炮制出适合于诱发白血病、星形细胞瘤、帕金森病以及各种新奇精神病的突变株。

我穿过闷热幽暗的城市，看着漫不经心、无忧无虑的人群，感觉自己被一种如梦似幻、具有穿透性的清醒所笼罩。我身上有一部分茫然而麻木、呆滞而懒散，但另一部分却兴奋不已、无所不见。我似乎能看穿周围的人隐藏的景象，能看到比闪亮的血河更深层次的东西，能用目光刺穿他们，直透骨骼。

直入骨髓。

我把车开到一个曾经游览过的公园边上，等待着。我已经按照角色的需要打扮停当。年轻人大步走过，面带灿烂的笑容，有些人会瞥一眼那辆福特牌2025年款的那喀索斯银车，赞叹地吹一声口哨。一个10余岁的少年在草地上跳舞，独自一人，舞得不知疲倦——可口可乐给他带来了极度的快感，根本不是收了钱以后装出来的。

没过多久，一个姑娘向银车走来，裸露的手臂上，青色血管闪烁着光芒。她俯身对着车窗，探询地往车内观望。

"你有啥？"她十六七岁年纪，身材苗条，眼睛乌黑，咖啡色肌肤，带着淡淡的拉美口音。她有可能是我的姊妹。

"'南方彩虹'。"这是"母亲"的12种主要基因型，直接来自巢穴，除了葡萄糖没有添加任何杂质。"南方彩虹"外加一点儿快餐，便可带你到无论何方任意徜徉。

姑娘怀疑地打量着我，伸出右手，掌心朝下。她戴着一枚戒指，上面镶着一颗硕大的多面宝石，宝石中心处有个小坑。我从车上的手套箱里取出个小袋，摇晃了一下，撕开袋口，往坑里倒了点粉末。然后我俯下身，用唾液蘸湿样本，握住她冰冷的手指，让她的手稳住不动。"宝石"的12面立刻开始发光，每一面都呈现出不同的颜色。坑内的免疫电传感器其实是涂有抗体的微型电容器，按照设计，可以识别出不同菌株的"母亲"病毒蛋白质外壳上的几个位点——尤其是那些走私贩子最不容易弄对的位点。

不过，只要掌握了足够出色的技术，这些蛋白质与内部的RNA其实不必有一丝一毫的关系。

姑娘似乎被折服了，满怀期待的脸上神采奕奕。我们讨价还价了一番。价钱低得太离谱了：她应该有所怀疑才是。

在把袋子交给她之前，我直视着她的眼睛。

我说："你要这破玩意儿干啥？世界就是这个样子，你必须接受现实，接受它的本来面目：野蛮又可怕。要坚强。永远别骗自己。要想活下去，只有这一个办法。"

听见我显而易见的伪善说教，她露出了假笑，但她正为自己的好运扬扬得意，并没有说什么难听的话："你说的我都听见了。外头的世界真不像话。"她把钱硬塞进我手里，睁大了眼睛，假装真心诚意地接着说，"这是我最后一次用'母亲'了，我保证。"

我把那致命的病毒给了她，望着她穿过草地，消失在暗影里。

* * *

为了一名缉毒局官员而冒着生命危险送我从波哥大南下的哥伦比亚空军飞行员，并未因此表现出兴奋的模样。此处离边境有700公里，沿途的领土被5个不同的游击队组织所占据：城镇虽然不多，但可能安放了火箭发射器的地点却有好几百个。

"我的曾祖父，"他愤愤地说，"死在了他妈的朝鲜，为他妈的道格拉斯·麦克阿瑟卖命。"我拿不准他这句话是自豪的宣告，还是暗示有一笔血债未偿。很可能兼而有之。

直升机配备了相位消声器，安静得可怕，消声器的外观如同巨大的扬声器，却吞噬了桨叶发出的大部分噪声。碳纤维机身上覆盖了一层造价昂贵的变色龙聚合物网——尽管将整个机身涂成天蓝色也完全可以实现同样的效果。一种吸热的化学混合物会积蓄起发动机中的废热，然后通过一个抛物线形的冷却器，朝上空迸发出一股集中气流，每隔1小时左右借此排放一次废热。游击队既无法获取卫星图像，也没有敢用的雷达：我断定，我们死亡的概率要低于波哥大通勤者的平均死亡率。在首都，公共汽车在没有任何预警的情况下就会爆炸，这样的事每周都有两三回。

哥伦比亚正在四分五裂；20世纪50年代的暴力时期[1]又在重演。尽管所有声势浩大的恐怖主义破坏活动都是由有组织的游击队组织实施的，但迄今为止，命案则大多是由于两大主流政党内部各派系在屠杀彼此的支持者，这是对过去延续数代的一系列暴行发动的报复。实际挑起了当前流血事件的那个组织获得的支持不值一提：西蒙·玻利瓦尔[2]军想要在两个世纪的分离后，与巴拿马、委内瑞拉和厄瓜多尔"重新统一"，再把秘鲁和玻利维亚也拉进来，以实现玻利瓦尔的大哥伦比亚之梦。然而，他们通过暗杀马林总统引发了一连串的事件，罢工、抗议、巷战、宵禁、军事管制，而这些与他们荒唐的大业毫无瓜葛。紧张的外国投资者将资本汇回了国内，随之而来的是恶性通货膨胀，以及本地金融体系的崩溃。接踵而来的是机会主义暴力持

---

1 哥伦比亚1948年至1958年的十年暴力时期，拥护不同政治力量的佃农互相残杀，花样百出的折磨方式在各地轮番上演。
2 西蒙·玻利瓦尔，拉丁美洲独立战争的先驱。

续不断的急剧上升。从准军事敢死队到分裂组织，人人似乎都相信自己的时机终于到了。

我连诸如子弹出膛这样的场面都未曾见到，但自从进入这个国家的那一刻起，酸液就一直在我腹内翻腾，令人亢奋的肾上腺素在我的血管里无休无止地奔涌。我兴奋如狂、沉醉不已……感觉充满活力。我像孕妇一样极度敏感：能闻到无处不在的血腥味。当隐匿于人类所有事务背后的权力斗争最终浮出表面、撕开皮肤，就仿佛目睹一只庞大的原始生物从海中升起，令人既着迷，又恐惧；既厌恶，又欢欣。

直面真相总是令人振奋的。

* * *

从空中俯瞰，没有明显的标志表明我们已经抵达目的地。我们方才飞过的200公里，下方始终是热带雨林——一片片的雨林被清理了，成了种植园、矿场、牧场和木材厂，河流像金属丝一般贯穿而过，但大部分区域仍然如同一望无际的花椰菜。巢穴任凭周围的自然植被蓬勃生长，然后再对其进行模仿……这就导致在边缘取样的方法效率不高，难以采集到真实的基因材料来加以分析。然而，即使有专门打造的机器人（其中有几十个已经丢失），深入渗透也很困难，所以只能先暂且依靠边缘地带的样本，至少要等再拍到更多的国会议员犯下强奸罪的艳照，再借机说服他们投票支持投入更多资金。核心会有规律地释放出化学物质及病毒信息，让转基因植物组织确信自身仍在原来的位置，倘若接收不到这样的信息，它们中的大多数就会自毁——所以缉毒局的主要研究设施就设在巢穴的外围，在靠近哥伦比亚边境这一侧的丛林中爆破出了一片空地，在空地上建起了一批加压建筑和试验田。通电围栅顶上并没有布置铁丝网，而是旋转了90度，将围栅变成了带电的屋顶，形成了一个铁丝网笼。直升机停机坪位于围场中央，那里的一个笼中之笼可以暂时向天空敞开。

　　研究主管玛德琳·史密斯领着我参观了一番。在露天地带，我们俩都穿着密闭的生化防护服——不过，假如我在华盛顿接受过的改造确实能起到承诺过的效果，那我穿防护服就属于多此一举了。巢穴里短命的防御病毒偶尔也会传到这么远的地方来：它们绝不会致命，但对于未曾接种过疫苗的人而言，却可能造成严重的残疾。在用生化武器"自卫"与毫不含糊的军事应用之间，森林的设计者小心地打了个擦边球。游击队一直藏身于转基因丛林中，通过与人勾结出口"母亲"病毒来募集资金，但巢穴的技术从未明确用于制造致命的病原体。

　　到目前为止是这样。

　　"我们正在这里培育一种幼苗，希望会是稳定的巢穴表型，我们称其为'贝塔17号'。"眼前的灌木丛并不起眼，深绿色的枝叶间点缀着暗红的浆果，史密斯指向旁边一排类似于照相机的仪器，"这是实时红外微观光谱仪，如果在足够数量的细胞中同时产生激增，它就可以辨析出中等大小的RNA转录本。我们将这些数据与气相色谱分析的记录进行匹配，后者显示了从核心游离出来的分子所在的范围。如果我们能捕捉到这些植物感知到巢穴信号时的反应——假设它们的反应包括启动某个基因、合成某种蛋白质——我们或许就能解释这一机制，并最终使其不再发挥作用。"

"你们就不能……给所有DNA测序，然后根据基本原理推算出来吗？"我的身份设定是一名新近任命的管理者，路过此地，临时过来检查一下镀金回形针之类的问题，但我拿不准到底要把话说得多幼稚，才能取信于人。

　　史密斯礼貌地微微一笑："巢穴DNA受到酶的保护，只要有一丁点儿细胞损坏的迹象，酶就会将其粉碎。目前，我们对其进行测序的可能性差不多相当于我……通过解剖来了解你心思的水平。我们仍然不明白这些酶是如何运作的，还有很多需要迎头赶上的地方。40年前，当贩毒集团开始投资生物技术的时候，他们的首要任务就是防止复制。他们从世界各地的合法实验室网罗了顶尖的人才，不仅支付更高的报酬，还为他们提供更自由的创作空间、更富有挑战性的目标。巢穴拥有的专利发明数量很可能相当于同一时期整个农业技术产业产生的数量，而且这些专利还要刺激得多。"

　　莫非拉尔戈就是为此而来？更富有挑战性的目标？但巢穴已经建成，挑战也结束了；任何进一步的工作都只是改良而已。而且他现年已经55岁，当然明白自己最富有创造力的那段岁月早已逝去。

　　我说："我猜测，贩毒集团的收获超出了他们原先的指望，这项技术让他们的生意彻底改头换面了。从前那些让人上瘾的东西在生物学上都太好合成了——太便宜、太纯粹、太容易获得，没办法赚钱。成瘾本身成了白费力气的生意。现在唯一真正畅销的东西就是新鲜玩意儿。"

　　史密斯举起粗壮的双臂，向笼外巍然矗立的森林一指，转身面向东南——尽管四面八方看起来都一样："巢穴本来就超出了他们原先的指望。本来他们真正想要的，不过是在低海拔地区长势更加喜人的古柯植物，以及某些特制的转基因植物，以便更轻易地伪装他们的实验室和种植园。结果巢穴却成了一个无名有实的小国，里面到处是基因黑客、无政府主义者和难民。贩毒集团只控制了其中的某些地区：最初的那些遗传学家有半数已经分裂出去了，建起了自个儿的丛林小乌托邦。至少有十几个人知道怎么给植物编程——怎么开启新的基因表达模式，怎么接入交流网络——有了这样的本事，你就可以开辟自己的领地。"

"就像拥有了某种萨满教的神秘力量，可以指挥森林里的精灵？"

"一点儿也没错，只不过确实有效。"

我哈哈大笑起来："你知道最让我感到振作的是什么吗？不管发生了什么，真正的亚马孙，真正的丛林，最后都会将其统统吞噬。它已经延续了……多久？200万年吧？别说他们自己的小乌托邦了！再过50年或者100年，巢穴就会像从来没存在过一样。"

还不如微风中的谷糠。

史密斯没有回答。在寂静中，我能听到甲虫单调的咔嗒声从四面八方传来。波哥大位于高原上，天气几乎可以算是寒冷。这里则与华盛顿一样热得难受。

我瞟了史密斯一眼。她说："当然，你说得对。"但她的语气半点儿也不信。

* * *

早晨用早餐时，我让史密斯放心，说在我眼中，一切都井然有序。她谨慎地笑了笑。我觉得，她怀疑我并非自称的那个身份，但这并不重要。我仔细倾听着科学家、技术人员和士兵们的闲言碎语。吉列尔莫·拉尔戈这个名字，我一次都没听人提到过。他们既然根本不知道拉尔戈的事，也就几乎不可能猜到我真正的意图。

我动身时刚过9点。大片如极光般柔和的光辉透过围场四周的树木，洒落在地面上。当我们飞到树冠上空，就像从薄雾笼罩的黎明步入了阳光灿烂的正午。

飞行员不情愿地绕道而行，避开了巢穴的核心。"现在我们进入了秘鲁的领空，"他得意地说，"你想挑起外交事端吗？"他似乎觉得这种可能性很吸引人。

"不想，但要飞得再低点儿。"

"没什么可看的，你连那条河都看不见。"

"再低点儿。"花椰菜越变越大，然后突然一下子变得清晰起来：那一大片看不出差别的绿色化作了一根根树枝，坚实而具体。这种令人震惊的感觉很是奇怪，就像透过显微镜观察某种熟悉的无聊物体，看到它显露出了奇异的特性。

我伸出手去，扭断了飞行员的脖子。他惊讶地从牙缝里嘶嘶地吐着气。我全身一阵战栗，恐惧与悔恨交织在一起。自动驾驶仪启动了，我们在空中继续盘旋。我花了两分钟才解开安全带，把那人的尸体拖进货舱，占据了他的座位。

我拧下螺丝，打开仪表盘，嵌入了一块新的芯片。通过卫星向北边的空军基地发送的数字日志将会显示：我们失控了，机身已急速下坠。

事实也相差不远。在100米高度，我撞上了一根树枝，前旋翼折断了一叶。计算机不避艰险地做出了补偿，一遍又一遍地对突发情况加以模拟，调整了残存桨叶的活性表面——毫无疑问，在令骨头随之震动的撞击和进一步的损毁之间，每次只有短短5秒的间隔，这样的表现算不错了。消声器失控了，与发动机时而同相[1]，时而不同相，一阵阵变本加厉的噪声在丛林里轰鸣。

在50米高处，我开始缓缓旋转，转得出奇地平稳，眼前是越来越浓密的树冠，就像电影里从容不迫的摇摄镜头。在20米高处，我进入了自由落体状态。气囊在我周围张开，遮挡住了视线。我多此一举地闭上眼，咬紧了牙关。祷词的片段在我脑海中盘旋——这是童年留下的碎屑，烙在我脑海中的余像，毫无意义，却无法抹去。我心中默念：若我死去，丛林就会将我吞噬。我是血肉，我是谷糠。不会残留任何有待审判的东西。当我回想起这根本不是真正的丛林时，我已不再下坠。

气囊立刻瘪了下去。我睁开眼睛。四面八方都是水，淹没了森林。旋翼之间的机顶上，一块镶板被轻轻吹走了，带起一股嘶嘶的气流，就像垂死的飞行员的最后一口气，然后犹如一只慢慢坠落的风筝，飘荡着落下，随着周围的各种颜色而变换，显现出浑浊的银色、绿色和棕色。

救生筏上有船桨、口粮、照明弹，还有一个无线电信标。我割断信标，把它留在了机身的残骸里。我将飞行员搬回驾驶座，就在此时，水开始涌入，将他就此埋葬。

然后我沿河顺流而下。

---

1 相位是描述信号波形变化的度量，或是物体周期运动的阶段，通常以度（角度）为单位。两个频率相同的交流电相位的差叫作相位差。如果电路是纯电阻，那么交流电压和交流电流的相位差等于零，这种情况叫作同相。

*　　*　　*

普图马约河有一段区域曾经可以通航，如今，这里被巢穴分割成了混乱的迷宫。新近隆起的土壤形成的岛屿被棕榈树和橡胶树所覆盖，褐色的河水缓缓蜿蜒着，流过这些岛屿，流过被水淹没的河岸，岸上最古老的大树——属于深褐色的硬木品种，在遗传学家出现之前就已矗立于此，但未必就没有经过改良——在灌木丛中拔地而起，消失在目力所及之外。

我脖颈和腹股沟的淋巴结在高温下跳动着，虽然激烈，却令人安心：我经过改良的免疫系统正在应对巢穴病毒发动的猛攻，它总共产生了成千上万个新的杀手T细胞克隆体，而没有等待谨慎的抗原介导反应。在这种状态下逗留几周，一个自主克隆体就有可能在清除过程中蒙混过关，让我毁于一种全新的自身免疫性疾病——但我并没打算待那么久。

鱼搅动了浑浊的河水，游到水面，去吞食栖于水面的昆虫或漂浮的豆荚。远处，一条盘着身子的粗大水蟒从悬垂的树枝上懒洋洋地滑入水中。橡胶植物间，蜂鸟在紫色兰花张开的花口里盘旋。据我所知，这些生灵都没有被人动过手脚；它们继续栖居在这片人造森林里，仿佛一切都未曾改变。

我从衣兜里掏出一块富含环磺酸盐的口香糖，慢慢地唤醒了自己体内的白衣骑士。热气和腐烂植物的臭气似乎淡去了，因为我大脑中的某些嗅觉通路随之变得迟钝，而其他通路则敏感起来——一种内部过滤器开始发挥作用，导致我鼻黏膜上新获得的受体发出的信号盖过了丛林中其余所有令人分心的气味。

突然间，我能闻到死去的飞行员在我手上和衣服上残留的气味——他汗水和粪便的臭气挥之不去——以及蜘蛛猴在我周围的树枝上留下的信息素，那股味道就像尿液一样，刺鼻而独特。我沿着这道嗅迹划了15分钟，将救生筏朝气味最清新的方向划去，把这当作一次预演，直到我终于听到一阵叽叽喳喳的示警声，瞥见两个瘦骨嶙峋的灰棕色身影消失在前方的枝叶间。

我自己的气味经过了伪装，我汗腺里的共生体正在吸收所有的特征性分子。然而，这种细菌也会产生长期的副作用，最近的情报表明，巢穴的居民不屑于采用它们。当然，也有可能是拉尔戈太过偏执，把他自己的给带来了。

我紧盯着远去的猴子，不知几时才能嗅到另一个活人的气息。即便是一个逃到北方来躲避暴乱的目不识丁的农民，对于此地各派系之间的局势发展也应该具备有价值的认知，脑海中也应该有某种粗略的地形图。

救生筏开始发出轻微的哨声，空气正从一个密封的隔层里外逸。我滚落入水，全身都沉到了水里。在水下1米深的地方，我连自己的手都看不见。我等待着，倾听着，但耳中所闻的，唯有游鱼浮出水面时轻柔的啵啵声。能让救生筏的塑料产生破洞的绝不可能是岩石，那必定是颗子弹。

我漂浮在一片幽凉而浑浊的寂静中。河水可以掩盖住我的体温，10分钟之内，我都不需要呼气。问题在于，是要冒着激起浪花的危险，从救生筏边游开，还是在原地静候。

有什么锐利的东西从我脸颊上拂过，薄薄的一片。我没有理睬。又是一片。那不像是鱼，也完全不像活物。等到第三次的时候，我趁那东西飘过时抓住了它：原来是一块几厘米宽的塑料。我抚摩着塑料的边缘：有些地方很锐利，有些地方又很柔软。然后碎片在我手里断成了两半。

我游到几米开外，然后小心翼翼地浮出水面。救生筏正在腐烂，塑料一片片地剥落到水中，犹如浸在酸液里的皮肤。这种聚合物本来应该处于交联[1]状态，绝无任何生物降解的可能性，但很明显，巢穴的某类细菌已经找到了办法。

我仰面朝天，漂浮在水面上，借助深呼吸来排出体内的二氧化碳，思索着徒步完成任务的前景如何。上方的树冠似乎正在摇曳，如同包裹在一团热气之中，这说不通。我的四肢变得暖融融、沉甸甸，这感觉很奇怪。我忽然想到，假如没有关闭90%的嗅觉，我到底会闻到什么味道呢？我心想：假如我培养出的细菌能够消化巢穴里的外来物质，那当它们碰巧享用到这样一餐的时候，我还希望它们做什么呢？让外来物质的携带者动弹不得？用生化信号将这次事件广而告之？

来了六七个浑身汗涔涔的人，我能闻到他们身上刺鼻的臭气，却什么也做不了，只能躺在水里，任凭他们把我打捞出来。

* * *

离河以后，我被人抬上担架，蒙住眼睛，绑了起来。在耳力所及的范围内，没有任何人说话。我或许可以通过抬着我的人的脚步的节

---

1 将两个或多个分子通过共价键化学结合的过程。

奏判断出我们移动的速度，或是根据阳光晒在我脸上的哪一侧，猜测出我们移动的方向……但细菌毒素让我似梦似醒，我越是努力想解读这些线索，就越是稀里糊涂、一筹莫展。

到了某个地方，当这一行人停下来歇息时，有人在我身旁蹲下——是在我身体上方挥舞着扫描设备吗？在植入了聚合物应答机的地方，传来了热烘烘的针刺感，证实了这一猜测。虽然是被动元器件——但它们在卫星微波脉爆发中发出的共振回声却很独特。扫描仪发现了它们，并将其全部烤毁。

临近黄昏时，他们摘掉了我的眼罩。是确定我已经完全迷失了方向，还是确信我永远也逃不掉了？抑或只是为了卖弄一下巢穴成功的结构？

我们走的通道是一条穿过沼泽地的隐蔽小径；我一直盯着下方，只见俘房我的人所穿的靴子未曾完全陷进淤泥里，而他们却并没有走附近一片看似安全的干燥高地。

带刺的茂密灌木丛原本挡住了去路，再往前走，灌木丛却似乎为我们让开了一条道路。口香糖的作用已经渐渐消退，我足以闻到，我们正在一团类似于酯、带着甜味的化合物中移动。我说不清这味道究竟是从哪个圆柱体喷入空气的，还是由队伍里的某个人散发出来的，一个在皮肤上、肺里或肠子里携带着共生体的人。

这座村庄几乎是在不知不觉间从惑人的丛林中冒了出来。我能感觉到，每走一步，地面都变得越发坚实平坦，这种感觉违背了自然。树木的排列方式发生了微妙的变化，变得井然有序起来——倒并没有形成笔直的道路，但感觉仍然越来越不对劲。然后，我开始左瞟右瞟，两边"偶然"出现的空地上建有"天然的"木质建筑，或是生物聚合物形成的亮闪闪的棚屋。

在其中一座棚屋外面，我被放到了地上。一个我从未见过的男人俯身面对着我，身材瘦削结实，没有剃须，手里拿着一把寒光闪闪的猎刀。在我眼中，他就像野兽、捕食者、无所忌惮的杀手的人类原型。

他说："朋友，我们会在这里把你的血抽干。"他咧嘴一笑，蹲下身来。由于过大的处理量让共生体力不从心，我几乎被自身的恐惧产生的恶臭熏晕过去。他割断了捆住我双手的绳子，又补了一句："然后再注回去。"他伸出一臂，从我身下搂住我的肋骨，把我从担架上扶起来，抱进了屋里。

* * *

吉列尔莫·拉尔戈说："请原谅我不跟你握手。我想，我们已经把你的身体清理得差不多了，但我不想冒险进行身体接触，以防体内残留的病毒数量仍然不少，足以让你自身亢奋的免疫系统对你发动攻击。"

这男人眼神忧郁，模样并不讨人喜欢，又瘦又矮，略微秃顶。我走到挡在我们中间的木栅栏前，向他伸出手去："你可以随时进行身体接触。我身上从来没有携带过病毒。你以为我会相信你的宣传吗？"

他漫不经心地耸了耸肩："这玩意儿又杀不了我，只会要了你的命——不过我敢肯定，它本来要杀的是我们两个。它针对的有可能是我的基因型，但你携带的数量太多了，会被我在场时产生的反应所波及。不过这都是过去的事了，不值得争论。"

我其实并不认为他是在骗我；用一种病毒把我们两人都消灭，这再合理不过了，由于这种利用我的方式，我甚至不情愿地对公司产生了敬意——这体现了一种冷酷无情的残暴的诚实——但向拉尔戈透露这样的感受似乎并不明智。

我说："不过，如果你认为我现在对你构不成威胁，那为什么不跟我一起回去呢？你仍然被视为有价值的人才。一时的软弱，做出了一个错误的决定，未必意味着你的职业生涯就到此结束了。你的雇主是相当务实的人：他们不会惩罚你的，只需要今后更严密地监控你就行了。这是他们该操心的问题，你犯不着操心；你甚至都发现不了有什么区别。"

拉尔戈似乎并没有在听我说，但他却随即直视着我，微微一笑："维克多·雨果是怎么评价哥伦比亚第一部宪法的，你知道吗？他说，这是为天使之国编写的。那部宪法只沿用了23年——编写第二部的时候，政客们就大大降低了目标。"他转过身，开始在木栅栏前面来回踱步。两个佩戴着自动武器的麦士蒂索[1]农民站在门边，无动于衷地旁观。两人嘴里都一刻不停地咀嚼着什么，我看着像是普通的古柯叶。他们对于传统的忠诚几乎令人感到安心。

我的牢房很干净，陈设也不错，连比弗利山庄风行一时的生物反应器式洗手间都一应俱全。到目前为止，俘房我的人给我的待遇无可挑剔，但我有一种感觉，拉尔戈正在谋划什么讨厌的事。要把我交给买卖"母亲"的毒贩吗？我仍旧不知道，他先前与他们达成了怎样

---

1 欧洲人与美洲原住民祖先混血的拉丁民族。

的交易，为了换取巢穴里的一席之地和几十个保镖，他卖给了他们什么？更不必说，他为何会认为这样的日子胜过贝塞斯达的公寓和10万美元的年薪。

我说："你觉得自己留在这里是要做什么呢？建立你自己的天使之国？种出你自己的生物工程乌托邦？"

"乌托邦？"拉尔戈停下脚步，那狡黠的笑容再次从他脸上一闪而过，"不，乌托邦怎么可能存在呢？没有哪种正确的生活方式我们没有在无意间发现过。没有成套的规则，没有体系，也没有公式。为什么应该有呢？既然造物主不存在——何况还是个乖戾的造物主，为什么该有完美的蓝图等着人们去发现呢？"

我说："你说得对。归根到底，我们能做的也只有忠于我们的本性。看透文明和伪善的虚假外表，接受塑造我们的真正的力量。"

拉尔戈迸发出一阵狂笑。他这样的反应真的让我感觉脸上火辣辣的——哪怕仅仅是因为我误解了他，没能获得他的支持；而不是因为他正在嘲笑我唯一相信的东西。

他说："我在美国那会儿研究的是什么，你知道吗？"

"不知道。这有关系吗？"我知道得越少，活下去的概率就越大。

拉尔戈还是告诉我了："我在寻找一种把成熟的神经元加以胚胎化的方法。让它们重新回到差异较小的状态，能像在胎儿大脑中那样活动：从一个地方迁移到另一个地方，形成新的联结。据说，这个方法是用来治疗痴呆和中风的，但资助这项研究的人认为，这是向能把大脑的各个部分重新连接起来的病毒武器迈出的第一步。我怀疑，研究结果可能会相当复杂——没有把政治意识形态强加于人的病毒——不过，凡是致残或者让人乖乖听话的行为，都可以被编码到一个相对较小的病毒包里。"

"你把它卖给贩毒集团了？这样一来，下回他们的某个头目被捕的时候，就可以用它拿整座城市作为要挟？省得他们还要费事去刺杀法官和政客。"

拉尔戈温和地说："我是把它卖给了贩毒集团，但不是作为武器出售的。不存在具有传染性的军用版。就算是原型——只是回归到选定的神经元，却没有做过程序化的改变——也过于烦琐和脆弱，难以普遍生存。还有别的技术问题。对于病毒来说，对宿主的大脑进行非常具体的复杂改造，也并不会带来多大的繁殖优势；有些突变体抛弃了所有无关紧要的破玩意儿，如果将病毒释放到实际的人群中，这些突变体很快就会占据主导地位。"

"这么说……"

"我是把它作为产品卖给贩毒集团的。或者更确切地说，我把它跟他们自己最畅销的产品组合到了一起，交付的是嫁接后的成品：也就是一种新型的'母亲'病毒。"

"它有什么作用？"我掉进了他的圈套，哪怕这是在自掘坟墓。

"它把大脑中的一个神经元子集变成了类似白衣骑士的东西。同样灵活，同样移动自如。不过，在建立牢固的新突触方面，它的表现要好得多，而不仅仅是用选定的物质来填满神经元之间的空隙。它也不是由膳食添加剂来控制的，而是受自身分泌的分子控制。它们彼此控制。"

这样的话我根本听不明白："现有的神经元可以移动自如？现有的大脑结构……就瓦解了？你制造了一种'母亲'病毒，可以把人们的脑子变成一团糨糊——而你还指望他们花钱来买？"

"不是一团糨糊。一切都是牢固的反馈回路的一部分：这些发生改变的神经元放电的情况会影响到它们分泌出的分子的范围，而这反过来又控制着邻近的突触如何重新联结。当然了，至关重要的调节中心和运动神经元不会受到影响。需要一个强烈的信号才能让灰衣骑士发生移动：它们不会对随便什么突发奇想都做出反应。你至少需要在一两个小时内不受干扰，才能对大脑结构产生重大的影响。

"跟普通神经元最终对习得的行为和记忆进行编码的方式相比，这也不算完全不同——只是更快、更灵活……而且范围也广泛得多。大脑的某些部分在10万年里都没有变过，却可以在半天之内被彻底重塑。"

他顿了顿，和蔼地端详着我。

我脖子后面的汗水变成了冷汗："你把病毒用到了……"

"当然了，我创造它就是为了用它。为了我自己。正因为这样，我当初才会到这儿来。"

"为了自己动手做神经外科手术？那干吗不直接把螺丝刀塞进眼球底下，到处乱杵，直到这样的冲动消失呢？"我觉得一阵恶心，"至少……可卡因和海洛因，甚至包括白衣骑士，利用的都是天然受体和天然通路。你改变的这个结构，经过了成百上千万年的进化……"

拉尔戈似乎觉得非常好笑，可是这一次他忍住了，没有当着我的面哈哈大笑。他温和地说："对多数人来说，操纵自己的心智就像在迷宫里兜圈徘徊。进化馈赠给我们的就是这个：一座叫人费解的悲惨监狱。而像可卡因、海洛因或者酒精这些粗制滥造的毒品只干过一件事，就是在几条死胡同里开辟捷径，或者像LSD一样，把迷宫的墙壁镶上镜子。白衣骑士所做的，也不过是把同样的效果以不同的方式包装起来而已。

"灰衣骑士则可以让你随心所欲地重塑整个迷宫。它们不会把你限制在某种萎缩的情感剧目里，而是彻底赋予你力量。它们让你能精准地掌控自己到底是谁。"

我只好勉强把心中感受到的强烈厌恶先抛到一边。拉尔戈已经决定要拿自己的脑袋开玩笑，那是他的问题。少数摄入"母亲"的人也会这么干，可是，再多来一批有毒的破玩意儿，去跟地下实验室鼓捣出来的垃圾竞争，这还算不上是一场国民悲剧。

拉尔戈和蔼地说："有30年的时间，我一直是自己瞧不起的那种人。我太软弱，所以没法改变，但自己想成为什么样的人，我却从来没有忘记过。我从前想着，假如我面对现实，接受了自己的软弱，承认了自己的堕落，会不会就没那么卑鄙、不那么伪善？但我从来没做到过。"

"你是不是以为，你已经把以前的个性删除了，就像把电脑里的文件删掉一样轻松？那你现在是什么？圣人？天使？"

"不是。但我恰恰就是自己想当的那种人。有了灰衣骑士，你其实就成不了别的什么人了。"

我感到一阵目眩，气得头昏眼花。我靠在囚笼的栅栏上，稳住身子。

我说："这么说，你把你的脑子搅得乱七八糟，感觉倒变好了。你打算在这片水货丛林里度过余生，一边跟毒贩勾结，一边自欺欺人地以为已经得到了救赎？"

"度过余生？也许吧。但我会守望着这个世界，满怀期盼。"

我几乎给噎得说不出话来："期盼什么？难道你以为，你的习惯还会扩散到少数几个脑残的瘾君子之外？难道你以为，灰衣骑士会横扫全球，让世界变得面目全非？又或者你是在撒谎——这种病毒到底是不是真的会传染？"

"没有。但它可以给人真正想要的东西。一旦明白了这一点，他们就会到处搜罗它的。"

我怜悯地望着他："人们想要的是食物、性爱和权力。这一点永远也不会变。还记得你在《黑暗的心》里画了线的那段话吗？你觉得那是什么意思？在内心深处，我们不过是动物而已，只有几种简单的欲望。其余的一切还不如微风中的谷糠。"

拉尔戈皱起眉头，似乎在回忆我引用的这句话，然后缓缓点了点头，说道："你知道普通人的大脑有多少种不同的联结方式吗？不是任意一个大小相同的神经网络，而是一个实际运用中的智人大脑，由非人工的胚胎学和真实经验塑造而成。可能性大约有10的1000万次方那么多。这是个巨大的数字：有很大的空间可以容纳不同的个性和天赋，有很大的空间可以对不同生命的痕迹加以编码。

"可是灰衣骑士会让这个数字怎么着，你知道吗？会在这个基础上再倍增。它们赋予了我们固定不变的那一部分、与'人性'紧密相关的那一部分，让我们有机会成为跟别人大不相同的人，就像一辈子的回忆也大不相同那样。

"康拉德的话当然没错，每一个字都是真的——我说的是在他写下这段话的时候。可是如今却远远不够了。因为现在，全部的人性加起来都还不如微风中的谷糠。'恐惧'也好，黑暗的心也好，都还不如微风中的谷糠。所有'永远不变的真理'——从索福克勒斯到莎士比亚，所有伟大的作家那些悲伤而美好的真知灼见——统统还不如微风中的谷糠。"

＊　　＊　　＊

我躺在床铺上，保持着清醒，倾听着蝉声和蛙鸣，琢磨着拉尔戈会如何处置我。假如他觉得自己杀不了人，那他就不会杀我——哪怕只是为了强化他能够驾驭自我的错觉。或许他只是把我丢到研究站外面去就算了——我可以在那里跟玛德琳·史密斯解释，在巢穴病毒的袭击下，哥伦比亚空军飞行员如何在半空中坠落，而我英勇地设法控制住了飞机。

我回想着那件事，尽量让我的故事能自圆其说。飞行员的尸体是绝对找不到的：法医鉴定的细节不一定非得合乎情理。

我闭上眼睛，眼前浮现出自己扭断他脖子的画面。同样的痛悔之情再次掠过我的心头。我烦躁地把这种感觉抛到一边。所以我杀了他——还有几天前的那个姑娘——在那之前，还有另外十几个人。公司差一点儿就把我干掉了。因为这样比较有利，也确有可能实现。世界就是这个样子：权力总是会被利用，国家总会征服国家，弱者总是遭人屠杀。其余一切都是道貌岸然的自欺。百公里外，哥伦比亚正在交战的各派又一次证明了这一事实。

可是，万一拉尔戈用他那种特有的"母亲"病毒把我感染了呢？万一他对我说的关于病毒的话都是真的呢？

只有在你想让它们移动的时候，灰衣骑士才会移动。为了保持自身安全无虞，我要做的就是选择那样的命运。希望只做真实的自己：

一个杀手，始终清楚自己面对的是最深刻的真相。拥抱野蛮和堕落，因为归根结底，没有别的路可走。

我老是看到他们出现在我眼前：那个飞行员，那个姑娘。

我必须毫无感觉——也希望自己毫无感觉——然后一次又一次不断做出这样的选择。

否则，"我"所代表的一切就会像沙屋一样分崩离析、被风吹散。

一个守卫在黑暗中打了个嗝，然后啐了一口。

黑夜在我面前铺展开去，犹如一条迷失了方向的河流。

线粒体夏娃 ————

Mitochondrial Eve

事后回想起来，我可以精准地确定自己最初卷入"祖先之争"的日子：就是2007年6月2日，星期六。就在那天夜里，莉娜拖着我一起去"夏娃之子"做了线粒体单倍型检测。我们本来要出去吃晚饭，已经临近午夜了，但测序局24小时都开门。

"难道你不想弄明白自己在人类大家庭里的位置吗？"她问出这话的时候，一双碧眼紧盯着我，虽然面带微笑，却满脸认真，"难道你不想弄清楚，自己究竟属于这棵大家族树上的什么地方？"

诚实的回答应该是：哪个脑子清醒的人会在乎这个呢？不过，我们相识才不过五六周，我对我们俩之间的关系还不太自信，所以不能这么直言不讳。

"已经很晚了，"我谨慎地说，"你也知道，我明天还得工作呢。"我还在为获得物理学博士后资格而努力拼搏，为了养活自己，我给本科生当家教，干终身学者要求奴隶干的所有那些乏味的粗活儿重活儿。莉娜则是位通信工程师，25岁，与我同龄，而真正支付薪水的工作她已经干了将近4年。

"你老是得工作。得了吧，保罗！15分钟就行。"

为了这件事跟她争论得耗费两倍的时间。于是我对自己说，这不会有什么害处，然后跟着她向北走去，穿过城市里灯火辉煌的街道。

这是个和煦的冬夜，雨停了，空气静寂无风。"夏娃之子"在悉尼市中心有座富丽堂皇的豪华建筑，属于一流的不动产，招摇地炫耀着这一运动组织拥有的财富。入口上方亮闪闪的招牌上写着"同一个世界，同一个家族"。这家机构在上百个城市都设有办公室（只是在不同的地方，"夏娃"用的是"与本地文化相称"的不同名字，比如在印度部分地区叫"萨克蒂"[1]，在萨摩亚群岛又叫"爱莱爱莱"），我曾经听说，"夏娃之子"正在研发像自动售货机那样的街角自动测序机，以便在更大范围内招徕成员。

门厅里，一尊线粒体夏娃本人的全息半身像安放在大理石基座上，从头顶上方傲然俯视着我们。艺术家把我们假想中万代以前的曾祖母塑造成了一位倾国倾城的美人。这当然是艺术家的主观判断，但她纤瘦匀称的容貌、容光焕发的健康外表、志在必得的目光，都让我觉得这样的诠释并没有什么值得推敲之处。这样的审美观贴上的标签是明确无误的："战士""女王""女神"。我不得不承认，看到她的时候，心中有种奇怪的自豪感在情不自禁地膨胀……仿佛不知怎么回事，由于她高贵的仪容和炽烈的眼神，我以及她所有的后代都变得高贵起来……仿佛在某种程度上，整个人类物种的"品格"、我们潜在的美德，都取决于至少有这样一位祖先，她完全可以在莱

---

1 印度教女神的名字。

妮·里芬斯塔尔[1]拍摄的纪录片中担任主演。

当然，这位夏娃是个黑人，距今大约20万年，生活在撒哈拉以南的非洲，但除此以外，其余与她有关的一切几乎都是猜测。我曾经听到过古生物学家吹毛求疵的评论，认为她的容貌过于现代，与零星的化石证据中展现的同时代人的外形并不相符。然而，假如当初，"夏娃之子"选择的是出自埃塞俄比亚奥莫河的几块带有裂纹的棕色头骨碎片，以此来作为全人类共同的象征，那么，这场运动必定早已销声匿迹了。在我看来，他们塑造的夏娃之美是法西斯主义的标志，或许我这样想不过是心胸狭窄。"夏娃之子"已经说服了两百多万人，让他们直截了当地承认，人类共同的祖先超越了他们各自在外表上的肤浅差异：这种精神特质兼容并包，似乎根除了将他们对血统的痴迷与一切可耻的事联系到一起的争论。

我转身对莉娜说："你知道吗，去年，摩门教徒在她死后为她施行了洗礼？"

她漫不经心地耸了耸肩："谁会在乎呢？这位夏娃属于每一个人，没有高下之分。她属于每种文化、每种宗教、每种哲学。任何人都可以宣称她是自己的祖先；这不会对她造成丝毫的贬低。"她钦佩地看着那尊半身像，几乎显得有些虔敬。

我心想：上个星期，她陪我去看马克思兄弟[2]的电影，一直耐着性子枯坐了4个小时——片子乏味得要命，她却毫无怨言。所以我也

---

1 海伦妮·贝尔塔·阿马莉·"莱妮"·里芬施塔尔（Helene Bertha Amalie "Leni" Riefenstahl，1902—2003），德国极富争议的演员、导演兼电影制作人，德国纳粹宣传片《意志的胜利》的导演。
2 活跃于20世纪30年代的美国喜剧组合。

可以看在她的分儿上去做这件事，对吧？这似乎只是相互迁就罢了，又不是逼迫我去剪一个尴尬的发型，或者刺一个丢脸的文身。

我们走进了测序等候室。

等候室里并无旁人，但一道声音从周围濒危两栖动物的布景中传出，告诉我们暂且等候，看不到说话的人。室内铺着奢华的地毯，正中央摆着一张圆形沙发。墙上装饰着来自世界各地的艺术品，既有作者不详的描绘阿纳姆地[1]的点画，又有弗朗西斯·培根的版画。底下的说明文字令人担忧：关于"宇宙原始意象"和"集体无意识"，荣格式的可怕心理呓语。我大声哀叹，但莉娜问我怎么回事的时候，我却只是故作天真地摇了摇头。

一个男人身穿白裤子和白色短上衣，从一扇涂着伪装色的门里走出来，他推着一辆手推车，车里装满了极简抽象风格的设备，令人一见难忘，不由联想起斯堪的纳维亚的昂贵音响。他对我们俩都以"表亲"相称，我努力强装出一脸沉着。他外衣上的徽章标着名字："表亲安德烈"，有个小小的反射全息图，图中正是夏娃，还有一串字母和数字，标明了他的线粒体单倍型。莉娜说明了来意，说她是会员，带我一起来做测序。

支付了测序费用后（高达100澳元，耗尽了我接下来3个月的娱乐预算），我任凭表亲安德烈扎破我的拇指，将一滴血挤到一片白色吸收垫上，塞进手推车上的一台机器里。机器随即响起了一连串微弱的嗡嗡声，传达出一种令人安心的感觉：精密的设备正在运作。这很奇怪，因为我曾在《自然》杂志上见到过类似设备的广告，里面夸耀

---

1 位于澳大利亚北海岸线半岛地区。

说，机器根本不包含移动部件。

在我们等待结果的时候，房间里的光线暗淡下来，一幅巨大的全息图从我们面前的墙上投射而出：是单个活细胞的显微镜图像。来自我的血液吗？更有可能这个细胞并非来自任何人，只是令人信服的逼真动画而已。

表亲安德烈解释道："你体内的每一个细胞都含有成百上千个线粒体。线粒体不异于一种从碳水化合物中提取能量的微型发电厂。"图像放大了，呈现出一个半透明的杆状细胞器，两端为圆形，与药物胶囊颇为形似。"任何一个细胞的大部分DNA都位于细胞核内，来自父母双方，但线粒体中也有DNA，仅仅遗传自母亲一方。所以，用线粒体DNA来追溯祖先更容易。"

他没有详加阐述，但从高中生物课上开始，这个理论我已经听过好几次了。由于基因重组使然——亦即在产生精子或卵子的先导阶段，成对的染色体之间DNA序列的随机交换——每条染色体都携带着来自上万名不同祖先的基因，天衣无缝地组合在一起。从古遗传学的角度来看，分析细胞核内的DNA，就如同将来自一万名不同个体的各种骨骼碎片黏合在一起，拼接成"化石"，试图去理解这种"化石"的意义。

线粒体DNA则并非产生于成对的染色体，而是源自被称为"质粒"的微小环形结构。每一个细胞中都包含数百个质粒，但它们一个个毫无二致，而且都仅仅来自卵子。撇开突变不谈——突变每4000年左右才发生一次——你的线粒体DNA与你母亲、外祖母、曾外祖母等的线粒体DNA完全相同，与你的兄弟姐妹也完全一样，还有你母系一方的第一代表亲、第二代表亲、第三代表亲……直到不同的突变在200代左右的时间里不断侵袭质粒，最终产生出某种变异。然而，在质粒中有16 000个DNA碱基对，即使是从夏娃本人开始算起，将大约50个点突变累加在一起，也不会造成多大的变化。

全息图中的显微镜图像消散了，变换成了一张由分支线组成的彩色图表，这是一棵巨大的家族树，从唯一的最高点开始，夏娃图像的标记无处不在。家族树上的每一个分叉都标志着一次突变，将夏娃的遗传特征分化为两个略有差异的版本。在家族树的底部，成百上千个分支的末端显示着各种各样的面孔，有男有女——这是个体图还是合成图，我判断不出来，但每一张面孔大概都代表着一个不同的群组，包含了大约第200代的母系表亲，其中所有人都拥有同一个线粒体单倍型：以流传了20万年的主调为基础，发生了属于自身的适度变化。

"你的位置在这里。"表亲安德烈说。在全息图最显著的前景中，显现出了一个写意的放大镜图案，它在家族树底部众多微小的面孔中挑出一张，加以放大。这张面孔与我本人的容貌相似得可怕，几乎可以肯定，是有隐蔽的相机给我拍摄了一张快照；线粒体DNA对外貌没有丝毫影响。

莉娜将手伸进全息图，开始用指尖追溯起了我的血统："你是夏娃之子，保罗。现在你知道自己是谁了。谁也没办法从你心中剥夺这样的认知。"我凝视着闪闪发亮的家族树，感觉一阵寒意从脊柱最下方升起，不过，这种感觉与其说是源自对祖先的敬畏，倒不如说是由于"夏娃之子"对整个人类物种提出的所有权主张。

夏娃并不是什么与众不同的人物，也算不上进化过程中的分水岭；她只不过被定义成了距今最近的人类共祖，通过完好无损的女性血统代代相传，现今每一个活着的人都是她的子孙。毫无疑问，在她那个年代，曾经有过成千上万的女性，但由于时间和机遇使然——没有生下女儿的女人随机死去、疾病和气候造成的浩劫——她们的线粒体痕迹消弭得一干二净。不必假设她的线粒体单倍型具有任何特殊的优势（反正多数变异都存在于垃圾DNA中）；仅仅是统计学上的波动，就意味着一个母系血统最终会取代其余所有母系血统。

夏娃的存在具有逻辑上的必然性：某个时代的某个人（或原始人）必然会恰好符合这个要求。引发争议的仅仅是时机而已。

时机，加之其可能造成的影响。

在这棵大家族树旁边，出现了一个直径约两米的地球仪。它的外观很有特色，是从太空俯瞰地球，厚重的白色积云在海洋上空盘旋，但大陆上方的天空则一概是万里无云。家族树抖动起来，开始重新排列，原先笔直的形状变换成了奇特得多的线条，但几何形状虽然有所弯曲，体现的关系却并没有任何变化。然后，家族树本身覆盖了地球表面，象征血统的线条变成了迁徙路线。在东非与黎凡特[1]之间，这些线条密密匝匝地挤在一起，相互并行，犹如旧石器时代高速公路上的若干车道；而在其他地方，由于地理学上的限制较少，它们便向四面八方扩散开去。

年代晚近的夏娃更有利于"走出非洲"假说，即早期直立人只在某一个地方进化成了现代智人，然后朝着世界各地迁移，无论迁徙到何处，在其所到之地，都击败并取代了当地直立人——在过去这

---

1 一个不算精确的历史上的地理名称，相当于现代所说的东地中海地区，指中东托鲁斯山脉以南、地中海东岸、阿拉伯沙漠以北和上美索不达米亚以西的一大片地区。科学家认为人类曾经从非洲向黎凡特迁徙。

短短的20万年间，形成了当地化的种族特征。这个物种仅有一个单一诞生地，最有可能是在非洲，因为非洲人的线粒体表现出了最大限度的变异（因此在年代上也是最古老的）；而其余所有群体似乎都要等到更晚的时间，才在相对较小的"创始人"群体的基础上发生了多样化。

当然，也有一些与之对立的理论。100多万年前，智人尚未出现之时，直立人就已经最远扩散到了爪哇岛，产生了自身在外形上的地域差异——亚洲和欧洲的直立人化石似乎至少具有某些与现今的亚欧人相同的显著特征。但"走出非洲"理论将其归结为趋同进化，而非源于祖先的血统。假设直立人在若干个地方独立地演变成了智人，那么，比方说，现代埃塞俄比亚人与爪哇人之间的线粒体差异就应该相当于现今水平的5至10倍，这标志着他们在某位年代古老得多的夏娃出现之前，便早已分道扬镳了。即使零星分布的直立人群落并非完全与世隔绝，但在过去的一两百万年间，他们却先后与一拨又一拨迁徙而来的群落杂交。这样的杂交产生了现代人类，然而，他们却以某种方式保留了自身独特的差异——那么，远远早于20万年前的不同线粒体谱系很可能也会残留于世。

在地球仪上，有一条路线闪烁着比其余路线更为明亮的光辉。表亲安德烈解释说："这就是你本人的祖先曾经走过的路。大约15万年前，他们离开了埃塞俄比亚——也可能是肯尼亚或坦桑尼亚——向北进发。随着间冰期的延长，他们慢慢扩散，穿过了苏丹、埃及、以色列、巴勒斯坦、叙利亚和土耳其。在上一个冰河世纪开始的时候，黑海东岸成了他们的家园……"在他说话的同时，有成对的小脚印沿着这条路线显现出来。

他顺着假想中的迁徙路线，穿过高加索山脉，一路行至北欧，由于技术上的局限性，故事在这里便宣告结束：4000年前左右（前后相差能有3000年），我大约第200多代的曾外祖母是位日耳曼人，她生下了一个女儿，在这位女儿的线粒体垃圾DNA中发生了单一的变化：在所有的记录中，这是分子时钟最后的嘀嗒一响。

不过表亲安德烈还没说完呢："当你的祖先移居到欧洲时，由于相对的基因隔离，以及适应当地气候的需要，他们逐渐具备了所谓高加索人的特征。但一拨又一拨的迁徙者多次穿越同一条路线，有时彼此相隔成千上万年。虽然在旅途中的每一步，新来的迁徙者都会与前人繁衍，变得与他们相似……但沿着这条路线，仍然可以追溯出几十条各不相同的母系血统线，然后循着不同的路径再次追溯历史。"

他解释说，我最亲近的母系表亲——也就是线粒体单倍型与我完全相同的那些人——大多是高加索人，这并不奇怪。若将这个范围扩大，允许包括多达30个碱基对的差异，那就可以涵盖所有高加索人种当中的大约5%——我与这5%的人有着共同的母系祖先，这位祖先生活在大约12万年前，很可能是在黎凡特。

然而很明显，这位女祖先本人的许多表亲都向东迁徙了，而没有北行。最终，他们的后代一路穿越了亚洲，穿过印度支那，然后向南穿过各群岛，穿越了由于冰河时代的低海平面而得以显露的大陆桥，或者在各个岛屿之间进行海上的短途航行，在即将抵达澳大利亚的地方停下了脚步。

因此，就母系血统而言，我与一小群新几内亚高地人的亲缘关系要比与95%的高加索人的亲缘关系更加密切。放大镜再次出现在地球仪旁，让我看到了目前在世的第6000代表亲之一的面孔。肉眼看来，我们两人就像地球上的任何两个人一样，外表并不相同。有为数不多的核基因是针对某些特性进行编码的，如肤色和面部骨骼结构，在这些核基因中，有一组在冰天雪地的北欧很受青睐，另一组则在赤道丛林中大受欢迎。但在这样的两个地方，都留存下了充分的线粒体证据，表明局部地区出现的外貌均化只是表面的假象，是近期才对看不见的家族关系这一古老网络做出的粉饰。

莉娜得意地转过身，对我说道："你明白了吧？所有那些关于种族、文化和亲缘关系的古老神话，都在瞬间被驳斥了！这些人的直系祖先与世隔绝地生活了成千上万年，在20世纪之前，他们连一张白种人的脸都没见过。可是，跟我比起来，他们在血缘上跟你却更亲近！"

我微笑着点头，试着去感受她洋溢的热情。看到整个幼稚的"种族"概念被这般彻底颠覆，确实令人着迷——我不得不佩服"夏娃之子"组织，他们竟敢这么大胆，号称能绘制出以10万年为单位的关系图，且能达到如此精准的程度。但我无法真心诚意地说出这样的话：当我发现，比起某些黑人，素不相识的白人与我的亲缘关系反倒更远，我的人生便就此改观了。或许有些顽固的种族主义者会被这样的消息震撼至深吧……但也很难想象，这样的人居然会急着来找"夏娃之子"，做什么线粒体单倍型检测。

手推车的另一端"哗"的一响，弹出了一个徽章，跟表亲安德烈的一模一样。他把它递给我；我兀自犹豫不决的时候，莉娜伸手接过徽章，自豪地别到了我的衬衫上。

走出门外，来到街上，莉娜严肃地宣布："夏娃会改变世界的。我们运气不错，可以活着亲眼看见这一幕。曾经有1个世纪，人们因为隶属于错误的亲属群体而遭到屠杀，不过用不了多久，每个人都会明白，还有更古老、更深厚的血缘纽带，驳倒了他们所有肤浅的历史偏见。"

你的意思是……就像《圣经》里的夏娃？或者就像从太空俯瞰地球的影像终结了战争和污染？我试着以保持沉默的方式来委婉应对。莉娜惊愕地看着我，似乎不太相信，在我本人出乎意料的血缘关系得到揭示以后，我竟然还能心怀疑虑。

我说："你还记得卢旺达大屠杀[1]吗？"

"当然记得了。"

"比利时殖民者为了管理方便，进一步恶化了阶级制度，比起你所谓的亲属群体之间的敌意，难道大屠杀跟阶级制度的关系不是更大吗？而且，在巴尔干半岛——"

莉娜打断了我的话："听着，不用说，无论你提到什么事件，确实都可能有一段弯弯绕绕的历史，这一点我不否认。但这并不是说，解决方案也必须复杂得不可思议。假如牵涉其中的每一个人都知道了我们知道的事，都感觉到了我们的感受——"她闭上眼睛，露出灿烂的微笑，这样的表情洋溢着纯粹的满足和平静，"——这种深切的归属感，通过与夏娃的联系，归属于一个包含了全人类的家族……你真的还能想象他们会这样彼此攻击吗？"

我本该用大惑不解的声调反驳她的：什么"深切的归属感"？我什么也没感觉到。"夏娃之子"只干了一件事，就是向改信他们的人布道。

倘若我真这样说了，最严重的情况又能如何呢？假如当时，因为

---

1 发生在1994年4月7日到7月15日卢旺达内战期间。在这100天里，全副武装的胡图族军人大肆屠戮部分温和派胡图族人、特瓦族人以及作为少数族裔的图西族人。

古遗传学的政治意义，我们俩就当场分手了，那么，这段关系显然从一开始就注定了不会有结果。无论我有多讨厌冲突，在处事圆滑与口是心非之间，在包容与掩盖我们的差异之间，都有一条微妙的界线。

然而，这个问题似乎过于晦涩，不值得为其展开争论——尽管莉娜对此显然持有某些激烈的观点，但只要我不多嘴，这个话题就真的不会再次出现了，仅此一回而已。

我说："兴许你说得对。"我伸臂搂住她，她转过身来，亲吻了我。天空又下起了大雨，在静止的空气中，倾盆的雨水竟也静得出奇。最后，我们俩回到了莉娜的公寓，当晚剩下的时间，我们都没怎么说话。

不用说，我是个懦夫，是个傻瓜。但当时我根本不知道，我会为此付出多大的代价。

* * *

几周后，我领着莉娜参观新南威尔士大学物理系的地下室，我自己的研究设备就塞在其中一个角落里。夜色已深（又是这样），整栋楼里只有我们两人。五颜六色的荧光显示屏悬在黑暗中，如同其他博士后项目遥远的图标，飘在冷肃的学术类网络空间里。

我没找到给自己买的那把椅子——虽然采用的安全措施逐步升级，从简单地贴上个姓名标签，变成了越来越复杂的计算机警报，但椅子还是老被人借走。于是，我们便站在仪器旁边，踩在光秃秃冷冰冰的混凝土地面上，唯一的光源只有天花板上一盏暗淡的嵌板灯，我召唤出了0和1的序列，它们再现了奇异的量子世界。

声名狼藉的爱因斯坦-波多尔斯基-罗森关联（简称EPR关联）——两个微观粒子纠缠成一个量子系统——已经用实验方式研究了20多年，但要想探索比光子或电子对更复杂的物体产生的效应，这样的可能性直到最近才具备。我研究的对象是氢原子，它们是在单个氢分子被紫外线激光器发出的脉冲分解时产生的。对分离出的原子做了某些测量，显示出了统计上的相关性，只有当包含两个原子的单个波函数对测量过程即刻做出响应时，这种相关性才能说得通——无论有形的分子键被打破以后，单个原子移动了多远的距离：是若干米、若干公里，还是若干光年。

这种现象似乎使所谓距离的概念显得可笑起来，不过，至于EPR关联或许会发展出超光速信号装置的奇想，近来我本人的研究倒是有助于消除这样的想法。在这一点上，理论始终很清晰，只是有些人曾经期盼着方程里的某个缺陷会让人有漏洞可钻。

我向莉娜解释道："弄两台装有EPR关联原子的机器，一台放在地球上，一台放在火星上，比方说，这两台机器都能测量垂直或水平方向上的轨道角动量。测量的结果始终是随机的……但火星与地球上的机器在同一时刻发射数据，让火星机器数据要么精确模拟地球机器发射的随机数据，要么不这样做。通过改变地球上的测量类型，这种模拟可以在瞬间开启或关闭。"

"就像扔两枚硬币，只要都是用右手扔出去的，落下的时候就肯定会是同一面朝上。"她说，"可是，一旦你在地球上开始用左手扔硬币，这种关联就消失了。"

"是啊——这个类比完全挑不出毛病。"我这时才意识到，这些她很可能早就听说过了——毕竟，在她本人的研究领域，量子力学和信息论正是基础学说——但她很有礼貌地倾听着，所以我又接着往下说，"但就算每次抛硬币的结果都神奇地保持一致，这两枚硬币仍然在随机抛出相同数量的正反面。所以，没办法把任何信息编码到数据里去。在火星上，你甚至分辨不出这种关联什么时候开始、什么时候结束——除非通过无线电传输之类的传统手段，把地球上的数据发过来比较一下——这样整个实验就根本没有任何意义了。EPR本身传递不了任何信息。"

莉娜陷入了沉思，但她对这个定论显然并不感到惊讶。

她说："EPR在分离的原子之间传递不了任何信息，可你要是把原子放在一起，它仍然可以告诉你，过去它们发生过什么。你做的是对照实验，对吧？对于从来没有配过对的原子，你也会进行同样的测量吗？"

"是啊，当然了。"我指着屏幕上的第三列和第四列数据；在所有的电子设备背后，隐藏着一个小小的灰盒子，盒内有一个真空室，在我们交谈的同时，实验过程仍在真空室内无声地进行。"结果完全不具备相关性。"

"所以，大体而言，这台机器可以告诉你，两个原子到底有没有结合到一起？"

"单独的不行；任何一个单独的配对可能都是偶然发生的。但是，假如具有相同历史的原子数量够多的话，那就是这样的。"

莉娜狡黠地笑了起来。

我说："怎么了？"

"就……让我笑会儿吧。下一个阶段是什么？更重的原子吗？"

"没错，但还不只是这样。我会分裂一个氢分子，让两个独立的氢原子跟两个氟原子结合到一起——随便找两个以前并不相关的原子——然后再把这两个氟化氢分子分解掉，对氟原子进行测量，看我能不能找到它们之间的间接关联：也就是从最初的氢分子承续而来的次级效应。"

实际上，要想让这项研究工作进展到这一步，我获得资金的希望十分渺茫。现在，有关EPR的基本实验结果已经尘埃落定了，所以，进一步推动测量技术的发展并没有太多理由。

"从理论上来讲，"莉娜天真地问，"对于体积大得多的实验对象，你也能开展同样的实验吗？比如说……DNA？"

我哈哈大笑："不行。"

"我的意思并不是说，在这个地方，下个星期，能不能做到，而是说，假如有两串DNA被结合到了一起，会不会存在任何相关性？"

这个想法令我有些犹豫不决，但我还是坦白承认道："说不定会有。我没办法一拍脑袋就说出答案，得从生物化学家手里借用某些软件，好精确地模拟这种相互作用。"

莉娜满意地点了点头："我认为你应该这么做。"

"为什么啊？说真的，我永远也试不出来。"

"用这种垃圾场级别的设备，那确实不行。"

我哼了一声："那你告诉我，谁会投钱给我买更好的设备？"

莉娜扫视了一眼阴森的地下室，仿佛要在这一切彻底改变之前，像拍摄快照那样，在心里印下我职业生涯低谷期的惨状。"谁愿意资助你研究检测DNA结合的量子指纹的方法？要计算出两个线粒体质粒接触的时间有多长——不是精确到最近几千年，而是精确到最近的一次细胞分裂——谁会为了这样的可能性买单？"

我心中一阵惊怒。眼前这人还是那个理想主义者吗？还相信"夏娃之子"是世界和平仅剩的一大希望吗？

我说："他们绝不会轻易上当的。"

莉娜茫然地盯着我看了片刻，然后摇了摇头，似乎觉得好笑："我说的又不是骗取别人的信任，用虚假的借口来乞求研究经费。"

"嗯，那就好。可是……"

"我说的是拿到经费，做一项非做不可的研究。测序技术已经被推进到了极限，但反对我们的人还在不断寻找可以吹毛求疵的问题：什么线粒体突变率、给可能性最大的家族树选择分支点的方法、谱系遗失和留存的细节。哪怕是站在我们这一边的古遗传学家，对一切的看法也在不停地变来变去。夏娃的年代就像哈勃常数一样起伏波动着。"

"肯定还不至于那么惨吧。"

莉娜攥住了我的手臂。她激动的心情犹如电流，我能感觉到它流入了我的身体。也说不定她只是恰好捏到了某一根神经。"这项研究可能会重塑整个研究领域的状况。不会再有更多的猜测、臆想和假设——只有一棵无可争议的单一家族树，可以追溯到20万年前。"

"甚至都没可能……"

"但你会弄清楚的吧？你会深入研究的吧？"

我犹豫着，却想不出哪怕一个有说服力的理由来拒绝她："会的。"

丽娜露出了笑容："有了量子古遗传学……你就有能力以一种前所未有的方式让夏娃复活，把她带给这个世界。"

6个月后，我在大学里的研究耗尽了资金：包括研究经费、辅导收入，所有的一切。莉娜主动表示，要给我提供3个月的资金支持，在此期间，我可以拟好一份计划书，提交给"夏娃之子"。我们已经住到了一起，已经在分摊生活费用，不知为何，这样一来，要把她的做法视为合情合理就容易多了。何况如今正是一年里不好找工作的时候，反正我也要失业了……

结果，计算机模拟表明，在统计噪声中，是可以辨认出DNA片段之间可测量的关联的——前提是有数量充足的质粒可供研究：每人要提供的血液可能多达几升，而不是一滴血就行。但我已经可以预见，对于技术方面的难题，即便是想做出确切的评估，尚且需要经过多年的研究，更不用说加以克服了。为了将来申请企业拨款起见，把这些统统写下来算是一种不错的演练，但我从未认真期望过会有什么结果。

莉娜陪我一起去与威廉·萨克斯会面，他是"夏娃之子"西太平洋区的研究总监。萨克斯年近六旬，衣着极为保守，上穿贝纳通牌经典T恤衫，T恤上印有"艾滋病不好"字样，下着宣传"你好，世界和平"的冲浪鸽主题滑板裤。头顶上方的画框里有一本装裱起来的《连线》杂志，封面上的萨克斯面带微笑，比眼前的人略显年轻：他曾是2005年4月刊评选出的月度权威人士。

"会跟大学的物理系签约，提供全面的监管，"我紧张地解释道，"每6个月对科研质量进行一次独立审计，因此研究工作绝不可能脱轨。"

"EPR关联证明，"萨克斯若有所思地说，"所有生命都以整体的方式团结在一起，成了大一统的元有机体，不是吗？"

"不是。"听见我这么说，莉娜在桌子底下狠狠踢了我一脚。

但萨克斯似乎根本没听到我的话："你会听见大地女神盖亚自身的塞塔节律[1]。隐藏在一切背后的神秘和谐：同步性、形态共振、轮回转世……"他叹了口气，似乎陷入了恍惚，"我热爱量子力学。知道吗？教我太极的师父写过一本有关量子力学的书，叫《薛定谔之莲》，你肯定读过。简直让人如痴如醉！眼下他正在写续篇，叫《海森堡之曼荼罗》……"

我还没来得及再次开口，莉娜就插言道："也许……后人能够顺着这种关联向前追踪，上溯到跟其他物种一样古老的年代。但在可以预见的将来，就算是上溯到夏娃所在的年代，也会构成重大的技术挑战。"

表亲威廉似乎重新回到了现实中的地球。他拎起打印好的申请文件，翻到最后的预算细节，这部分基本上都是莉娜拟定的。

"500万美元可是一大笔钱哪。"

"研究工作会持续10年以上。"莉娜平静地说，"别忘了，本财政年度的研发支出还可以获得125%的税收减免呢。要是你再把假设中的专利权因素也考虑进去——"

"你们真的认为派生品会有这么高的价值？"

---

1 频率处于4至6Hz的脑电波被称为塞塔波。塞塔波会产生塞塔节律，这是大脑中的一种神经振荡，是许多动物认知和行为各个方面的基础，包括学习、记忆和空间导航。

"看看特氟龙[1]就知道了。"

"我得向董事会汇报一下。"

*　　*　　*

两周后，当好消息通过电子邮件发来时，我简直觉得浑身难受。

我对莉娜说："我这干的都是什么事啊？万一我在这上头耗费了10年的时间，结果却什么收获也没有呢？"

她不解地皱眉道："并没有必然会成功的把握，但这一点你已经说清楚了啊，又没撒谎。每次伟大的努力都会受到不确定性的困扰，但'夏娃之子'已经决定接受这样的风险。"

事实上，让我感到苦恼的，并不是从沉迷于全球同母的有钱白痴手里拿走大笔资金，而且很可能无法给予他们任何回报，这样的行为在道德上是否正当。我更担心的问题是，假如到头来发现这项研究是条死胡同，没有得出值得发表的成果，这对我的职业生涯意味着什么。

莉娜说："一切都会得到完美解决的。保罗，我对你有信心。"

这是最糟糕的一点。她确实对我有信心。

我们彼此相爱，又都在相互利用。但关于不久以后，什么会变成我们生命中最重要的事，其实我才是一直在自欺欺人的那一个。

1　一种使用氟取代聚乙烯中所有氢原子的人工合成高分子材料。杜邦公司在1941年取得专利，并于1944年注册商标。

＊　　＊　　＊

2010年冬，莉娜请了3个月的假，以技术转让的名义前往尼日利亚。她正式的职责是向新一届政府提供"如何对通信基础设施进行现代化改造"的建议；但与此同时，她也在为"夏娃之子"培训数百名当地操作员，教他们使用最新推出的低成本测序器。我的EPR技术仍然处于起步阶段——几乎区分不出同卵双胞胎与素不相识的人——但原先的线粒体DNA分析仪已经发展得体积极小、坚固耐用，且造价低廉。

事实上，非洲过去对"夏娃之子"抵制得很厉害，不过这个组织似乎终于站稳了脚跟。莉娜从拉格斯给我打来电话的时候，眼中总是闪烁着传教士般的热忱，每次她一打电话，我就会去查看一下大家族树，企图做出判断，假如测序热潮果真兴起，并扰乱了关于家族亲缘的传统观念，那么，参与近期内战的昔日战士们对待彼此是会更像兄弟呢，还是会敌意更甚呢。不过，各派系在种族上已经发生了严重的混杂，因此不可能得出明确的定论。据我所知，在这场战争中之所以会形成各派同盟，既是由于21世纪某些政治上的扶植行为，也是要向古老的部落效忠使然。

就在此行接近尾声的时候，在我这边本地时间的凌晨，莉娜给我打来了电话，她气得简直要哭出来了："保罗，我要直飞伦敦了，3小时后就到。"

我眯起眼睛，看着亮得刺眼的屏幕，她身后的热带阳光晃得我头晕眼花："为什么啊？出什么事了？"在想象中，我仿佛看见"夏娃之子"的人暗中破坏了脆弱的停火协议，引发了某种难以启齿的种族大屠杀，然后飞往国外，让全世界最好的显微外科医生给他们疗伤，而与此同时，那个国家则在他们身后陷入了混乱。

莉娜把手伸到镜头外面，点击了一个按钮，将一段新闻报道粘贴到通话框的一角。标题大书：Y染色体亚当发动反击！下方的图片中，是一个近乎全裸、肌肉发达、金发碧眼的白人男子（奇怪的是，他身上没有体毛——很像米开朗琪罗塑造的大卫，裹上了一块野牛皮腰布），手中的一杆长矛对准读者，展现出恰到好处的芭蕾舞般的优雅。

我轻轻哀叹了一声。这只是个时间问题而已。在导致精子产生的细胞分裂过程中，Y染色体的大部分DNA都与X染色体进行了重组，但其中一部分却仍然保持着游离状态，顺着纯粹的父系血统向下传递，与母女相传的线粒体DNA具有同样的精确度。其实可以说精确度更高：细胞核内的DNA发生突变的频率要低得多，这让它变成了一个用处小得多的分子钟。

"他们声称，他们发现了所有北欧人的单一男性祖先——生活的年代距今只有2万年！明天，他们要在剑桥的古遗传学会议上发表这篇狗屁论文！"

趁莉娜流泪的时候，我把这篇文章浏览了一遍。这篇新闻报道纯粹是小报的大肆炒作，从中很难判断研究人员真正主张的论点是什么。但是，有许多长期反对"夏娃之子"的右翼组织明显是求之不得，欣然接受了这样的结果。

我说："那你为什么非得去那儿不可？"

"当然是去捍卫夏娃！我们不能任凭他们侥幸得逞！"

我的头隐隐作痛起来："如果这是不怎么样的科学观点，就让专家来驳斥它好了。这又不是你的问题。"

莉娜沉默了半晌，然后悻悻地反驳道："你也知道，男性谱系比女性谱系消亡得更快。由于一夫多妻制，单一父系血统要在一个种群中占据主导地位，经历的代数要比母系血统少得多。"

"所以这个说法有可能是对的？说不定真有个年代晚近的单一'北欧亚当'？"

"也许吧，"莉娜不情愿地承认，"可是……那又怎么着呢？那能证明什么？像寻找能成为整个物种父亲的亚当这种事，他们甚至连试都没试过！"

我想回答：这当然证明不了什么，也改变不了什么。脑筋清醒的人谁也不会在乎这个。但是……当初究竟是谁把血缘关系当成了这等大事？又是谁在竭尽全力，宣传"一切重要的事都取决于家族关系"这个观念？

然而，如今为时已晚。转而反对"夏娃之子"只不过是纯粹的伪善，我既然拿了人家的钱，就得乖乖合作。

我也没办法抛弃莉娜。倘若我对她的爱仅仅停留在我们能达成一致的事情上，那就根本不是爱。

我昏昏沉沉地说："我会搭3点钟的飞机去伦敦。咱们会场上见。"

*　　*　　*

第10届年度世界古遗传学论坛在一座金字塔型的建筑中举行，建筑位于铺着人造草皮的科技园内，与大学校园相去甚远。因为有挥舞着标语牌的人群，所以地方并不难找。标语牌上大书：死去吧，纳粹人渣！尼安德特人[1]滚出去！（这什么啊？）出租车开走时，时差的影响开始发作，我的膝盖几乎撑不住身子。我的目标是尽快找到莉娜，带着她一起远离危险。夏娃是有能力自保的。

当然了，夏娃就在那里，在十几件T恤衫和若干条横幅上方，她凝视着这一切，神态安详而庄严。不过近来，"夏娃之子"及其营销顾问一直在对她的形象加以"微调"，所有的焦点小组和消费者反馈研讨会讨论出了怎样的结果，我这还是第一次有机会看到。新版夏娃的肤色略微白净一些，鼻翼更窄，眼睛更细。这些变化虽然微妙，但目的明显是让她的外貌更加"泛种族化"——与其说像全人类共同的祖先，生活在一个特定的地点，也就是非洲，倒不如说更像遥远未来的某一位全人类共同的后裔，留存着每个现代人类族群的痕迹。

我就算是玩世不恭，跟"夏娃之子"搞出的其他廉价的噱头相比，这重新设计过的形象还是更让我想吐。似乎他们已经认定，一个人人都愿意接受非洲夏娃的世界终究是无法真正想象的，但他们却对这个概念如此执着，为了扩大她的吸引力，不惜继续歪曲事实，直到……怎样呢？难道他们不仅要在每个国家赋予她一个不同的名字，还要给她安上一张不同的面孔吗？

我成功进入了大厅，只是身上被两三个纠察员吐了几口唾沫。大厅里要安静得多，但学院派的古遗传学家们却在偷偷地四下乱瞟，不肯与人对视。一个可怜的女人被一群新闻记者堵在了墙角，我经过的时候，只听采访者激动地说："但你必须承认，亵渎亚马孙土著的起

---

1 晚期智人的一种，是现代欧洲人祖先的近亲。

源神话是一种反人类的罪行。"金字塔型建筑的外墙是蓝色的，但多少有些透明，我可以看见另一群示威者压在其中一块嵌板上，正向内窥视。便衣安保人员对着腕上的电话窃窃私语，显然是在替身上的马萨里尼西装担心。

离开机场后，我给莉娜拨了十几回电话，但剑桥的信号覆盖有瓶颈，我一直没打通。她动用了一些关系，把我们两个都列进了出席者数据库——正因为如此，我才有资格从前门进入大厅——但这只能证明，即便进了大楼，也不能保证就没有派别偏见。

突然，我听到附近传来喊叫和嘟囔声，然后是一阵齐声欢呼，还有沉重的塑料板从框架中弹出的声音。新闻报道中提到，现场既有支持夏娃的示威者，也有支持亚当的示威者——据说后者的表现要野蛮得多。我惊慌失措，冲进了最近的一条走廊，差点撞到迎面过来的人，这是一名精瘦的年轻男子，身材较高，白肤，金发，蓝眼，浑身散发着日耳曼人的危险气息……我内心深处想要愤怒地大叫：我已经违背了自己的意愿，陷入了纯粹又愚蠢的种族主义。

他还拿着台球杆呢。

但当我小心翼翼地后退时，他的无袖T恤上开始闪烁出这样的文字：女神临世！

"我说，你是什么人？"他冷笑道，"'亚当之子'吗？"

我缓缓摇头。我是什么人？我是个智人，你这呆瓜。莫非你认不出自己的同类吗？

我说："我是'夏娃之子'的研究员。"在系里的鸡尾酒会上，我总是自称为"独立从事古遗传学研究的物理学家"，但眼下似乎不是斤斤计较这个的时候。

"是吗？"他做了个鬼脸，一开始我还以为他是不信呢，然后他咄咄逼人地向前走来，"这么说，你也是那帮男权至上、贪图享乐的浑球当中的一个喽？你们妄图把地球母亲的原型具体化，好控制她无边无际的精神力量？"

这话听得我呆若木鸡，没看出接下来会发生什么。他用台球杆朝着我的心口狠狠一捅，痛得我跪倒在地，喘不过气来。我能听到大厅里传来靴子踏地声，有人用嘶哑的嗓音反复呼喊着口号。

这位女神的崇拜者抓住我一侧的肩膀，把我从地上拖了起来，咧嘴一笑："不过我没什么恶意。我们还算是一边的，对吧？咱们去打几个浑球呗！"

我企图挣脱，但为时已晚。"亚当之子"的那帮人发现了我们。

*　　*　　*

莉娜来医院看我："我就知道，你该留在悉尼。"

我下颌被固定住了，无法还嘴。

"你必须把自己照顾好：现在，你的工作比以往任何时候都更重要。其他群体会找到他们自己的亚当。而夏娃带来的人类大一统观会被压倒，被近代男性祖先的概念中固有的部落观淹没。我们不能任凭几个到处乱搞的克鲁马努男人[1]让一切毁于一旦。"

"唔唔唔。"

"我们有线粒体测序……他们有Y染色体测序。当然，我们的分

---

1 旧石器时代的欧洲高加索人种。

子时钟已经发展得更精确了……但我们需要一个惊人的优势、一个任何人都能领会的优势。突变率、线粒体单倍型，对普通人来说，这些东西还是太抽象了。假如我们能借助EPR，构建起精准的家族树——从大家认识的亲戚开始，但把感觉同样精准的亲属关系延伸1万代，一路追溯到夏娃——那么，这就可以给我们带来直接性、带来可信度，让'亚当之子'只好等死。"她温柔地抚摩着我的额头，"你可以为我们赢得这场祖先战争的，保罗，我知道你能。"

"唔唔。"我被打败了。

本来我已经打算好了，要对双方都加以谴责，要从EPR项目中抽身——甚至如果真到了那一步的话，我也可以离开莉娜。

也许其中骄傲的成分多于爱情，软弱的成分多于责任，惰性的成分多于忠诚——不过，无论是出于什么原因，我都做不到。我离不开她。

面前只有一条路可走，那就是设法完成我已经开始的研究，给"夏娃之子"提供他们想要的无懈可击的证据。

* * *

信奉不同祖先的敌对派别在相互示威、用炮火彼此轰炸，与此同时，一条条血河正从我的仪器里流过。"夏娃之子"散布在世界各地的不少于5万名成员每人为我提供了两升血样；我的实验室会让效果最华丽的汉默恐怖电影[1]相形见绌。

---

1 汉默电影公司以拍摄哥特式恐怖电影闻名，其中包括吸血鬼电影。

我们对数万亿个质粒进行了分析。处于特定的低能量杂化轨道上的电子——这是两种异形电荷分布的量子混合物，有可能会在数千年内保持稳定——在经过精密调谐的激光脉冲的诱导下，坍缩成某种特定的状态。虽然每次坍缩都是随机发生的，但我所选择的轨道在成对的DNA链中具有非常微小的相关性。实验积累了千万亿次的测量数据，并加以比较。既然每一位个体都有充足的质粒得到测量，那么在统计噪声中，任何共同祖先的微弱特征便都可以浮现出来。

"夏娃之子"那棵巨大的家族树背后的各种变异已经不再重要；事实上，我观察的这些质粒片段很可能始终保持着完好无损，可以一直上溯到夏娃，因为正是与完美无瑕的DNA复制体发生了密切的化学接触，关联的出现才具备了真正难得的机会。随着这个过程中的各种小问题得到解决，数据积累得越来越多，结果终于开始出现了。

献血者当中有许多来自近亲群体：我对数据进行了盲分析，然后把结果交给一位研究助理，好与已知的关系进行对照检查。2013年6月初，我在1000份样本中对兄弟姐妹的检测获得了100%的得分；几周后，我对第一代与第二代表兄弟姐妹的检测也获得了同样的分值。

很快，我们就达到了家谱记录的极限。为了提供另一种交叉检查的方法，我开始对核基因也加以分析。即使是远亲，也有可能携带着来自共同祖先的某些基因——而EPR可以精准确定那位祖先所处的年代。

这个研究项目变得广为人知，我被怪人发来的邮件和死亡威胁所淹没。实验室戒备森严，"夏娃之子"为项目的每一位参与者及其家人都聘请了保镖。

信息量不断增长，但想到"亚当之子"可能会用竞争性的技术赶超他们的步伐，"夏娃之子"就生活在恐惧中，不断通过投票表决，向我追加越来越多的资金。我把我们的超级计算机升级了两次。虽然单凭线粒体本身，就可以将我引向夏娃，但出于财务上的目的，我开始追踪成千上万名祖先的核基因，其中男女皆有。

2016年春，数据库达到了某种临界量。我们采集的样本只占世界人口的极小一部分，但一旦有了往回追溯几十代的可能性，所有表面上并不相关的血统就开始产生了联系。在各位夏娃的纯母系家族树与各位亚当的纯父系家族树之间，常染色体核基因随意曲折，填补了其间的空白……直到我发现，地球上凡是生活在9世纪早期的人，只要他们留下的后代一直存活至今，我所掌握的基因图谱就几乎可以将他们全部覆盖。我不知道其中任何一个人的名字，甚至也不知道他们确切的地理位置，然而，他们每一个人在我这棵巨大家族树上的位置，我却知道得一清二楚。

我对整个人类物种的遗传多样性获得了粗略的了解。从那一刻起，我便一发而不可收了，对成千上万年间的关联都进行了追踪。

*　　*　　*

到了2017年，莉娜最悲观的预测统统变成了现实。世界各地有几十个不同的亚当宣告出现，这时的潮流是为规模越来越小的人群寻觅父系共祖，将父系血统汇聚到年代越来越近的祖先身上。现在，有许多祖先都是所谓的历史人物。为了争夺自称"亚历山大大帝之子"的权利，希腊和马其顿的敌对团体如今正在一决高下。在3个东欧共和国，Y染色体种族分类已经成了政府拟定的国策，而且，据称在某些跨国公司，这样的分类也成了公司政策。

当然，分析的人群规模越小——除非进行大范围的近亲繁殖——每位研究对象身为同一名亚当后裔的可能性就越小。所以，第一个辨认出来的男性祖先就成了"他族人的父亲"……而其余所有人则变成了污染基因的野蛮强奸犯，留下的丑恶污点至今仍然检测得到，并要就此加以清除。

我夜夜无法入眠，直到凌晨仍然清醒，苦苦思索着，自己怎会因为这样愚不可及的事，沦落到这么多冲突的中心。我依旧无法向莉娜坦白心中真实的感受，所以会关着灯，在屋里来回踱步，或者把自己锁在书房里，关好防弹百叶窗，整理最新发来的一批恐吓信——其中既有纸质版，也有电子版——在其中搜寻证据，以图证明，对尚未成为"夏娃之子"狂热拥趸的人，我关于夏娃的发现有可能产生哪怕一点点积极的影响。我在寻找某种迹象，表明除了向改信者布道以外，还有望再做些别的事。

我始终没有找到想要的那种鼓励，但有张明信片让我略感振奋。寄出明信片的是"堪萨斯城神圣不明飞行物教派"的主教。明信片上是这样写的：

亲爱的地球居民：

请你动动脑筋吧！人人皆知，在这个科学时代，各个种族的起源如今已经水落石出了！非洲人是在水星闹了大洪水之后飞到这里来的，亚洲人来自金星，高加索人来自火星，太平洋岛屿上的人来自各种小行星。如果你没有掌握必不可少的超自然技能，从各大陆把光线投射到星光界，以此来加以验证，那么，简单的气质和长相分析应该也会让这一点昭然若揭——哪怕是你也能看得出来！

但是，请不要曲解我的意思！仅仅因为我们都来自不同的星球，并不表示我们就不能继续做朋友。

＊　　＊　　＊

莉娜深感不安："可你明天怎么能召开媒体发布会啊？表亲威廉都还没看过最终结果呢。"那天是2018年1月28日，星期日。在某个波罗的海国家发生了一次令人不快的事件后，"夏娃之子"为我们安设了经过加固的钢筋混凝土地堡，我们在地堡里向保镖们道过晚安，上床睡觉。

我说："我是个独立研究员，可以不受约束地随时发布数据。合同上是这么写的。测量技术上的任何进步都必须经过'夏娃之子'的律师之手，但是，古遗传学的研究结果却没这个必要。"

莉娜换了种策略："可是，如果这项研究没有经过同行评审……"

"经过了。这篇论文已经被《自然》杂志采纳，在发布会之后的第二天就会出版。其实，"我一脸无辜地笑了笑，"我这么做只是为了帮编辑的忙。她希望这样能提升本期杂志的销量。"

莉娜不作声了。在过去的6个月里，有关研究工作的情况，我向她透露得越来越少，我宁愿任凭她去猜测，是某些技术难题阻碍了项目进展。

最后她说："你至少可以告诉我，到底是好消息，还是坏新闻吧？"

我无法直视她的眼睛，但还是摇了摇头："20万年前发生的事根本算不上什么新闻。"

*   *   *

为了召开媒体发布会，我租下了一间公共礼堂——离"夏娃之子"的办公大楼很远——我自行支付了租金，并安排了独立安保。萨克斯和其他董事对此并不满意，但除了绑架我之外，他们几乎没什么别的办法让我闭嘴。没有任何人曾经暗示过，要捏造出他们希望的结果——但有一个不言而喻的假设始终存在：只有恰当的数据才会如此大张旗鼓地公布——而"夏娃之子"有充分的机会率先对其做出解释。

我站在讲台后面，双手直抖。在场的有来自世界各地的两千多名记者，在他们当中，有许多人都佩戴着效忠于某一位祖先的标志。

我清了清嗓子，开始讲话。EPR技术已经成了人尽皆知的常识，没有必要再加以解释。我只是简单地说了句："我想向你们展示一下我关于智人起源的发现。"

灯光暗淡下来，一幅大约30米高的巨大全息图像出现在我身后。我宣称，这是一棵源自9世纪的家族树，它不是对基因或突变的粗略记录，而是整个人类群体代代相传的精准图表，其中同时包含了男性与女性血统。这棵家族树呈倒漏斗状，如同密不透风的丛林。听众依旧鸦雀无声，但礼堂内却弥漫着不耐烦的气氛。这10亿根细线纠缠在一起，根本无从辨认——他们从中无法得出任何信息。但我等待着，让这张无法理解的图表缓慢地旋转了一下。

"Y染色体的突变时钟是错的，"我说，"具有相似Y染色体的群体的父系血统，我已经向前追溯了几十万年，结果始终没有汇聚到任何一名男性身上。"人群中响起一阵不满的低语，我调高了扬声器的音量，盖过了这声音："为什么没有呢？假如DNA并不是全部来自不久以前的单一来源，那突变的多样性怎么会这么小呢？"第二幅全息图出现了，这是一个双螺旋结构，是Y染色体区域的示意图，"这是因为，突变一次又一次地发生在完全相同的位点上。在同一个位置上，就算出现两三次甚至五十次的复制错误，看起来离原始版本也仍然只有一步之差。"双螺旋结构的全息图被反复分裂和复制，对每一代累积的差异加以高亮显示，"我们细胞里的校对酶必定具有特定的盲点、特定的弱点——就像容易写错的字。在任何一个位点上，仍然有可能出现纯粹的随机错误，但只有在成百上千万年的时间尺度上才会这样。

"所有的Y染色体亚当都是幻想，"我说，"无论哪一个种族、部落或国家，都不是某个单一父亲的后裔。首先，现今的北欧人就有超过1000种不同的父系血统，可以一直追溯到冰河时代晚期——而这上千位祖先又源自两百多个不同的非洲男性移民。"在迷宫般灰蒙蒙的家族树上，闪现出了不同的色彩，短暂地对各个谱系加以突出显示。

有十几个记者跳起来，开始大声谩骂。我等着保安把他们从大楼里带离。

我望向人群，寻找着莉娜的踪影，却没能找到她。我说："线粒体DNA也同样如此。突变会互相覆盖，分子时钟是错的。并不存在什么20万年前的夏娃。"人群开始骚动，但我仍然继续往下说，

"直立人走出了非洲——在超过200万年的时间里，这样的事发生过几十次，新移民总是与旧移民杂交，而从来没有彻底取代过他们。"一个地球仪出现了，在整个亚非欧大陆上，密密麻麻地布满了纵横交错的道路，连1平方公里裸露的地面都休想看见，"智人在世界各地同时出现，在世界范围内维持着同一物种的状态，这部分是由于迁徙者的基因流动，部分是由于使所有时钟失效的平行突变：这些突变发生的顺序是随机的，却倾向于发生在相同的位点上。"一幅全息图上显示出4条DNA片段，它们不断积累着突变。起初，这4条片段变得越来越不一样，因为稀疏的随机离差对它们的影响各不相同，然而，随着越来越多相同的脆弱位点受到侵袭，它们却全都留下了几乎相同的痕迹。

"所以，现代的种族差异已经有长达200万年的历史了——这是从第一批直立人迁徙者那里继承下来的——但是，随后所有的进化不管发生在哪里，都是并行发展的……因为直立人其实从来就没有太多的选择。在短短200万年的时间里，不同的气候条件可能有利于不同的基因发生一些表面的局部适应，但是，在每一位迁徙者离开非洲之前，导致智人出现的一切都已经潜藏在他们的DNA里了。"

夏娃的支持者安静了片刻——也许是因为再也没人说得清，我所描绘的情形究竟是会带来统一，还是会造成分裂。真相太过纷繁复杂，根本无法服务于任何政治目的。

我接着说道："不过，假如真的曾经有过亚当或夏娃，他们的年代也比智人和直立人早得多。说不定是……南方古猿？"我在画面中展示了两个毛茸茸的驼背身影，跟猿猴差不多。人们开始乱扔摄像机。我按动了讲台下方的一个按钮，讲台前方升起了一面巨大的有机玻璃盾牌。

"烧掉你们所有的标志吧！"我喊道，"无论是男性还是女性，无论代表的是部族还是全球。丢开你们的父国和地球母亲吧——这是童年的终结！亵渎你的祖先吧，跟你的表亲上床吧——只要做你觉得对的事就行，因为那就是对的。"

盾牌被砸出了裂纹。我朝讲台的出口奔去。

保镖全都不见了踪影，但莉娜却坐在我们带有装甲的沃尔沃里，车停在地下停车场，引擎处于启动状态。她慢慢摇下了带后视镜的侧窗。

"我在网上看了你这场小小的表演。"她平静地盯着我，但眼里却蓄满了怒火和痛苦。

我的肾上腺素已经消耗殆尽，没有了力量，也没有了傲气；我在车旁跪了下来："我爱你。原谅我吧。"

"上车，"她说，"你得好好解释一下。"

闪光骇客 ————————

Luminous

我苏醒过来，分不清东南西北，也不清楚这是为什么。我知道，自己正躺在"跳蚤窝"旅馆22号房那张凹凸不平的狭窄单人床上。在上海逗留了将近1个月以后，床垫上的地形熟悉得令人灰心。但我躺的姿势有问题：我脖颈和肩膀上的每一块肌肉都在抗议，无论一个人的睡眠质量有多差，这种睡姿都绝不会是自然形成的。

　　我嗅到了血腥味。

　　我睁开眼睛。一个素未谋面的女人跪在我身边，正用一次性手术刀割开我左臂的肱三头肌。我侧身躺着，面向墙壁，一只手和一只脚踝分别被铐在床头和床脚上。

　　我尚未开始愚蠢地剧烈挣扎、发自本能地试图挣脱，便有某种东西掐灭了我内心涌起的恐慌。或许是某种更为古老的反应——面对危险时的紧张症——与肾上腺素较量了一番，并赢得了胜利。又或者我只是认定自己没有恐慌的权利，因为我早已料到了会有这样的事，数周以来一直在等待这一刻。

　　我轻声用英语说："你现在要动手从我体内挖出来的是个死亡陷

阱。只要有一次心跳缺少了含氧血液的供应，货就会烧毁。"

我这位业余的外科医生身材矮小结实，肌肉发达，一头黑色短发。不是中国人，有可能是印尼人。即便我过早醒来令她感到惊讶，她也并没有表现出来。我在河内弄到的基因定制肝细胞几乎可以分解从吗啡到箭毒的一切物质，幸好它们还分解不了局部麻醉剂。

她说："瞧瞧床边的桌子吧。"与此同时，她的视线并没有离开手头的工作。

我扭头望去。她用塑料管制成了一个循环回路，里面盛满了鲜血——大概是我的血吧——通过一台小泵完成循环和充气。一个大漏斗的阀杆插进了这个回路，交会处由某种阀门控制着。有电线从小泵伸向粘在我肘部内侧的传感器，使人造脉搏与真实脉搏保持同步。我毫不怀疑，她能从我的血管里拽出那个陷阱，将其插入这个代用品里，中途心跳的节拍不会漏掉一次。

我清了清嗓子，咽了口唾沫："还不太行。这个陷阱对我的血压状况掌握得分毫不差，一般的冒牌心跳可骗不了它。"

"你吓唬我呢。"但她还是犹豫起来，抬起了手术刀。她用来搜寻陷阱的手持式核磁共振扫描仪可以显示出它的基本构造，却发现不了什么工程学上的精密细节——至于软件方面则更是一无所知。

"我说的是实话。"我直视着她的眼睛，鉴于我们目前这种局促的姿势，要做到这一点可不容易，"这是瑞典的新货。提前48小时把它固定在静脉里，然后完成一系列典型活动，这样它就能记住你的节拍……然后再把货注入陷阱。简单、有效，又不会出差错。"鲜血淌过我的胸口，滴落到床单上。我突然觉得庆幸不已，还好我没把那玩意儿埋到更深的地方。

"这样的话，你自己怎么把货取出来？"

"那可不能随便说。"

"那现在就跟我说说，给你自己省点儿事。"她不耐烦地将手术刀在拇指和食指之间来回转动。我浑身上下的皮肤都遭遇了冷灼伤，神经末梢在叫嚣，血液翻涌着寻求掩护，毛细血管在收缩。

我说："遇到难题，我的血压就会升高。"

她俯身朝我淡淡一笑，在这样的僵局面前认了输，然后摘下一只沾满血污的手术手套，掏出笔记本，给一家医疗器材供应商打了个电话。她罗列了几样可以解决这个难题的设备——一个血压探测仪、一个更精密的泵、一个合适的电脑化界面——用流利的普通话激烈地争论着，设法让对方做出迅速发货的承诺。

然后她放下笔记本，把没戴手套的那只手搭在我肩上："现在你可以放松了。我们不会等太久。"

我扭动着身子，佯装生气地甩开她的手，终于成功地把血溅到了她的皮肤上。她一句话也没说，但必定立刻发觉了自己刚才有多么大意。她爬下床，朝脸盆走去，我听到了水流的声音。

然后她开始干呕。

我兴高采烈地喊道："准备好服解药的时候就告诉我。"

我听见她走近，转身面对着她。她脸色苍白，面容因恶心而扭曲，鼻涕眼泪直流。

"告诉我在哪儿！"

"把我的手铐打开，我就去给你拿。"

"不行！没门儿！"

"行啊。那你最好这就自己动手找去吧。"

她拿起手术刀，在我面前挥舞："去你妈的。我这就动手！"她像个发烧的孩子一样浑身战栗，徒劳地想用手背堵住鼻孔里涌出的鼻涕。

　　我冷冷地说："你要是再割我一下的话，损失的就不只是货了。"

　　她转过身，呕吐起来；呕吐物很稀，颜色灰暗，掺杂着血丝。毒素正在诱哄她胃里的细胞全体自杀。

　　"给我打开手铐。你会死的。用不了多久。"

　　她擦了擦嘴，努力强撑着，一副要开口说话的样子，然后又开始吐。我本人也有过类似的体验，很清楚她现在有多难受。强忍着不吐出来，就像要努力咽下大便和硫酸的混合物；往外吐，感觉就像开膛破肚。

　　我说："再拖个30秒，你就该虚弱得没法自理了，就算我告诉你去哪儿找，你也没法找了。所以要是不把我放开……"

　　她掏出一把枪和一串钥匙，给我打开手铐，然后站在床脚边，筛糠似的剧烈颤抖着，但枪口依然瞄准了我。我对她的威胁视而不见，迅速穿好衣服，先奇迹般发现了一只富余的干净袜子，拿它把手臂包扎起来，然后才穿上T恤和外套。她跪倒在地，枪依旧大致对准我的方向，但眼睛都肿得半闭上了，眼中充满黄色的液体。我考虑了一下解除她的武装，但这个险似乎不值得冒。

　　我收拾好剩下的衣服，环视了一眼房间，仿佛有可能落下了什么东西似的。但真正要紧的东西都在我的血管里；艾莉森曾经告诉过我，要旅行就只有这一种办法。

　　我转身对那个闯进来的窃贼说："没有解药，但你死不了。在接下来的12个小时里，你只会觉得生不如死。再见。"

我朝门口走去时，颈后的汗毛忽然竖了起来。我蓦地想到，她或许不会把我的话当真——或许会自认为已经一无所有，于是开枪道别。

我头也不回地拧动了门把手，说道："可你要是再跟着我——下一回，我就会要你的命。"

这话是骗她的，但似乎起到了作用。我将房门在身后带上，听到她放下枪，又开始呕吐起来。

我沿着楼梯走了一半，逃出生天的狂喜开始被更令人沮丧的想法所代替。既然一个粗心大意的赏金猎人都能找到我，那跟她身份相同、行事却更有条理的人也不可能落后太多。"工业代数"正在向我们逼近。假如艾莉森无法尽快获得使用"闪光"的机会，我们就别无选择了，只能摧毁地图。即便是那样，也仅仅是争取时间的权宜之计。

我向接待员支付了直至次日早晨的房费，特意强调不要去打扰我的同伴，还多给了一笔数额合适的小费，算是补偿清洁工即将面对的那片狼藉。毒素在空气中会变质；再过短短几小时，那些血迹就不会造成什么危害了。接待员猜疑地打量着我，但什么也没说。

外面正是和煦的夏日清晨，天空万里无云。目前才刚6点，控江路上却已挤满了行人、骑车人、公共汽车，还有几辆配有司机的豪华轿车招摇过市，以每小时10公里左右的速度在人来车往中艰难前行。夜班工人似乎刚走出马路那一头的英特尔工厂，路过的骑车人多数都身穿印着英特尔标志的橙色连体工作服。

走到离旅馆两个街区之外的地方，我突然停下了脚步，双腿险些站立不住。这不仅是出于惊骇——而是属于一种延迟的反应，后知后觉地承认自己刚与惨遭杀害的命运擦身而过。窃贼的暴力手术已经令人遍体生寒了，但其背后暗含的信息令人焦虑的程度却远胜于此。

"工业代数"不惜花费重金，违反了国际法，冒着奇险赌上了他们公司与个人的未来。缺陷，这个晦涩难懂的抽象概念被拖进了血腥与尘土、会议室与刺客、权力与独断的世界。

人类已知的最接近于确定之物，正面临着化为流沙的危险。

＊　　＊　　＊

这一切始自一个玩笑。为了争论而争论。艾莉森和她令人恼火的异端邪说。

"数学定理，"她宣称，"只有经过物理系统的测试才能成立：当这个系统的表现在某种程度上取决于该定理为真还是假。"

那是1994年6月。我们坐在一个铺砌过的小院子里，打着哈欠，眨着眼睛，刚刚从课堂来到室外，沐浴在冬日的阳光下。那是一门讲数学哲学的单学期课程的最后一节课，这让我们从现实生活的艰苦磨砺中略微获得了解脱。在跟几个朋友一起去吃午饭之前，我们还有15分钟的空闲时间可以消遣。这只是一场社交对话——近似于暧昧的调情——仅此而已。或许世上确实有些神经错乱的学者，躲在某个暗无天日的地窖里，对数学真理的本质抱有自己的观点，不惜为之献身。但我们已经20岁了，我们知道，就像针尖上能站几个天使一样[1]，这一切完全是毫无意义的论题。

---

1 著名的中世纪神哲学问题。

我说："物理系统创造不了数学。什么也无法创造数学——它是永恒的。就算宇宙中除了一个电子以外什么也没有，数论仍然不会有丝毫的改变。"

艾莉森对此嗤之以鼻："是啊，因为哪怕只有一个电子，加上它所在的时空，也需要全套的量子力学和广义相对论——以及所有必要的数学基础架构。一个飘浮在量子真空中的粒子需要群论、泛函分析和微分几何一半的主要成果……"

"好吧，好吧！我明白了。不过，假如是这样的话……大爆炸后第一皮秒[1]内发生的事件就会'构建'起任何一个物理系统所需要的所有数学原理，一直延续到宇宙大收缩。一旦你掌握了支撑万有理论的数学……那就可以了，你再也用不着别的了。故事到此结束。"

"但并不是这样。要将万有理论应用于一个特定的系统，你仍然需要所有的数学知识来应对那个系统——其中包括的数学成果有可能远远超出万有理论本身的需要。我的意思是，在大爆炸发生150亿年以后，仍然有人可以证明，比如说……费马大定理。"普林斯顿大学的安德鲁·怀尔斯[2]最近宣布，他证明了这个著名的猜想，不过，他的工作仍在由同事进行细致的检查，尚未得出最终的定论。

"以前物理学可从来不需要这个"。

我反驳道："你说的'以前'是什么意思？费马大定理跟物理学的任何一个分支向来没有半点关系，以后也永远不会有。"

艾莉森狡黠地偷笑起来："对，任何一个分支都没有。但这仅仅

1　时间单位。1皮秒（ps）等于10^{-12}秒。
2　安德鲁·约翰·怀尔斯（Andrew John Wiles，1953— ），英国数学家，于1994年证明了数论中历史悠久的费马大定理。

是因为那些表现有赖于它的物理系统的类别极为特殊，简直特殊到了荒唐的地步：就是那些试图验证怀尔斯证明的数学家的大脑。"

"想想看吧。一旦你开始想办法证明一个定理，那么，就算数学是如此'纯粹'，与宇宙中的其他任何物体都没有相关性……你也只不过让它与你本人产生了相关性。你必须选择某种物理过程来验证这个定理——不管你是用电脑，还是用纸笔……又或者只是闭上眼睛，让神经传导物质来来去去。根本没有什么不依赖于物理事件的证明方式，不管这样的物理事件是发生在你的脑袋里面还是外面，都不会因此变得没那么真实。"

"有道理，"我谨慎地让了一步，"但这并不意味着……"

"也许安德鲁·怀尔斯的大脑、身体和做笔记用的纸构成了第一个物理系统，其行为表现取决于这个定理的对错。但我认为，人类行为并没有发挥任何特殊的作用……假如150亿年前，某个夸克[1]群盲目地做出了同样的事，发生了一些纯属随机的相互作用，恰好以某种方式验证了这个猜想，那么，那些夸克构建起费马大定理的时间就比怀尔斯要早得多。我们永远也没法知道。"

我正要开口抗议说，没有哪个夸克群能够验证这个定理所包含的无数种情况，但我及时刹住了车。这是事实，但这并没有阻止怀尔斯。一个有限的逻辑步骤序列将数论的若干公理——其中包括关于所有数字的一些简单概论——与费马本人的笼统主张联系了起来。假设一名数学家可以在有限的时间内操纵有限数量的物理物体，以此来验证这些逻辑步骤——无论是用铅笔在纸上画下的符号，还是数

---

1 一种参与强相互作用的基本粒子，也是构成物质的基本单元。

学家大脑中的神经传导物质——那么，就理论上而言，各种各样的物理系统都可以模仿这个证明的结构……无论它们有没有意识到其"证明"的是什么。

我往长椅上一靠，假装开始揪头发："就算我以前不是个铁杆的柏拉图主义者，你也要把我逼成这样的人！费马大定理不需要任何人来证明，也用不着被任意一个夸克群偶然发现。只要这个定理是真的，它就永远都是真的。一组给定的公理所隐含的一切在逻辑上与它们都是联系在一起的，不受时间的影响，永远如此……哪怕在宇宙的生命周期里，这样的联系无法被人类或夸克所追溯。"

艾莉森根本不听，每次我一提到不受时间影响的永恒真理，她嘴角就会浮现出微笑，仿佛我是在宣扬自己对圣诞老人的信仰。她说："那么，在宇宙有机会加以验证之前，是谁，或者是什么，把'存在一个名为0的实体'和'每个X都有一个接替物'之类的结果一路推导到了费马大定理，甚至更远的地方？"

我坚守自己的立场："被逻辑联系到一起的东西就是……有联系的。没有什么是必然要发生的：结果不一定要由任何人或物'推导'而形成。又或者你是不是认为，大爆炸后最早发生的事件，夸克-胶子等离子体的第一次剧烈震荡，没有填补所有的逻辑空白？你是不是认为，夸克会推论说：嗯，到目前为止，我们已经完成了A、B和C，可是现在，我们绝不能再做D了，因为D在逻辑上会与我们迄今为止'发明'的其他数学内容不一致……哪怕要阐明这种不一致性需要写上一篇50万页的证明？"

艾莉森仔细想了想："不是。但万一不管怎么样，D事件仍然发生了呢？假设它所暗示的数学内容在逻辑上与其他内容确实不一致，但它还是发生了……因为宇宙还太年轻，计算不出存在任何差异的事实，那该怎么办？"

我必定是目瞪口呆地坐在那里，盯着她看了大约10秒钟。鉴于我们在过去这两年半里接受的那些正统观念，这样的说法实在是太离谱了。

"难道你是说……数学在一致性方面可能遍布着很多根本缺陷，就像空间里可能遍布着宇宙弦那样？"

"一点儿也没错。"她回瞪着我，装出一副若无其事的样子，"如果时空都不能在所有的地方跟自身连续而顺畅地融合起来，那数学逻辑为什么就该这样呢？"

我险些发作："我该从哪儿开始说起啊？现在，当某个物理系统企图跨越缺陷，将各个定理联系到一起时，会发生什么呢？假如定理D已经被某些过于急切的夸克判定为'正确'，那么，当我们编写了一个计算机程序来证明它是错的，又会怎么样呢？当软件矛盾地完成了把A、B和C联系起来的所有逻辑步骤——夸克也证明了这些是正确的——成了令人恐惧的非D，那它到底是成功了还是失败了呢？"

艾莉森回避了这个问题："假设它们都是正确的：D和非D。这听起来像数学的末日，对吧？整个系统立刻就崩溃了。把D和非D结合在一起，你想证明什么就可以证明什么：1等于0，白天等于黑夜。但这只是信奉柏拉图主义的无聊老头的观点，逻辑传播的速度比光还快，计算根本不需要时间。人们在不相容数论中也可以生活，不是吗？"

不相容数论是一种非标准版本的算术，其基础是"几乎"互相矛盾的公理——它们的可取之处在于，矛盾只能出现在"无限长的证明"中（这在形式上是不允许的，更何况在物理上也根本不可能实现）。这种现代数学非常有价值，但艾莉森似乎准备把"无限长"替换成普普通通的"长"，就好像在实践中，这二者的区别无关紧要似的。

我说："等我把这个搞清楚。你说的是用普通的算术——没有违背直觉的奇怪公理，只有每个10岁小孩都知道是正确的东西——在有限的步骤之内，证明它是不相容的？"

她高兴地点头："是有限的不假，但数目很大。这样一来，这种矛盾就很少会有任何物理上的表现——相比于日常的计算和物理事件，它'从计算方面来讲相去甚远'。我的意思是说……某个地方的一根宇宙弦又毁灭不了宇宙，对吧？这对谁都没有害处。"

我冷笑道："只要你别靠得太近就行。只要你不把它拖回到太阳系里来，让它到处乱抽、把行星切成碎片。"

"一点儿也没错。"

我瞥了眼手表："我看，是时候回到地球上来了吧。你知不知道我们要去见茱莉亚和拉梅什？"

艾莉森夸张地叹了一口气："我知道，我知道。那两个可怜的家伙傻乎乎的，这种问题只会让他们感到厌烦。所以这个话题就到此为止吧，我保证。"她顽皮地补充道，"文科生实在是太目光短浅了。"

于是我们出发了，穿过绿树成荫的宁静校园。艾莉森信守了诺言，我们默不作声地走着：如果我们直到最后一分钟还在争论的话，一旦与礼貌的同伴在一起，要回避这个话题就更难了。

不过，去自助餐厅的路走到一半时，我还是没忍住。

"假设真的有人给计算机编程，让它顺着跨越缺陷的推论链往前推，你觉得实际上会怎么样？当所有那些简单可信的逻辑步骤的最终结果终于在屏幕上蹦出来的时候，哪一组原始夸克会在这场战斗中获胜？拜托你别跟我说，为了省事，整台电脑就这么消失了。"

艾莉森最后戏谑地一笑："布鲁诺，现实点儿吧。你怎么能指望我回答得了这个问题啊？预测这个结果需要的数学本身都还不存在呢。不管我说什么，都不会是真的或者假的——除非有人真的动手去做这个实验。"

＊　　＊　　＊

这一天的大部分时间，我一直在努力说服自己，那个给我做手术的人的同伙（或者敌手）并没有潜伏在酒店外面，一路跟踪我。试着甩掉一条未必真实存在的尾巴，这种事有点儿令人不安，就像卡夫卡作品里的感觉：我在人群中找不到某一张特定的面孔，只有一个跟踪者的抽象概念。现在才想着去做个整容手术，让自己的外貌变得像亚洲人已经来不及了——在越南那会儿，艾莉森曾经出过这样的主意，她把这当作一个认真的建议，但是上海有上百万外国居民，所以，只要我小心行事，即便是以英语为母语的意大利后裔应该也可以泯然众人。

至于我是否能胜任这项任务，那又是另一回事了。

我混进了蚂蚁般的游客队伍，挤在豫园市集里摩肩接踵的人群中（市集的货架上摆满了10美分的手表电脑、对情绪敏感的隐形眼镜，还有最新版卡拉OK声带植入物，就摆在装着活鸭和活鸽子的竹笼旁边），循着阻力最小的路线前行，朝孙中山故居走去。从作家鲁迅墓走到虹口麦当劳（他们正在派发安迪·沃霍尔的塑料小像，个中原因我弄不清楚）。

我在这些景点之间佯装悠闲地逛街，姿态上却保持着极不友好的肢体语言，好让即便是形单影只的西方人也不会想与我搭讪。若说在这座城市里的大多数地方，外国人都并不引人注目，那么在这里，他们肯定会被人目不转睛地盯着看——甚至就连彼此之间也是如此——而我尽力不让任何人有丝毫理由记住我。

我一路查看着，看艾莉森是否留下了任何信息，但什么也没发现。我自己用粉笔留了5个小小的抽象记号，有的画在公共汽车的候车亭上，有的则画在公园的长椅上——这几个记号略有不同，但传达的都是同样的消息：**擦肩而过，但已安全。继续前进。**

傍晚来临前，为了摆脱这个假想中的盯梢者，我已经使出了浑身解数，于是，我往约定好的下一家酒店走去，我们俩早已口头商量好了一份酒店名单。上次我们在河内见面时，我还曾取笑过艾莉森精心准备的一切。此时，我倒开始巴不得当初求着她把我们的暗语扩展到更极端的意外情况：**受了致命伤。酷刑之下将你出卖。现实消亡中。其余尚可。**

淮海中路上的这家酒店比前一家上了一个档次，但还没有高级到拒收现金的地步。前台接待员礼貌地与我略作寒暄，我尽量把谎编得圆一些，说我打算先花1周时间观光，然后动身前往北京。我给的小费过于丰厚，行李员的笑容很得意——然后我在床上坐了5分钟，琢磨着曲解那样的举动有何意义。

我努力想要恢复判断轻重缓急的能力。

工业代数公司确实可以收买上海酒店的每一名雇员，来搜查我们的踪迹，但这有点儿像是在说，从理论上而言，他们完全可以复制我们12年来寻找缺陷的全部过程，而根本不必费心追踪我们。毫无疑问，他们对我们手里的东西垂涎三尺，但他们其实又能如何呢？去商业银行（要么找黑手党或三合会）融资吗？如果我们的货是1公斤丢失的钚，或者一段值钱的基因序列，那可能还行得通；但即使是在理论上，地球上也只有几十万人有能力理解缺陷是什么。在这些人当中，又仅有一小部分人会相信这样的东西真实存在，其中会投资开发这桩生意的人就更少了。

风险似乎无限大，但并不会让参与者变得无所不能。

暂且还不会。

我把包扎手臂的袜子换成了手帕，但伤口比我以为的还要深，而且仍在隐隐渗血。我走出酒店，在离酒店只有10分钟路程的地方，有家24小时营业的大百货商店，我在这里找到了恰好用得着的东西——手术级组织修复霜：其中混合了胶原蛋白黏合剂、防腐剂和生长因子。这家大百货商店甚至连药品经销店都不算：只是在一条接一条的过道上塞满了各种互不相干的零碎物品，摆放在蓝白色的吸顶灯下，灯光还算稳定，不见闪烁。这里有罐装食品、PVC厕浴设备、传统药物、老鼠避孕药、视频存储器，品类丰富，千奇百怪，有一种近似于有机体的多样性——就仿佛货架上的商品都是从恰好随风吹进来的孢子中生长出来的。

我掉头往酒店走，在无尽的人群中挤来挤去，饭菜散发出的气味半惹人垂涎、半让人反胃，一眼望不到边的全息图和霓虹灯构成的街景让我眼花缭乱，其中的语言和文字我几乎无法理解。15分钟后，我发现自己迷路了，嘈杂潮湿的环境令我晕头转向。

我在街角停下脚步，企图弄清自己所在的方位。上海滩在我周围铺展开来。

除了这里，没有其他任何地方拥有如此强大的单机，甚至包括美国国防研究机构在内。世界上的其他地区早已屈服于网络化，放弃了拥有复杂架构和定制芯片的强悍的超级计算机，转而改用了数百台大批量制造的最新工作站。实际上，21世纪最伟大的运算壮举都通过互联网外包给了成千上万名志愿者，让他们趁着处理器空闲时在自己的机器上运行。这也正是艾莉森和我起初绘制缺陷图的方式：12年来，有7000名业余数学家共同分享着这个玩笑。

然而目前，互联网与我们的需要恰好背道而驰，只有"闪光"才能将其代替。不过，只有中国才支付得起这笔巨资，只有人民高级光学工程研究所才制造得出来……只有上海QIPS公司才能向全世界销售它的使用时间——它同时还被运用于氢弹冲击波模型、无人驾驶战斗机，以及异国的反卫星武器。

我终于破译了街上的路牌，明白了刚才是怎么回事：我从商店出来时拐错了方向，就这么简单。

我沿着原路返回，很快就回到了熟悉的地盘。

* * *

当我打开房门时，艾莉森正坐在我床上。

我说："这座城市里的门锁是怎么搞的？"

我们俩短暂地拥抱了一下。我们曾经相恋过，但那段感情早已结束了。后来，我和她作为朋友相处了多年，但如今"朋友"这个词是否依旧恰当，我就拿不准了。我们现在的关系太注重实用，也太单调了，一切都围绕着缺陷展开。

她说："我收到你的消息了。出了什么事？"

我把早晨发生的事讲了一遍。

"你知道本来应该怎么做吗？"

这句话听得我难受。"我还好好的呢，对吧？货也还安全。"

"布鲁诺，你本来应该杀了她的。"

我放声大笑。艾莉森平静地回望着我，我移开了视线。我不知道她是不是真这么想——我也不太想知道。

她帮我涂了修复霜。我体内的毒素对她构不成威胁：我们俩都嵌入了一模一样的共生体，基因型也毫无差别，都是来自河内的同一批独特的产品。然而，感觉到她赤裸的手指抚过我破损的皮肤，知道在地球上再也没有别的人能这样安然无恙地触碰我，这种感受仍旧很奇特。

与我发生关系也是一样，但我不想让思绪停留于其上。

当我套上夹克时，她说："那你猜猜看，我们明天早上5点要去干什么。"

"别跟我说：我飞赫尔辛基，你飞开普敦，只是为了甩掉他们？"

她淡淡一笑："猜错了。我们要在研究所跟袁先生见面，'闪光'可以给我们用半小时。"

"你可真有本事。"我弯下腰，吻了吻她的额头，"但我一直就知道，你会把这事办成的。"

我本应欢喜得发狂才是，然而，实际上我却感到腹内翻江倒海：

我觉得自己陷入了困境，跟被拷在床上醒来的时候相差无几。倘若我们依旧用不成'闪光'（本该如此，因为以现行价格租用1微秒的费用，我们都负担不起），我们就将别无选择，只能销毁所有数据，抱着乐观的希望。工业代数无疑挖掘出了几千个原始互联网计算的碎片，但很明显，他们虽然对我们的发现一清二楚，却仍然不知道我们是在哪里发现的。假使他们被迫自行开始随机搜索——由于受自身私有硬件的保密需求所限——或许需要耗费千百年的时间。

不过，现在已经不可能再退后抽身，让一切都听天由命了。我们将不得不亲自面对缺陷。

"你跟他说了多少？"

"全说了。"她走到脸盆前，脱下衬衫，拿着一条法兰绒毛巾，开始擦拭脖子和身上的汗水，"只是没把图交给他。我给他看了搜索算法和结果，还有我们需要在'闪光'上运行的所有程序——都去掉了特定的参数值，但足够让他确认这些技术真实有效了。当然了，他想看一看证明缺陷存在的直接证据，但在这一点上我没有让步。"

"他信了多少？"

"他保留了意见。我们达成的交易是这样的：我们可以畅通无阻地使用半小时，但他可以观察我们的一举一动。"

我点了点头，仿佛我的意见能改变什么似的，仿佛我们还有选择余地似的。20世纪90年代末，艾莉森在复旦大学环理论高级应用专业攻读博士学位时，袁廷复是她的导师。如今，他成了全世界顶尖的密码学家之一，为军方、安全部门和十几家国际公司担任顾问。艾莉森曾经告诉过我，她听说，他发现了一个多项式时间算法，可以分解两个质数的乘积：这一点从未得到过官方的证实，但他声名实在太盛，以致随着这一谣言的传播，地球上几乎人人都不再使用以前的RSA加密法[1]了。毫无疑问，他只要索要"闪光"的使用时间，便可获得免费赠送，但这并不意味着他一旦出于错误的原因，把它赠送给了错误的人，就不会因此被监禁个20年。

我说："你信任他吗？现在他也许还不相信缺陷的存在，可是一旦他相信了……"

"他想要的会跟我们想要的一模一样，这一点我敢肯定。"

"好吧。但你确定工代不会也在监视吗？万一他们弄明白了我们为什么会在这里，再收买了什么人……"

艾莉森不耐烦地打断了我："在这个城市，有几样东西还是花钱买不到的。监视像'闪光'这样的军用机器无异于自取灭亡。没人会冒这样的险。"

"那监视在军用机器上运行的未经授权的项目呢？也许两罪就相抵了，结果你成了英雄。"

她一边半裸着身子走近我，一边用我的毛巾擦着脸："我们最好祈祷别这样。"

我突然笑了起来："你知道我最喜欢'闪光'的哪一点吗？他们并不是真的让埃克森美孚和麦克唐纳-道格拉斯跟中国用同一台计算机。因为每次一拔掉电源插头，整台计算机就会消失。如果你这么看的话，根本就没有什么矛盾。"

---

1 1977年由李维斯特、萨默尔和阿德曼共同提出的算法，被公认为目前最优秀的公钥方案之一，但由于依赖数论中大整数分解的困难性假定，故容易被多项式时间算法破解。

　　　　　　　　*　　*　　*

　　艾莉森坚持要轮班守夜。若是在24小时以前，我或许会拿这件事来开玩笑；现在我却不情愿地接过了她递给我的左轮手枪，坐在霓虹闪烁的黑暗中，盯着房门，她睡去了，就像一盏熄灭的灯火。

　　晚上大部分的时间，酒店里都很安静，可是现在却活跃起来了。每隔5分钟，走廊里就会响起阵阵脚步声——墙壁里有老鼠，有的在觅食，有的在交配，很可能还有在生小老鼠的。警笛的呼啸声远远传来，一对情侣在楼下的街道上冲着对方大喊大叫。

　　守了1个小时之后，我心里七上八下，没开枪把自己的脚崩掉简直是个奇迹。我卸下子弹，然后坐在那里，拿空枪管玩起了俄罗斯轮盘赌游戏。无论如何，我仍然没有做好准备，无法为了捍卫数论公理而朝着别人的脑袋开枪。

　　　　　　　　*　　*　　*

　　工业代数接近我们的方式完全是温文尔雅的。那是一家总部位于英国的公司，规模不大，却很积极进取，专门为工业和军事应用设计性能卓越的计算硬件。他们听说了我们探索的问题，这没什么值得大惊小怪的——这个问题已经在互联网上公开讨论了多年，甚至严肃的数学期刊也会拿它来开玩笑——然而，艾莉森刚从苏黎世给我发来一条私人信息，提及了"大有希望"的最新成果，过了短短数日，他们便与我们取得了联系，这似乎就巧得出奇了。在经历了六七次假警报之后——都是由于漏洞和故障带来的空欢喜——我们已经不再向为项目捐助运行时间的人通报每一次未经证实的发现，更不用说在更大范围内公布成果了。我们担心，如果再喊一回狼来了，有一半的合作者都会大发雷霆，从而撤回他们给予的支持。

工代在公司的私网上为我们慷慨地提供了大量算力——比我们从其余任何一位捐赠者那里获得的算力都要多出几个数量级。原因何在呢？答案一直变来变去的：对纯数学深深的崇敬；在生活中寻求乐趣的天真态度；渴望资助一个激动人心的时髦项目，这个项目看似不可能成功，对比之下，连外星智能探索（SETI）项目都显得像是保守的蓝筹股投资了。最终，他们"不情愿地承认"，这是一次不顾一切的尝试，目的是要让他们的企业形象变得温和，因为他们确实相当不错的智能炸弹被某些令人讨厌的政府拿去干了些坏事，让他们遭受了多年的负面报道。

我们礼貌地回绝了。他们向我们提供过高薪的咨询职位。我们觉得莫名其妙，便暂停了所有基于网络的计算，开始采用艾莉森从袁先生那里学来的一种简单却高效的算法，对我们的邮件进行加密。

艾莉森目前住在苏黎世，她一直在自家的工作站上整理搜索结果，而我则在悉尼帮忙协调各种事务。毫无疑问，工代一直在窃听传入的数据，但他们显然开始得太晚，来不及收集自行绘制地图所需的信息；孤立地来看，单个的计算碎片都没有多大意义。但是，等到工作站被盗以后（所有文件都经过了加密，他们无法从中获得任何信息），我们终于不得不扪心自问：如果缺陷是真实存在的，如果玩笑并不是玩笑……那么，面临危险的到底是什么？涉及多少资金、多大权力？

2006年6月7日，我们在河内一座闷热拥挤的广场上见了面。艾莉森没有浪费半点儿时间。她的笔记本里装着失窃的工作站的数据备份，她严肃地宣布，这一次，缺陷是真实的。

若要把在网上对算术语句空间所作的长时间的随机搜索重复一遍，笔记本的微型处理器要花费千百年的时间；但是，如果直接引向相关的计算，它在几分钟之内便可确认缺陷的存在。

这个过程从S语句开始，这是个关于某些极大数的主张，但在数学上并不复杂，也不存在任何争议。这里没有关于无限集的主张，也没有关于"每一个整数"的命题。它仅仅是陈述，对某些特定的（极大）整数进行某种（精细的）计算，就会得到某个结果——本质上，这与"5＋3＝4×2"之类的陈述并没有什么不同。我用纸笔来验算可能要花上10年的时间，但我只要掌握了小学数学，再加上极大的耐心，就可以完成这项任务。这样的语句不可能具有不确定性，它要么是对的，要么是错的。

笔记本认定，它是对的。

然后笔记本采用S语句，用了423个无可挑剔的简单逻辑步骤，证明了非S。

我用另一个不同的软件包在自己的笔记本上重复计算了一遍，结果完全一致。我盯着笔记本屏幕，想要编造出一个合理的理由，解释一下，为何运行两个不同程序的两台计算机会以一模一样的方式出现故障。过去确实有过这样的先例：在一本计算机教科书中，出现了一个算法上的印刷错误，从而衍生出了上千个无用的程序。但我们眼前的操作太简单了，也太基础了。

这样就只剩下两种可能：要么传统算术存在着固有缺陷，柏拉图的整个自然数理想归根到底是自相矛盾的；要么艾莉森说得对，在数十亿年前，一种替代算法在一个"计算能力天差地别"的区域占据了主导地位。

我心中颇感震惊，但做出的第一反应却是设法淡化这个结果的重要性："用立方普朗克长度作为单位来衡量的话，这里操作的数字比整个可观测宇宙的总量还要大。要是工代公司指望在外汇交易中使用这个的话，那我看，他们犯了个尺度上的小小错误。"然而，话还没说完，我就知道事情没那么简单。这些原始数字或许确实算是超天文数字，然而实际上，却只不过是笔记本二进制表示法中的1024比特发生了真实的物理性失误。数学中的每一条原理都以数不清的其他形式加以编码，并体现出来。假如这样一个悖论——乍看之下，这似乎是一场关于极大数的争论，这样的数字过于庞大，即便是在最宏大的宇宙学探讨中也不适用——能影响到一块5克重的硅片的表现，那么，地球上就完全可能有10亿个其他系统面临着被毫无差别的缺陷所波及的风险。

但更糟糕的情况还在后头。

按照这个理论，我们已经找到了两个不相容的数学系统之间的部分边界，而在其各自的疆界内，这两个系统在物理学上都是正确的。凡是完全局限于缺陷某一边的推理序列——无论是应用传统算术的"近端"，还是采用替代算法的"远端"——都不会产生矛盾。然而，任何跨越了边界的推理序列都将导致谬论的产生：所以，S可能会导致非S。

因此，通过对大量的推理链加以检查，发现其中某些内容是自相矛盾的，另一些则不是，就有可能为缺陷周围的区域精准绘图——将每条语句分配给其中的某一个系统。

艾莉森展示了她画出的第一张地图。图中是一道锯齿形的分形边界，描绘得很精细，很像显微镜下两粒冰晶之间的边界——仿佛两个系统从不同的起点随机扩散开来，然后发生了碰撞，挡住了彼此的去路。此时，我差不多已经准备相信，我眼前果真是数学创造的一张快照，是对真假的区别加以定义的原初尝试形成的化石。

然后，她又调出了针对相同语句集的第二张地图，把这两张地图叠加到一起。缺陷的边界已经发生了变化——有些地方前进了，有些地方后退了。

我浑身的血变得冰凉："这肯定是软件有漏洞。"

"不是。"

我深吸了一口气，环顾广场——仿佛周围的一众游客、小贩、购物者和高管，这漫不经心的人群或许可以提供某种"人性化"的简单真理，会比纯粹的算术更有弹性。但我能想到的只有《1984》：温斯顿·史密斯在打击之下最终屈服了，放弃了理性的所有试金石，不情愿地承认 2 + 2 = 5。

我说："好吧，接着说。"

"在早期宇宙中，必定有某个物理系统曾经彻底检验过数学，它是孤立的，隔绝于所有既定的结果之外，可以任凭其自由地随机决定结果。缺陷就是这样产生的。可是到目前为止，这个区域内所有的数学都已经受到过检验，所有的缺口都被填补好了。当一个物理系统在近端检验一个定理时，不仅它以前已经被测试过 10 亿遍，而且它周围所有在逻辑上与之毗邻的陈述都已经确定下来，经过单一步骤就能得出正确的结果。"

"你是说……来自邻近同类物的同伴压力？不允许有矛盾，必须保持一致？如果 $x-1=y-1$，且 $x+1=y+1$，那么，x 就别无选择，只能等于 y，因为'附近'没有任何支持替代性选择的事物？"

"一点儿也没错。真理是在局部决定的。在远端的深处也一样。替代数学在那里占据了主导地位，每一次测试在发生时都被既定的定理所围绕，这些定理相互强化，并巩固了'正确的'——也就是非标准的——结果。"

"不过，在边界上……"

"在边界上，你所测试的每一个定理得到的都是矛盾的建议。对某一个相邻数而言，$x-1=y-1$……但是，对于另一个相邻数，又成了 $x+1=y+2$。边界的拓扑结构极其复杂，以致近端的某个定理在远端的相邻数可能反而比在近端的还多——反之亦然。

"因此，哪怕是现在，边界上的原理也不是固定不变的。这两个地区仍然可以前进或后退。这完全取决于对定理进行检验的顺序。假如首先验证的是一个确定位于近端的定理，而它又为一个不那么稳固的相邻数提供支持，那就可以确保这二者都保持在近端范围内。"她运行了一次简短的模拟来演示这样的效应，"可是，如果顺序颠倒过来，那相对不那么稳固的一方就会沦陷。"

我看得头晕眼花。虽然晦涩难明却被视为永恒不变的原理，正像棋子一样跌落翻滚。"那么……你认为，此时此刻正在发生的物理过程——偶然的分子事件在无意间不断地反复检验着边界上的不同理论——导致了两边的疆域有消有长？"

"没错。"

"这么说，在过去这几十亿年里，一直有一种……随机的潮水，在这两种数学之间来回冲刷？"我不安地笑了笑，在脑海里做了些粗略的计算，"随机漫步的预期值是$\sqrt{n}$，我觉得，我们没什么可担心的。在宇宙的生命周期内，这样的潮水冲刷不掉任何有用的算术。"

艾莉森一本正经地笑了笑，又举起了笔记本："潮水？不是。但挖条通道是这世界上最容易办到的事了。让随机流动发生偏斜。"她用动画运行了一系列测试，利用偶然形成的"滩头阵地"，迫使远端系统越过一道小小的前线向后撤退，然后继续向前，破坏一系列定理，"不过，我估计，工业代数更感兴趣的应该是反向的情况。建立一个由非标准数学的狭窄通道组成的完整网络，深入传统算术的领域，然后，他们就可以利用这个网络来对抗各种定理，产生有实际作用的结果。"

我默然不语，在脑海中想象着矛盾的算术卷须伸进日常世界的情形。毫无疑问，工代的目标是要达到外科手术般的精准，希望通过破坏某些金融交易背后特定的数学规则来为自己赚取数十亿美元的收益。但其引发的后果将是无法预测的，也控制不了。这种影响没有办法在空间上加以限制。他们固然可以将某些数学原理作为目标，却不能将改变限制在任何一处。几十亿美元、几十亿神经元、几十亿颗星星……几十亿人。一旦基本的计数规则遭到破坏，即便是最牢固、最明显的物体，也可能会变得像雾气形成的旋涡一样飘摇不定。像这样的权力，我绝不会托付给介于特蕾莎修女和卡尔·弗里德里希·高斯[1]之间的人。

"那我们该怎么办？删掉地图，盼着工代永远没办法凭借自己

---

1 卡尔·弗里德里希·高斯（Johann Carl Friedrich Gauß，1777—1855），德国著名数学家，近代数学奠基者之一。

的力量发现缺陷？"

"不是。"艾莉森显得出奇地镇静——不过话又说回来了，她本人长久以来所信奉的哲学刚刚得到了证实，而没有被夷为平地，而且，在从苏黎世起飞的航班上，她也有充分的时间来思考所有的真实数学问题，"要确保他们永远也利用不了它，只有一个办法。我们必须先发制人，必须掌握充足的算力，绘制出整个缺陷的地图。然后，我们要么把边缘熨平，让它无法移动：如果把所有的钳都斩断，也就不会有钳形运动了；要么——假如能获得资源，就采用更好的办法——我们从四面八方推进边界，让远端系统缩小，化为乌有。"

我犹豫了："到目前为止，我们绘制出的只是缺陷的一个小小片段而已。我们不知道远端有多大，只知道不可能很小，否则早就被随机波动吞没了。而且它可以一直持续下去；据我们所知，它有可能无限大。"

艾莉森用奇怪的眼神看了我一眼："布鲁诺，你还是没明白，对吧？你还是在像柏拉图主义者那样思考问题。宇宙只存在了150亿年，它还没有时间去创造无限。远端不可能一直持续下去，因为在缺陷以外的某个地方，还存在着不属于任何一个系统的定理，从来没有被接触过、测试过、证明过是真或假的定理。

"如果为了包围远端，我们必须超越宇宙中现有的数学……那我们就去做。只要我们先做到了，就没有理由说这不可能。"

*　　*　　*

凌晨1点，艾莉森接替我守夜时，我确信自己根本睡不着。过了

3小时，当她把我摇醒的时候，我仍然觉得好像没有睡着过。

我用我的笔记本向埋在我们血管里的数据缓存发送了一条启动代码，然后我们肩并肩站在一起，左肩贴右肩。两块芯片识别出了彼此的磁电特征，相互询问以便确认，然后开始辐射出低功率微波。艾莉森的笔记本接收到了这一信号，将两条互补的数据流合并到一起。结果仍然处于高度加密状态，但经过我们迄今为止采取的所有预防措施，把地图转移到便携式电脑里就像把它文在额头上一样安全。

一辆出租车在楼下等候着我们。人民高等光学工程研究所位于闵行区，这是一座占地颇大的科技园，位于市中心以南约30公里处。我们默不作声地坐在车里，在黎明前灰蒙蒙的晨光中穿行，经过巍峨的高楼大厦，就这样熬过高烧——死亡陷阱及其携带的货物溶入我们的血液时，体温也在随之升高。

出租车拐入了一条大道，两旁林立着从事生物技术和航空航天业务的公司，这时艾莉森说："要是有人问起来，就说咱们是袁老师的博士生，要测试代数拓扑学的一个猜想。"

"现在都听你的。我看，你心里也没想好具体是什么猜想吧？万一人家叫我们说详细点儿呢？"

"关于代数拓扑学？在凌晨5点这样的时间？"

研究所大楼算不上富丽堂皇——这是一座不规则的黑色陶瓷建筑，共有3层楼——不过安了一圈5米高的通电围栅，入口处有两名武装士兵把守。我们付了出租车费，步行向入口走去。袁先生事先为我们准备了访客证，上面照片和指纹一应俱全。证件上用的是我们的真名；在不必要的情况下滥用欺骗手段毫无意义。一旦我们被抓获，用假名只会让局面变得更麻烦。

士兵查看了访客证，然后带领我们通过核磁共振扫描仪。等待结果的时候，我强迫自己保持平稳的呼吸；理论上而言，扫描仪可以检测到我们体内的共生体产生的陌生蛋白质、死亡陷阱残留的分解产物以及其他十几种可疑的微量化学物质。但这一切都要归结为一个问题：他们在搜什么？有数十亿分子的磁共振谱都做过编目，但没有哪一台机器能一次性搜寻到其中所有的分子。

一个士兵把我拉到一边，叫我脱下外套。我强压下心中涌起的一阵恐慌，然后努力克制着不作过度反应：即便本来没什么可隐瞒的，我仍然难免会紧张。他捅了捅缠在我上臂的绷带，伤口周围的皮肤仍然有些红肿："这是什么？"

"我这儿长了个囊肿。今天凌晨我的医生把它割下来了。"

他狐疑地打量着我，用没戴手套的手把胶布绷带揭了下来。我根本不敢看；修复霜应当已经让伤口完全合拢了，充其量也就是有些干涸的陈旧血迹，然而，我却能感觉到切口那道线上隐约有温暖的液体。

见我咬紧了牙关，士兵笑了起来，带着厌恶的表情挥挥手，让我走开。我不知道他以为我隐瞒了什么，但在重新粘好绷带之前，我看到了皮肤上刚刚渗出的鲜红血滴。

袁廷复在大厅里等候着我们。他年近七旬，身材瘦削，随意穿着休闲牛仔服，看上去很健康。我任由艾莉森出面代表我们与他谈话：为我们不够守时道歉（虽然我们实际上并没有迟到），热情洋溢地感谢他给予我们这次宝贵的机会来从事缺乏价值的研究。我靠后站着，尽量表现出恰如其分的恭敬。有4名士兵在无动于衷地旁观，他们似乎并不觉得这样卑躬屈膝的表现有什么过分之处。毫无疑问，假如我真是一名学生，为了一篇并不出奇的论文而被赐予了此处机器的使用时间，我一定会惊叹不已的。

我们跟在袁先生身后，随他快步通过第二道检查站和扫描仪（这回没有人再阻拦我们），然后沿着一条长长的走廊前行，走廊里铺着柔软的灰色乙烯塑料地板。我们与几位身穿白大褂的技术人员擦肩而过，但他们几乎连看都没多看我们一眼。按照我原先的想象，在这个地方，两名一眼就能看出来的外国人会引来相当的注意，就跟我们在军事基地里闲逛的情形差不多，但这么想很荒唐。"闪光"有一半的运行时间都出售给了国外的企业，而且，由于这台机器几乎完全没有连上任何通信网络，商业用户便不得不亲自前来。至于袁先生为自己的学生争取免费的使用时间这种事有多常见——无论学生是什么国籍——那又是另一个问题了，不过，若他认为这是掩护我们的最佳方式，我可没有争论的资格。我只希望，在大学的记录里以及其他地方，他早已天衣无缝地埋下了一连串令人打消疑虑的谎言，以防研究所的管理层决定对我们进行任何细节上的调查。

我们顺路在操作室稍作停留，袁先生与技术人员聊起了天。一排排的平板显示器覆盖了一整面墙，上面显示的是状态柱形图和工程电路图。这里看起来就像一台小型粒子加速器的控制中心——这与事实相去不远。

"闪光"名副其实，就是一台由光组成的计算机。它诞生在一个5米宽的立方形真空室中，注满了由3组巨大的高能激光阵列产生的精密驻波。一束相干电子束射入了真空室——正如由固体物质制成、经过精密加工的衍射光栅能衍射光束那样，足够有序（且强度足够）的光结构也能衍射物质束。

电子在光立方体的一层又一层之间被重新定向，在每一个阶段进行重组和干涉，其相位和强度的每一次变化都执行了一次适当的计算——随着每一纳秒的流逝，整个系统可以进行重新配置，变成复杂的新"硬件"，为手头的计算进行优化。控制激光阵列的辅助超级计算机可以进行设计，然后立即制造出完美的光机，执行任何程序的每个特定阶段。

当然，这是一项难度极大的技术，耗资之昂贵令人不可思议，而且性能并不稳定。在玩俄罗斯方块的会计师桌面上摆放这样一台机器的可能性为零，所以西方国家没人费神去研发。

就是这台烦琐、笨重、不够灵巧的机器，其运行速度却比挂在互联网上的所有硅片计算机加在一起还要快。

我们继续往编程室走去。乍看之下，或许会以为这是一所规模不大的小学里的计算中心，白色的福米卡塑料贴面桌上摆着6台再普通不过的工作站。它们只不过碰巧成了全世界仅有的6台与"闪光"相连的工作站而已。

现在，除了我们和袁先生以外再无旁人了。艾莉森没再讲究什么礼节，只朝他的方向飞快地扫了一眼，以获得批准，然后便匆忙将她的笔记本与其中一台工作站相连，将经过加密的地图上传。我原本正在幻想，假如大门口守门的士兵被毒死了，会发生怎样的情况，当她输入解码文件的指令时，我脑海中闪过的所有幻景都变得无关紧要了。现在，我们有半个小时的时间来消除缺陷，但我们仍然不知道它的范围有多远。

袁先生转身面向我，脸上紧张的表情暴露了他内心的焦虑，但口中却思忖着镇静地说："假如我们的算法在这些大数上似乎出现了故障，难道这就意味着数学理想实际上是存在缺陷的、反复无常的？还是说，仅仅是物质的表现始终达不到理想的标准？"

我回答说："假设每一类物理对象，不管是石头、电子还是算盘珠，都以完全相同的方式'达不到标准'，那么，它们共同的表现遵守或者表明的是什么呢？——倘若不是数学的话。"

他困惑地一笑："艾莉森好像觉得你是个柏拉图主义者。"

"是个背弃了信仰的柏拉图主义者——或者说……溃退的柏拉图主义者。我不明白，假如没有任何实际存在的物体能反映那个原理，那么，在某种隐约带着柏拉图主义的意味上，说标准数论对这些陈述而言依旧成立，这到底意味着什么。"

"我们仍然可以去想象它，仍然可以思考这种抽象概念。必定会失败的只是加以验证的物理行为。想想超限算术吧：谁也没办法从物理上去验证康托尔的无穷数的性质，不是吗？我们只能从相去甚远的地方对其进行推理。"

我没有回答。自从在河内受到启示以来，我对自己的推理能力大失信心，对于任何无法用阿拉伯数字符号在一张纸上加以描述的东西，我都不相信自己能"从相去甚远的地方进行推理"。或许，我们所能指望的充其量也只是艾莉森所说的"局部真理"概念；任何比这费劲的东西都开始显得像漫画书里的"物理学"那样：绕着你的脑袋挥动一根长达百亿公里的刚性梁[1]，预测另一端的速度将会超过光速。

工作站的屏幕上显现出一幅图像：最初是熟悉的缺陷图，但"闪光"已经在用令人难以置信的速度将其扩展开去。边缘周围有数

---

1 指没有质量只有刚度、自身没有变形但可发生独立的刚体位移且其位移与构件的变形不协调的一种理想化构件。最常见的是全截面落在一个柱截面范围的梁。

十亿个推论环在旋转：有些在确定自身的前提，从而划出了前后一致的单一数学便可支配的区域；其余的则有所偏移、自相矛盾，暴露出了交叉的边界。我试着去想象，假如我能在脑海中遵循某个莫比乌斯环式的演绎逻辑，那会是什么样；这并不涉及什么艰深的概念，只是由于这样的语句实在太长，所以不可能实现。但是，这些矛盾会驱使我陷入语无伦次的疯狂状态吗？还是会让我觉得每一个步骤都是完全合理的，结论根本就是不可避免的？难道我最终会平静而愉快地承认 $2 + 2 = 5$？

随着地图不断扩展——图像流畅地重新缩放着，使其始终与屏幕的尺寸相吻合，给人一种不安的印象，仿佛我们正在异种数学面前以最快的速度后撤，也堪堪只是避免了被其吞噬——艾莉森弓着背坐在那里，身体前倾，等待着大图展现在我们眼前。地图将语句之网描绘成了一个错综复杂的三维格架（这是一种粗略的惯例表示法，但和其他方法一样好用）。到目前为止，不同区域之间的边界还没有显示出发生整体性弯曲的迹象，只是在两个方向上都随机出现了大小不等的侵入现象。据我们所知，远端数学有可能完全将近端包裹在内，我们曾经相信数学是无限延伸的，然而实际上，它却不过是互相矛盾的真理海洋中的一座小岛罢了。

我瞥了袁先生一眼，他正注视着屏幕，流露出不加掩饰的痛苦。他说："我看过你们的软件，心想：确实，这看起来还行，但真正的原因在于你们机器上的某个故障。'闪光'很快就会纠正你们的错误。"

艾利森欢欣鼓舞地打断了他："看，它在变！"

她说得没错。随着尺度继续缩小，边界随机的分形弯曲最终归入了整体的凸面之中——远端的凸面。眼前的景象仿佛是在远离一只带有尖刺的巨大海胆。几分钟后，地图上展现出的是一个大略的半球形，上面装饰着繁复的透明凸出物，各种尺度都有。此时，我比以往任何时候都更加强烈地感受到，出现在眼前的是某个古代数学遗迹：这个奇怪的定理群看起来确实像是从某个核心前提爆发出来，进入了无主的原理真空中，时间或许是在大爆炸后的10亿分之1秒，结果却与我们自身的数学遭遇了，从而受到了压制。

图中的半球缓缓延展开来，变成了3/4个球体，然后又变成了带有尖刺的一个整球。远端是有界限的。它才是岛屿，而不是我们。

艾莉森不安地笑了起来："这在我们开始之前就已经是真的了，还是我们刚才让它成了真？"是近端将远端包围了数十亿年，还是"闪光"开辟了一片新天地，积极地将近端扩展到了从未被任何物理系统验证过的数学领域？

我们永远也无从知晓。我们设计了这个软件，沿着界线推进地图的绘制，这样，凡是无主的语句都会立即被吸收到近端来。如果我们先前盲目地外探，深入虚空之中，那我们说不定已经验证了一个孤立的语句，并在不经意间孵化出了需要应对的一门全新的替代数学。

艾莉森说："好吧，现在我们必须做出决定了。我们是设法封锁边界，还是要跟整个结构较量一下？"

我知道，软件正忙碌地评估着不同任务的相对难度。

袁先生立刻答道："封锁边界，到此为止。你们绝不能毁掉它。"他又转向我，语带恳求地说，"你会把南方古猿的化石砸碎吗？你会把宇宙背景辐射从天空中抹掉吗？这有可能会动摇我全部信仰的基础，但它也对我们历史的真相进行了编码。我们没有权力像汪达尔蛮子[1]那样把它摧毁。"

艾莉森紧张地端详着我。这算怎么回事？少数服从多数原则吗？在这个地方，袁先生才是唯一拥有权力的人，他瞬间就可以把插头拔掉。然而，从他的举止却可以清楚地看出，他希望能达成共识；无论做出什么决定，他都需要我们在道义上的支持。

我谨慎地说："只要我们把边界变得平滑，工代公司就确实不可能再利用缺陷了，不是吗？"

艾莉森摇了摇头："这个我们不知道。哪怕是看似处于完美的平衡状态的语句，也可能存在一种自发缺陷的类量子成分。"

袁先生反驳道："那么，不管在哪儿，都有可能出现自发缺陷，甚至是在远离任何一处边界的地方。删除整个结构什么也保证不了。"

"可以保证工代的人找不到它！极小的缺陷说不定确实会发生，始终都是这样，但下次测试时，它们又总是会恢复原状。它们被明显的矛盾所包围，没有机会站稳脚跟。你不能把转眼就消失了的小故障跟这个……反数学的军械库相提并论！"

缺陷在屏幕上竖起了尖刺，就像一朵硕大的矢车菊。艾莉森和袁先生都满怀期待地望向我。我刚张了张嘴，工作站就鸣响起来。软件已经详细查看了不同的备选方案："闪光"摧毁整个远端需要23分17秒——大约比我们剩下的时间少1分钟；封锁边界则需要1个多小时。

我说："这肯定不对吧。"

艾莉森叹息道："可就是这样！在边界上，始终存在着来自其他

---

1 汪达尔人曾于455年洗劫罗马，此后，他们的名字就成了肆意破坏和亵渎圣物的代名词。

系统的随机干扰——在那里不管做什么过于烦琐的事，都意味着要积极应对那样的干扰，跟它斗争。向前猛冲，把边界向内推进就不一样了：你可以利用这样的干扰来加速前进。这可不仅仅是处理一个表面和处理整个球体的问题。这更像是……在海浪不断拍打着海滩的时候，设法把一座岛屿雕刻成一个绝对完美的圆——而不是把整座岛屿都铲平了推进大海里。"

我们有30秒的时间来决定，否则今天就毫无作为了。也许袁先生手中掌握着必要的资源，可以把地图藏好，免于被工代发现，而与此同时，我们则需要等待1个月乃至更长的时间，才能再使用一次"闪光"，但我不准备承受那种不确定性。

"依我看，我们得把整个结构都删掉。少删一点儿都太危险了。未来的数学家仍然有办法研究这幅地图——假如没有人相信缺陷本身曾经存在过，那也只是很不幸罢了。工代却近在眼前，我们不能冒这个险。"

艾莉森将一只手悬在键盘上方，摆好了姿势。我转身看着袁先生。他正紧盯着地板，脸上的表情极为痛苦。他让我们陈述了自己的观点，但最后还是得由他来决定。

他抬起头，话说得悲伤而果断。

"好吧，动手。"

在还剩下大约3秒的时候，艾莉森按下了那个键。我瘫倒在椅子上，松了一口气，只觉头晕目眩。

＊　　＊　　＊

我们看着远端逐渐缩小。这个过程看起来并不像铲平一座岛屿那样粗鲁，而更像是将一些美得出奇的晶体放入酸中溶解。然而，随着危险在我们眼前渐渐远去，我开始隐约感到了痛苦的遗憾。150亿年来，我们的数学一直与这种奇怪的反常之物共存着，一想到在发现它以后的几个月里，我们便被自己逼到了墙角，除了将它摧毁之外别无选择，我就感到羞愧。

袁先生似乎被这个过程惊呆了："那么，我们这是在违背物理定律，还是在强制执行？"

艾莉森说："都不算。我们仅仅是在改变定律的含义。"

他轻声笑了起来："'仅仅是……'对于某些复杂难懂的系统的集合，我们正在改写其行为的高级法则。但愿其中不包括人类的大脑。"

我身上起了一层鸡皮疙瘩："难道你不觉得这……不太可能吗？"

"我开玩笑的。"他犹豫了一下，然后冷静地补充道，"对人类来说不太可能，但某个地方说不定有什么人依赖于它呢。我们或许正在破坏他们赖以存在的整个基础：确定性对他们来说，就像孩子的乘法表对我们来说那样重要。"

艾莉森几乎掩饰不住心中的轻蔑："这是垃圾数学——是一次毫无意义的偶然事件产生的遗迹。任何一种从简单形式进化到复杂形式的生命都用不着它。我们的数学适用于……岩石、种子、兽群中的动物、部落里的成员。这一个只有超出宇宙中粒子的数量之外才会生效——"

"或者是在代表那些数字的更小的系统里。"我提醒她。

"难道你认为，某个地方的生命为了生存，可能会迫切需要进行非标准的超天文数字运算吗？我对此深表怀疑。"

我们陷入了沉默。愧疚感和解脱感可以在今后决一死战，但谁也没有提出要终止程序。归根结底，缺陷一旦被用作武器，它能造成的破坏将会无以复加，我巴不得编写一条长长的信息发给工业代数的人，分毫不差地告诉他们，我们是如何处理他们野心觊觎的对象的。

艾莉森指着屏幕的一角："那是什么？"一根尖细的黑刺从正在收缩的语句集里凸显出来。有那么一会儿，我还以为它只是在躲避近端的攻击，但其实却并非如此。它正在以稳定的速度缓慢伸长。

"可能是地图算法发生了故障吧。"我将手伸向键盘，把那根尖刺放大。特写镜头中，它的宽度占据了几千条语句。在其边界上，可以看到艾莉森的程序正在运行，对语句进行测试，遵循的顺序旨在迫使近端的卷须进一步深入内部。这根细长的尖刺被矛盾的数学所包围，本来应该在几分之一秒内就受到侵蚀而消失才对。然而，却有某种东西正在积极地抵抗着遭受的攻击——在破坏的范围扩散之前修复了所有破损的痕迹。

"假如工代在这里安插了漏洞的话——"我转身对袁先生说，"他们没办法直接跟'闪光'较量，所以也就阻止不了整个远端的收缩，可是，像这样一个微小的结构……你怎么看？他们能让它保持稳定吗？"

"也许吧，"他承认，"四五百台最高速度的工作站就能做到。"

艾莉森正发疯似的在笔记本上打字。她说："我正在写一个补丁，好识别出任何系统性的干扰，把我们所有的资源转移过去对付它。"她拨开落到眼前的头发，"站在我背后看着，好吗，布鲁诺？我边写你边检查。"

"好。"我把她目前写下的内容都浏览了一遍，"写得不错。冷静点儿。"她的双手都在颤抖。

那根尖刺继续平稳地伸长。在补丁写好之前，地图一直在不断地调整大小，以适应屏幕的尺寸。

艾莉森启动了补丁。尖刺周围铺上了一层鲜艳的铁蓝色，标志着算力的聚集，尖刺突然不动了。

我屏住了呼吸，等待着工代注意到我们的所作所为——到时他们会将资源往别处转移吗？假如他们果真这样做，就不会再出现第二根尖刺——他们永远也走不到那一步——但屏幕上的蓝色标识会移动到他们重新组合、企图形成第二根尖刺的位置。

然而，那片蓝辉并未从现有的这根尖刺旁移开。在"闪光"竭尽全力的重压之下，那根尖刺并没有消失。

相反，它再次开始缓缓伸长。

袁先生的脸色很难看："这不是工业代数干的。地球上没有哪台计算机……"

艾莉森嘲弄地笑了："现在你说的这是什么话？是说需要远端的外星人在保卫它吗？哪儿的外星人？我们所做的这些甚至都还来不及传到……木星那么远。"她的声音里带着一丝歇斯底里。

"你测量过变化传播的速度了吗？你是不是能够确定，它们传播的速度不可能超过光速——因为远端数学破坏了相对论的逻辑？"

我说："不管这么干的是谁，他们保卫的并不是所有的边界，而是把所有的资源都投进了那根尖刺。"

"他们在瞄准什么东西，有一个特定的目标。"袁先生的手越过艾莉森的肩头，伸向了键盘，"我们要把这个关掉。立刻，马上。"

她转身对着他，拦住了他的手："你疯了吗？我们眼看就可以抵挡住他们了！我要重写程序，做一下微调，在效率上赢得优势——"

"不！我们别再威胁他们了，然后看看他们是什么反应。我们并不知道目前的所作所为造成了怎样的伤害……"

他又把手向键盘伸去。

艾莉森挥起手肘，用力一击，正中他的喉咙。他踉跄着后退，喘着粗气，然后摔倒在地板上，一把椅子被他带倒了，压在他身上。她吐着气，低声对我说："赶紧点儿——让他闭嘴！"

我犹豫不决，心中的忠诚粉碎了；在我看来，他的想法完全是明智的。可是，万一他开始大声喊保安……

我在他身旁蹲下，把椅子推到一边，然后用手捂住他的嘴，压住他的下颚，迫使他的头往后仰。我们必须得把他绑起来，然后试试看把他丢下，厚起脸皮大步走出这栋楼。但几分钟之内就会有人发现他的。就算能成功走出大门，我们也完蛋了。

袁先生喘了口气，开始挣扎起来；我笨手笨脚地用膝盖压住他的手臂。我能听见艾莉森断断续续的打字声；我想瞥一眼工作站的屏幕，可是如果不把重心从他身上挪开，我就转不开身体，也看不了那么远。

我说："也许他说得对：我们可能就是应该后退，看看会怎么样。"假设这些变化传播的速度可以超过光速……那么，有多少遥远的文明可能会感受到我们的行为造成的影响？我们与外星生命的第一次接触可能会是一次消灭数学的尝试，而他们将这种数学视为……什么呢？宝贵的资源？神圣的遗物？他们的整个世界观中必不可少的组成部分？

打字声突然停了下来："布鲁诺？你有没有感觉到……"

"什么？"

她没有作答。

"什么？"

袁先生似乎已经放弃了挣扎，我冒着危险转身望去。

艾莉森双手捂脸，弓着脊背，身体前倾。屏幕上的那根尖刺已经停止了不屈不挠的线性增长，不过现在，尖刺顶端绽开了一个复杂的树枝状结构。我低头瞟了袁先生一眼，他似乎正晕头转向，对我的存在浑然不觉。我小心地松开手，不再捂住他的嘴。他静静地躺在那里，隐约露出了微笑，眼睛扫视着什么我看不见的东西。

我爬了起来，抓住艾莉森的肩膀，轻轻摇晃着她；她唯一的反应就是更用力地把脸埋进手心里。尖刺上那奇异的花朵还在长大，但并没有扩散到新的区域；它正在伸出细小的嫩枝，送回自己内部，在同一片区域一次又一次地纵横交错，结构变得越来越精细。

是在编织一张网，还是在寻找什么？

我忽然产生了一种清晰的了悟，这样强烈的震撼我自童年以来还从未感受过。这就像重新体验了一遍整个"数字"的概念最终忽然成型的那一刻——但对于它所揭示和暗含的一切却具备了成年人才有的理解。这样的启示如雷霆闪电般迅疾——不过并没有沾染神秘莫测的混乱：没有鸦片带来的迷蒙狂喜，没有虚假的性兴奋。在最简单的概念清晰的逻辑中，我就分毫不差地看到并理解了这个世界是如何运作的……

只不过这一切都是错的，都是假的，都是不可能的。

犹如流沙。

一阵眩晕感袭来，我扫视了一眼这个房间，发疯似的数着：6台工作站、2个人、6把椅子。我给工作站分组：每组2台，一共3组；每组3台，一共2组；1台加5台，2台加4台；4台加2台，5台加1台。

我反复核对了十几次，以确保其一致性——也确保自己头脑清醒……不过一切都能对得上。

他们并没有窃取旧有的算术，只不过是把全新的算术轰进了我的脑袋，盖住了旧有的而已。

无论是谁抵抗了我们用"闪光"发起的攻击，对方都已经用尖刺探了进来，改写了我们神经元的数学——这种算术是我们自身关于算术推理的基础——足以让我们在惊鸿一瞥间看见先前一直在试图摧毁的东西。

艾莉森仍然保持着沉默，但她的呼吸缓慢而平稳。袁先生看似还不错，沉浸在愉快的遐想中。我稍微放松了一点儿，开始尝试着去理解脑海里像潮水般奔涌而过的远端算术。

就其自身的方式而言，这些公理……平凡又显而易见。我可以看出，它们对应着关于超天文数字级整数的详细语句，但要准确地翻译出来，我的能力还远远不足；用它们所表示的巨大整数来思考它们所描述的实体，有点儿像用十进制展开的前1万位数来思考 π 或者 $\sqrt{2}$：纯属不得要领。这些外星"数字"——替代算法的基本对象——找到了将自身嵌入那些整数的办法，以简单优美的方式相互关联，假如在翻译中，它们暗含的混乱推论与整数本应遵守的规则相矛盾……好吧，被推翻的只有一小部分差别很大的晦涩原理罢了。

有人碰了碰我的肩膀。我吓了一跳，但袁先生满面和蔼的笑容，已然忘记了所有的争吵和暴行。

他说："这并没有打破光速。对这一点有要求的逻辑仍然全都完好无损。"我只能相信他的话；要证明结果，我得花上好几个小时。或许外星人的本领在他身上施展得更好；又或者在任何一个体系里，他都是个水平更高的数学家。

"那么……他们在哪儿？"在光速下，比火星更远的地方都感觉不到我们对远端的攻击，即使只有几秒钟的时间差，用来阻止尖刺被侵蚀的策略也不可能实现。

"大气层吧？"

"你的意思是地球大气层吗？"

"别的还能是哪儿？要不然就是在海里。"

我重重地跌坐下来。也许与任何可以想象的替代算法相比，这并不算更加奇怪，但面对其中隐含的意义，我仍然感到犹豫不决。

袁先生说："对我们来说，他们的结构看着一点儿也不像'结构'。最简单的单位说不定都涉及一群数量成千上万的原子——表示的是一个超天文数字——甚至不必以任何传统的方式结合在一起，却打破了物理定律的正常结果，遵守的是从替代数学中产生的一套不同的高级法则。人们经常会思考，在遥远的气态巨行星上，是不是可能有智慧生命被编码到长期存在的涡流中……但这些生物不会存在于飓风或龙卷风里；它们会在最没有危害的气流里飘浮，是像中微子一样无形的存在。"

"并不稳定——"

"那仅仅是根据我们的数学推算出的结论，而这并不适用于他们。"

艾莉森突然气恼地插嘴道："就算这一切都是真的，又会给我们带来什么呢？不管缺陷是不是支持着一整套无形的生态系统，工代也还是会发现它，以完全相同的方式来加以利用。"

我愣了片刻。我们面临的是与一个未曾被发现过的文明共居于这颗星球上的可能性，而她却满脑子都是工代卑鄙的阴谋？

不过，她说得半点儿也没错。在这些天马行空的幻想被证实或推翻之前，工代仍然可以提前许久造成不可估量的伤害。

我说："让地图软件继续运行着吧，但是要把收缩算法关掉。"

她瞥了一眼屏幕："用不着。他们已经战胜了它，或者说破坏了它的数学基础。"远端又恢复了原来的大小。

"那就没什么可损失的了。关掉吧。"

她照办了。由于不再受到攻击，尖刺的增长开始逆转。我对远端数学的有限领悟突然烟消云散，心中随之感到一阵痛苦的失落：我想抓住不放，但感觉就像以手捕风。

等到那根尖刺彻底缩回以后，我说："现在，我们试着当一回工业代数，想办法把缺陷拉近。"

我们的时间即将耗尽，不过任务相当简单。30秒内，我们就重写了收缩算法，使其逆向运行。

艾莉森编写了一个功能键，里面有恢复原始版本的指令，这样，假设实验产生了事与愿违的后果，只需一键便可把"闪光"的所有权再次抛回到近端的防线背后。

袁先生和我紧张地交换了一下眼色。我说："这主意可能不怎么样。"

艾莉森反驳道:"我们需要知道他们对此会作何反应。我们现在就弄清楚,总比留给工代强。"

她开始运行程序。

那只"海胆"开始缓缓膨胀起来。我突然出了一身冷汗。到目前为止,远端人还没有伤害过我们,但这种感觉就像在用力拽一扇门,而你确实非常不愿意看到门被猛地推开。

一名女技术员把头探进房间,兴高采烈地宣布:"两分钟后关机,进行维护!"

袁先生说:"对不起,没有什么……"

整个远端都变成了铁蓝色。艾莉森原来的那个补丁检测到了系统性干预的痕迹。

我们将画面放大。"闪光"在摘除近端容易受损的语句,然而,有什么别的东西正在修复损伤。

我发出了一声刻意压抑着的欢呼。

艾莉森沉着地微微一笑,说道:"我信服了。工代一点儿机会都没有。"

袁先生若有所思地说:"说不定他们有需要维持现状的理由。也许他们对边界本身的依赖程度并不逊于远端。"

艾莉森关掉了我们的反向收缩算法。蓝色的光芒消失了,边界的两边都不再理会缺陷。有上千个问题我们都想知道答案,但技术人员已经关掉了总闸,"闪光"本身已经不复存在了。

　　　　　*　　　*　　　*

　　我们坐车返回城市时，朝阳正从天际线上喷薄而出。我们把车停在酒店外面，艾莉森浑身颤抖着，啜泣起来。我坐在她身旁，紧握住她的手。我知道，从一开始，对于可能发生的情况所带来的压力，她的感受就远比我更强烈。

　　我付了车费，然后我们在大街上站立了半晌，默不作声地看着骑车人经过，试着在心中想象，随着这个世界努力去包容奇异与平凡、实用主义与柏拉图主义、有形与无形之间的全新矛盾，它会发生怎样的改变。

意愿先生
Mister Volition

"把眼罩给我。"

尽管被枪指着，他还是犹豫了许久，这足以证明那东西必定是真货。他的衣着很廉价，但一身的修饰打扮却花费不菲：修过指甲，做过脱毛，婴儿般光滑的皮肤，属于阔绰的中年人。他的钱包里肯定只有P现金卡，不记名，却经过加密，没有他本人的活体指纹就用不成。他没有佩戴首饰，手表手机是塑料制品，身上值得一抢的东西唯有这眼罩。不错的赝品才15美分，上好的真品则要1.5万美元，但他的年龄和阶层都不对，不会为了追逐时尚而使用赝品。

他轻轻一拽那眼罩，它便从他的皮肤上脱落下来，带黏合剂的眼罩边缘没有在脸上留下丝毫伤痕，也没有从他眉上扯下一根眉毛。他刚刚裸露出来的眼睛没有眨动，也没有眯起，但我知道，这只眼睛还没有真正恢复视力：需要再过几个小时，被抑制的知觉通路才能复苏。

他把眼罩递给我。我原本差点儿以为它会粘在我的手掌上，结果却没有。它的外层表面是黑色的，像经过电镀处理的金属，眼罩一角有个银灰色的龙形徽标，这条龙正从经过裁剪折叠的画中"逃脱"，去咬自己的尾巴。这是递归视觉公司的产品，以埃舍尔的名字命名。我越发用力地把枪往他肚子上顶了顶，提醒他留意枪的存在，与此同时，我垂下视线，把那东西翻过来。乍看之下，内层表面似乎像天鹅绒一样乌黑，但我把它倾斜过来时，便看到了街灯的倒影，经过量子点激光阵列的衍射，呈现出彩虹般的斑斓光辉。某些塑料赝品由于模具压出的凹坑，也会产生类似的效果，但这图像分解成了不同的颜色，却一点儿也没有变得模糊，这样的清晰度我以前从未见识过。

我抬头看着他，他警惕地与我对视。我理解他的感受——肚子里仿佛灌满了冰水——但在他眼里，除了恐惧之外，还掺杂着别的情绪：那是一种惶惑的好奇，仿佛他正陶醉于这一切的诡异之中——凌晨3点，站在这里，被人拿枪抵着肚子，身上最昂贵的玩具被抢走了，不知道自己还会再失去什么。

我哀伤地一笑，我知道，隔着头套看去，我的笑脸会是一副怎样的尊容。

"你本来应该待在十字架那儿过夜的。你跑这儿来干什么呢？找人上床，还是找毒品吸？那你该去夜总会逛逛的，在那种地方，你要找的这些都能找到。"

他没有回答，但也没有移开视线。似乎他正努力挣扎着，企图理解这一切：心中的恐惧，枪，这一刻，还有我。就像被滔天巨浪困住的海洋学家那样，试着去理解眼前的所有，让它变得有意义。我不知这到底是让人钦佩，抑或只是令人恼火。

"你在找什么？新的体验吗？我会给你带来新体验的。"

我们身后，有什么东西被风吹着，在地面上滑行：是塑料包装

120

纸，或者一簇树枝。在这条街上，所有的露台都被改造成了办公空间，悄无声息，装上了栅栏，接上了电线，防止有人闯入，不过若非如此，也根本不会惹人注意。

我把眼罩揣进口袋，把枪口抬高，直截了当地告诉他："如果真要杀你的话，我会一枪打穿你的心脏。我保证又干净又利落；我才不会丢下你，让你躺在这儿，把肠子里的血都流干呢。"

他作势要开口，但接着又改变了主意。他只是盯着我戴了头套的脸，呆若木鸡。凉风又起，温柔得难以置信。我的手表发出一连串短促的哔哔声，说明它成功地屏蔽了他的个人安保植入物发出的信号。我们处于一小片无线电静默的区域，身边再无旁人：相位彼此抵消，武力难分伯仲。

我心想：我可以饶了他……也可能不行——于是我变得清醒起来，纱幕撕裂了，迷雾驱散了。现在一切都在我的掌握之中。我没有抬头，但也不必抬头：我能感觉到群星正围绕着我旋转。

我喃喃低语："我能做到，我可以杀了你。"我们依然注视着对方，但我现在已经看透了他；我不是虐待狂，用不着看他扭动挣扎的模样。他的恐惧是我的身外之物，而重要的东西在我内心：我的自由，拥抱自由的勇气，面对自身的所有一切而不退缩的力量。

我的手已经变得麻木起来，我用手指滑过扳机，唤醒了神经末梢。我能感觉到前臂上的汗水正在冷却，因为保持着僵硬的笑容，下颚的肌肉隐隐作痛。我能感觉到自己的整个身体，蜷起，紧绷，不耐烦却顺从，等待着我发号施令。

我把枪往回一收，然后以枪为鞭，狠狠地抽打他，枪柄砸在他的太阳穴上。他痛呼出声，跪倒在地，鲜血涌进了一只眼睛。我退到一旁，仔细观察着他。他双手撑在地上，以免面朝下摔倒，但他受惊太过，什么也做不了，只能跪在那里，流着血呻吟。

我一把扯下头套，转身就跑，把枪揣进衣兜里，越跑越快。

在短短几秒钟内，他体内的植入物就会与巡逻车联系上。我穿梭在小巷和冷清的偏僻街道，沉醉于逃跑引发的纯粹出自本能的化学反应，但仍能控制自己，平稳地驾驭着本能。我没有听到警笛声，但他们可能没有拉响警笛，所以，每次一听到有车接近时的引擎声，我便会寻找掩体躲避。这些街道的地图烙进了我的脑海里，包括每一棵树、每一堵墙、每一个生锈的车身。我离某种可以藏身的掩体始终不超过数秒的距离。

家就像海市蜃楼一样若隐若现，但却是真实存在的。穿过最后一段灯火通明的路面时，我的心怦怦直跳，我打开门，砰的一声把门关上，尽力不让自己欣喜地大喊出声。

我浑身都被汗水浸透了。我脱掉衣服，在屋里来回踱步，直到终于冷静下来，站在淋浴喷头下，仰头盯着天花板，倾听着排气扇悦耳的韵律。我本来可以杀了他的。胜利感在我的血管里奔涌。这仅仅是我自己的选择。什么也阻止不了我。

我擦干身体，凝视着镜中，看着玻璃上的水蒸气慢慢散去。知道我本来可以扣动扳机就足够了。我面对过这种可能性，再也没有什么需要证明的了。无论如何，行为本身并不重要；重要的在于克服阻扰自由的一切障碍。

但是下一次呢？

下一次，我会动手的。

因为我可以。

　　　　　　　　*　　*　　*

　　我戴着眼罩去找德兰，他所在之地位于红坊区[1]，破旧的露台上贴满了比利时电锯乐队的海报，这些乐队默默无闻是理所应当的事。他说："递归视觉的产品，透视3000型。零售价3.5万澳元。"

　　"我知道。我查过了。"

　　"亚历克斯！我手头可不宽裕。"他笑了笑，露出被酸液腐蚀的牙齿。他呕吐的次数太多了，应该有人跟他说说的，他已经够瘦了。

　　"那你能给我多少？"

　　"大概1万8澳元或者2万吧，但可能得过几个月才能找到买家。你要是想现在就脱手的话，那我给你1万2澳元。"

　　"我愿意等。"

　　"随你吧。"我伸出手，想把眼罩拿回来，他却将手往后一收："别这么不耐烦！"临时搭建的测试台中央摆着个笔记本电脑，他把一个光纤插孔塞到眼罩边沿的小插口里，在电脑上打起了字。

　　"你要是把它弄坏了，我他妈就杀了你。"

　　他叹息了一声："是啊，我笨头笨脑的大光子说不定会把里头精致的小表簧弄坏的。"

　　"你明白我什么意思。你完全可以把它锁起来。"

　　"既然要留着它玩6个月，难道你不想知道它运行的是啥软件？"

　　我险些被噎得说不出话来："难道你以为我会用它？这玩意儿很可能在运行什么主管压力监测器。郁闷星期一：'学会让情绪显示面

1　悉尼的土著聚居区。

板的颜色与旁边的参考色保持一致，以便获得最优工作效率和整体幸福感。'"

"在你试用之前，先不要随便指责生物反馈。这甚至说不定是你一直在找的早泄良方。"

我在他骨瘦如柴的脖子上狠狠捶了一下，然后越过他的肩头，望向笔记本电脑的屏幕，上面快速滚动着一片十六进制字符，乱糟糟的，看不清楚："你到底在干什么？"

"每个制造商都在ISO里保留了一段代码，这样一来，远程操控器就不会意外触发错误的设备。但是，他们也用同样的代码来处理有线设备。所以我们只要试一下就行，递归视觉用这些代码来……"

屏幕上出现了一个优美的灰色界面窗口，带着大理石般的纹理。标题上写着"鬼域"[1]。唯一可选的只有一个标着"重置"的按钮。

德兰手里拿着鼠标，转身对我道："从来没听说过'鬼域'，听着像是迷幻剂之类的什么鬼。但是，如果它窥探过他的心思，而证据就在这里头……"他耸了耸肩，"我必须在卖掉它之前弄好，所以我不妨现在就动手干。"

"好吧。"

他按下那个按钮，一句询问出现在界面上："删除已存储地图，为新佩戴者做准备？"德兰点击了"是"。

他说："戴上享受去吧。不收费。"

"你真是个圣人。"我接过眼罩，"不过，要是不知道它有什

---

1 又称泛魔识别架构、群魔混战模型，是由美国心理学家奥利弗·塞弗里奇提出的一种模式识别特征分析模型，最初针对机器的模式识别，后来用于解释人对模式的识别。其基本思想是，人们在感知"整体"的图像之前，会先感知其各个部分。

么用，我是不会戴的。"

他调出另一个数据库，键入了"PAN*"字符："啊，没有目录条目。这么说，是黑市交易呢……没经过批准！"他冲着我咧嘴一笑，像个小学生在激同学吃虫子一样，"但最糟糕的情况又能怎么着呢？"

"我不知道。给我洗脑？"

"我可不信。眼罩显示不了自然的图像，带有强烈具象性的东西一概没有——也没有文本。他们试验过音乐视频、股票价格、语言课程……但用户老是会不断地遇到问题。它们现在只能显示抽象的图形。你怎么用这东西给人洗脑呢？"

我试探着把那玩意儿举到左眼前，但我知道，在牢牢地固定就位之前，它连亮都不会亮。

德兰说："不管它有什么用……如果你从信息理论的角度来考虑的话，凡是你脑袋里还没有的东西，它都没办法展示给你看。"

"是吗？这么无聊，那我会闷死的。"

不过，浪费这样一个机会确实显得有点儿傻。无论是谁，只要拥有了一台这么昂贵的机器，多半也会为软件支付一笔巨款的，既然它怪异到了违法的程度，那其实说不定也很有意思。

德兰失去了兴趣："你自己决定。"

"一点儿也没错。"

我把眼罩盖到眼睛上，让眼罩边沿与我的皮肤轻柔地融为一体。

* * *

米拉说："亚历克斯？你不打算告诉我吗？"

"嗯？"我怔怔地盯着她。她面露微笑，但表情略微显得有点儿委屈："我想知道，它让你看到什么了！"她俯下身来，开始用指尖抚摩我隆起的颧骨，似乎很想摸一摸眼罩，但又缺乏那样的勇气，"你看到了什么？光的隧道？古老的城市忽然燃起熊熊大火？银色的天使在你脑子里交欢？"

我挪开她的手："什么也没看见。"

"我不信。"

但事实就是如此。没有什么外层空间的烟花；假如非要说有什么不同的话，那就是我在性爱中沉迷得越彻底，那些图案就变得越柔和。但除非我一直有意识地努力让画面显现出来，否则细节仍然难以捉摸，跟一般情况下差不多。

我尝试着跟她解释："大部分时候，我什么也看不见。你会'看见'自己的鼻子和睫毛吗？眼罩也是这样。在最开始的几个小时过后，图像就……消失了。它看起来不像是真实的东西，你摆脑袋的时候，它也不会跟着移动，于是，你的大脑发觉，它跟外部世界没什么关系，并开始把它过滤掉。"

米拉的表情很反感，仿佛我还是欺骗了她："你连它向你展示的东西都看不见？那……还有什么意义呢？"

"你虽然看不见眼前飘浮的图像，但仍然可以了解它。就像……有一种神经系统疾病，叫作'盲视'[1]，得了这种病的人丧失了所有的视觉官能，但只要真的努力去感知，他们就仍然可以猜出面前是什么东西，因为信息依旧在传递……"

---

1 是指某些因为大脑损伤而失去视力的人，能在无意识中对他们视野范围内的物体做一定程度的描述的现象。

"就像透视，我懂了。"她抚摩着颈链上的安可十字章[1]。

"是啊，很不可思议。用一束蓝光朝我的眼睛一照……由于某种奇特的魔法，我就知道那是蓝色的了。"

米拉呻吟了一声，重新瘫倒在床上。一辆汽车驶过，车前灯的光芒透过窗帘射进来，照亮了书架上的雕像：一个女人长着豺狼头，结着莲花座，神圣的心自乳下露出。非常时髦，又融合了多重风格。有一次，米拉面无表情地告诉我："这就是我的灵魂，经历了一次又一次轮回。它曾经属于莫扎特，再之前则属于克利奥帕特拉。"底座上的铭文写着"布达佩斯，2005年"。但最奇怪的地方在于，它被做成了一个俄罗斯套娃：米拉的灵魂里套着另一个灵魂，那里面又套着第三个、第四个。我说："最里头的一个只不过是没有生命的枯木，里面什么也没有。你就不担心吗？"

我聚精会神，企图再次回想起那个画面。眼罩不断地测量着瞳孔的扩张，以及被蒙住的那只眼睛晶状体的焦距——这两者都会自然而然地与那只没有被蒙住的眼睛保持一致——从而对合成全息图做出相应的调整。因此，无论裸眼看见的是什么，图像都始终不会失焦，也不会显得过亮或过暗。没有任何真实的物体会有这样的表现：难怪大脑可以如此轻松地对数据进行分流呢。即便是在最初的几小时里——当我毫不费力地看到这些图案叠加于万物之上时——它们看起来也更像是脑海中生动的图像，而不是某种光的把戏。现在，我可以"仅仅看着"全息图，便能不假思索地"看到"，这样的想法整个就很荒唐；实际情况更像是在黑暗中摸索一个物体，尝试着把它描

---

1 埃及象形符号，象征生命。

绘出来。

　　我所描绘出的画面是这样的：在灰蒙蒙的房间里，闪烁着带有精细分支的彩色线条——就像注入纤细静脉里的荧光染料发出的脉冲。这个画面看起来很明亮，但并不算炫目，我仍能看到床边阴影里的东西。有成百上千个这样的枝状图案在同时闪耀，但多数发出的光线都很微弱，而且转瞬即逝。无论在哪一个时刻，可能都有10个或12个图案会占据主导地位，每一个图案都会在大约半秒钟的时间里发出耀眼的光芒，然后就会逐渐淡去，被其他图案所取代。有时，这些"夺目"的图案会把强烈的光线直接传递给相邻的图案，将其从黑暗中唤醒；有时，可以看见这两个图案同时变得明亮，复杂混乱的边缘纠缠在一起。还有些时候，强烈的光亮似乎凭空而来，不过偶尔，我也能捕捉到背景中两三串不易察觉的层叠图案，单独来看，其中每一串几乎都过于暗淡，消失的速度也过于迅速，让人无法看清，等它们汇聚成单个的图案，则会持续发出明亮的光芒。

　　埋在眼罩里的超导电路晶片正在为我的整个大脑成像。这些图案可能是单个的神经元，但如此微观的视角意义何在呢？更有可能的情况是，它们代表的是庞大得多的系统——由数万个神经元组成的网络——整幅画面其实是某种实用的地图：连接得以保留，但为了便于解读，距离却经过了重新排列。只有神经外科医生才会关心实际的解剖学位置。

　　但是，我看到的到底是哪些系统呢？看到以后，我又该如何回应？

　　眼罩的多数软件都属于生物反馈类别。压力——或者抑郁、兴奋、专注，等等——的测量都被编码进了图形的颜色和形状中。因为眼罩的图像"消失"了，这样就不会令人分心，但仍然可以获取信息。实际上，在与生俱来的自然状态下，大脑中并不相互"了解"的区域被连接到了一起，它们被允许以新的方式彼此调节。或者说，宣传广告是这样炒作的。但是，眼罩的生物反馈软件应该显示出清晰的目标：实时显示图呈现的是要力争达成的结果，旁边应该立下某个固定的模板。目前展露在我眼前的这一切就是……鬼域。

米拉说："我看，你最好现在就走。"

眼罩的图像险些消失了，就像漫画里一个被戳破了的思想泡泡，但我努力设法抓住了它。

"亚历克斯？我看，你该走了。"

我脖颈后面的汗毛都竖起来了。我看见了……什么啊？同样的图案，与此同时，她说出了同样的话？我挣扎着，想凭借记忆重现刚才的一连串事件，但眼前的图案让我根本不可能去回忆——这是表示拼命回忆的图案吗？等到我任由图像淡去的时候，已经来不及了，我并不知道自己看到了什么。

米拉把一只手搭在我肩上："我想让你离开。"

我起了一身鸡皮疙瘩。就算眼前没有图像，我也知道，同样的图案正在闪耀。"我看，你该走了。""我想让你离开。"我看见的并不是这些编码到我脑海中的声音，而是它们的含义。

即便是现在，只要想一想其中的含义，我就知道，这一连串事件正在隐约地重现。

米拉气恼地摇晃着我，我终于转身对她道："你什么毛病啊？"我说，"你是想跟那眼罩搞一搞，嫌我碍事了？"

"很好笑。你走吧。"

我慢慢地穿衣服，好惹她生气。然后我站在床边，看着她蜷缩在被单下的瘦弱身体。我心想：只要愿意的话，我就可以把她伤得很惨。这再简单不过了。

她不安地看着我。我心中忽然涌起一阵羞愧：说实在的，我根本不想吓着她。但可惜为时已晚。我已经把她吓坏了。

她让我与她吻别，却全身僵硬，流露出对我的不信任。我腹内一阵翻腾。我这是怎么了？我要变成什么人了啊？

然而，当我来到外面的街道上，在寒夜的空气中，那种清晰的感觉又占据了我的心。爱、同情、怜悯……所有这些通往自由的障碍，我都必须加以克服。我并不需要选择暴力，然而，假如我的选择被社会习俗、多愁善感、伪善和自欺所束缚，那这样的选择就毫无意义。

尼采是理解的。萨特和加缪也是理解的。

我平静地想着：什么也阻止不了我。我完全可以为所欲为。我完全可以拧断她的脖子。但我选择了不这么做。我做出了选择。那么，这是如何发生的呢？如何发生的——还有发生在哪里？当我选择放过眼罩的主人……当我选择不对米拉动手……归根结底，是我的身体采取了某一种行动，而没有选择另一种，但这一切是从哪里开始的呢？

假如眼罩显示的是我大脑中发生的所有事情——或者是所有重要的事情：诸如思想、含义、最高级别的抽象概念——那么，倘若知道如何读取这些图案，我是不是就能推断出整个过程？一路追溯到初因？

我中途停了下来。这个想法令人晕头转向……也大为振奋。在我大脑深处的某个地方，必定存在着"我"：所有行为的源泉、决定一切的自我。它不受文化、教养与基因的影响——是人类自由的根源，全然自主，只对其自身负责。这一点我一直都知道，但这些年来，我始终在努力，想让它变得更加清晰。

倘若眼罩能成为我灵魂的一面镜子……倘若在扣动扳机时，我能看到自身的意志从我存在的中心探出……

那一刻将伴随着完全的坦诚、充分的理解。

完美的自由。

* * *

回到家，我躺在黑暗中，重新调出图像，开始实验。假如要沿着这条河逆流而上，我就必须在地图上绘出尽可能多的区域。这并不容易：监测我的想法，监测那些图案，设法找到关联。我逼迫自己进行自由联想时，看到的图案是不是与思想本身相对应的呢？又或者，我看到的图案更多是与注意力的整体平衡紧密相连，平衡的一端是图像本身，另一端是我希望图像反映出的思想？

我打开收音机，搜了个脱口秀节目，尝试着把注意力集中在话语上，以免让眼罩中的图像悄悄溜走。我设法分辨出了被几个词激发出的图案——或者说，至少是在使用这些词的时候，出现的每一串层叠对应的常见图案——可是，等到第五或第六个词之后，我就忘了第一个。

我打开灯，拿了几张纸，开始试着简略地画出一本对照表。但这完全是无望的尝试。层叠产生的速度太快了，为了设法记下一个图案，让这一刻凝固，我所做的一切都是一种扰乱，会将这一刻抹去。

黎明即将到来。我放弃了这样的尝试，想睡上一觉。很快就需要掏钱付房租了，要是不想接受德兰开的价钱，把眼罩卖给他，我就得干点儿什么。我将手伸到床垫底下，看看枪是否还在。

我把过去几年的生活回想了一遍：一个毫无价值的学位；3年失业的日子；白天宅在家里干些安全的活儿；然后是夜间；剥去一层又一层的幻觉；爱、希望、道德……这一切都必须战胜。现在我绝不能止步。

而且我知道，这必然会有怎样的结局。

当晨光开始透入房内时，我感觉到了一种突然的转变……是哪方面的转变呢？心境？认知？我抬起头，凝视着天花板剥落的灰泥上那道细细的阳光——没有哪样东西看起来有何不同，什么都没有改变。我从精神上审视着自己的身体，仿佛我有可能正在遭受某种痛苦，由于这种感觉太陌生，所以还无法立即领会，但我获得的反馈唯有自己的犹豫和困惑带来的紧张。

这种怪异的感觉越来越强烈，我不由自主地喊叫出声。我觉得身上的皮肤仿佛要裂开，底下的血肉化作了液体，上万条蛆虫正从肉里爬出来，只是这种感觉根本无从解释：看不见伤口，也看不见虫子——而且绝对不痛。不瘙痒，不发烧，没有冷汗……什么都没有。就像有关彻底戒毒时发生不适反应的恐怖故事，像酒精中毒引起的急性谵妄症噩梦般的发作，但剥离了所有的症状，只余下恐怖本身。

我翻身坐起，腿垂在床沿上，手揪着肚子，但这个姿势纯属徒劳：我根本不想吐，感到恶心的并不是我的肠胃。

我坐在床上，等待着这阵混乱过去。

它并没有消退。

我差点把眼罩扯了下来——还能是什么别的东西引起的呢？但我又改变了主意。我想先试着想想办法，于是打开了收音机。

"……西北海岸龙卷风警报——"

上万条蛆虫涌动着，剧烈地翻腾起来：这些话击中了它们，就像消防水管里喷出来的强劲水流。我啪地一下关掉收音机，让这阵骚动消停下来，然后这个词在我的脑海里反复回响：

……龙卷风……

层叠围绕着这个概念运行了一个循环，激发了这个发音本身对应的图案，显现出了"龙卷风"3个字的模糊图像，以及从上百幅卫星天气图中提炼出的抽象画面，新闻镜头中被风吹动的棕榈树——还有比这些多得多的内容，多到令人难以把握。

……龙卷风警报……

大多数"警报"的图案已经激发出来了，根据上下文做好了准备，预测出了显而易见的情况。对应风暴极盛时新闻镜头的图案变得越发鲜明，进而又引发了其他图像，展现的是次日清晨的情景，人们正待在受损的房屋外。

……西北海岸……

对应卫星天气图的图案收缩起来，将其能量集中到一幅图像上，这幅图可能是记忆中的，也可能是构建出来的，表示的是云团旋涡的确切位置。有六七个西北城镇的名字都会激发出图案，旅游景点的图像也会……直到层叠逐渐消退，让人隐约联想起斯巴达式乡村的简朴。

我明白了是怎么回事。（无论是因为理解也好，因为图案也好，还是因为迷惑不解、不知所措、丧失理智……都会激发出图案。）

这个过程稍微变得平静了些（所有这些概念也会激发图案）。我能冷静地把握它，我能看透它（图案激发了）。我坐在那里，把头抵在膝盖上（图案激发了），努力尽量集中思绪，以便应对所有的共鸣和关联——眼罩（图案激发了）正通过我不太看得见东西的左眼，不断向我展示各种关联。

永远不必去做不可能实现的事：坐下来，在纸上画出一本对照表。在过去的10天里，这些图案已经将代表其含义的对照表刻在我脑子里了。哪个图案对应于哪个思想，这并不需要有意识地去观察和记忆，清醒时的每一刻，我都暴露在这些关联中，通过单纯的重复，它们已经把自身烙进了我的神经突触中。

现在它开始起作用了。单纯像自己在想什么这种事，我不需要眼罩来告诉我，不过现在，它向我展示了其余的一切：所有过于模糊、稍纵即逝的细节，通过单纯的内省，是无法把握这些的。不是不言自明的单一意识流——每一刻最鲜明的图案定义了这道意识流的顺序——而是底下翻滚着的所有激流和旋涡。

是整个芜杂的思考过程。

是鬼域。

*　　*　　*

开口说话简直就是一场噩梦。我独自一人练习，对着收音机说话，我的声音抖得太厉害了，在学会不中途停顿或跑偏之前，我简直连电话都不敢打。

我只要一开口，就几乎必定会产生这样的感觉：有十几个对应于各种单词和短语的图案在抢夺机会，争先恐后地要被说出口——还有那些连珠瀑布般的层叠，它们本应在一瞬间集中为单一选项的（在此之前，它们必定是这样发挥作用的，否则整个过程将永远无法顺利运行），在尚无定论之际，它们不停地嗡嗡作响，实际上，对于所有的可选词句，我都有相当清晰的认识。过了一段时间，我学会了抑制这种反馈——至少足以避免完全陷入停顿状态。但这种感觉依然很奇怪。

我打开收音机。一位拨打联络电话的人说："把纳税人的钱浪费在康复治疗上，只不过相当于承认，我们关押他们的时间还不够久。"

一串串层叠图案通过大量的关联和连接，充实了这些字词的基本含义……但它们已经与这些层叠纠缠到了一起，构建着可能的回应，唤起其自身的关联。

我以最快的速度做出了应答："康复治疗花钱更少。那你有什么建议？把人关起来，关到老得没法再犯罪的时候吗？"就在我说话的时候，对应于所选单词的图案耀武扬威地闪烁着，而其余二三十个单词和短语的对应图案却在逐渐淡去……仿佛只有听到了我真正说过的话，它们才能确信，自己已经丧失了被说出的机会。

我将这个实验重复了几十遍，直至能够清楚地"看见"所有备选应答的图案。我看着它们在我脑海中编织繁复的意义之网，期待被我选中。

然而……选择究竟发生在哪里，又是如何做出的呢？

这一点仍然不可能说清。假如我试着放慢这个过程，我的想法就会完全停顿下来；但如果我设法挑选出一个回应，就没有真切的希望去追踪其动态。一两秒钟之后，我仍然可以"看见"一路上触发的大部分单词和关联……然而，要对最终说出哪个词的决定追根溯源——追溯到我自身——就像是在千辆汽车的连环车祸中，企图利用整起事故某张模糊的定时曝光照，对责任者做出判定。

我决定休息一两个小时（不知怎么回事，我就这样做出了决定）。这种分解成一堆蠕动的幼虫的感受已经失去了那种奇异感，但我无法彻底封闭对鬼域的意识。我可以试着摘下眼罩，不过，等重新戴上它的时候，我还得再经历一次缓慢适应的漫长过程，这样的风险似乎不值得去冒。

我站在浴室里，刮着胡子，停下来直视着自己的眼睛。我愿意经受这一切吗？愿意在杀死一个陌生人的时候，看着镜中自己的思绪吗？这会改变什么？又会证明什么？

这会证明，我体内存在着自由的火花，没有他人能够触及，没有他人能够夺走。它会证明，我最终要对自己所做的一切负责。

我感觉到在鬼域之中，有什么东西正在浮起，从深处冒了出来。我闭上双眼，将身体靠在水槽上，然后睁开眼，再次凝视着眼前这两面镜子。

我终于看到了它，叠加在镜中映出的我这张面孔上：那是个错综复杂的星形图案，就像某种闪闪发亮的海底生物，吐出精细的丝线，去触碰上万个文字和符号，整个思想体系都在它的指挥之下。这让我产生了一种似曾相识的感觉，撼人心魄：这图案我已经"看见"了好些日子。每当我把自己想成一个主体、一个行动者；每当我反思意志的力量；每当我回想起差点儿扣动扳机的那一刻……

我毫不怀疑，这就是它了。做出选择的自我，自由的自我。

我再次直视着自己的眼睛，那图案流光溢彩——不仅是因为我看到了自己的面孔，也是因为我看到我注视着自己的面孔、知道我注视着自己的面孔——也知道，我可以随时转身离去。

我站在那里，凝视着这奇妙的东西。我应该如何称呼它呢？"我"吗？"亚历克斯"吗？这两种称呼都算不上真正适合：它们的含义已经穷尽。我寻找着能引发最强反应的词语和图像。从外面看，镜中我自己的脸几乎勾不起一丝闪光；然而，当我感觉到这个难以名状的自己坐在头骨形成的黑暗洞窟里，通过眼睛向外观看、控制身体……做出决定、操纵一切……图案便开始识别，闪烁出耀眼的光芒。

我低声说："意愿先生。这就是我。"

我的头开始隐隐作痛。我任凭眼罩的图像从视野中淡去了。

刮完胡子以后，我查看了一番眼罩的外侧，几天来，这还是我头一次这样做。那条龙从自身虚无缥缈的形象中挣脱出来，获得了稳固的存在——或者至少图上是这样描绘的。我想起了眼罩原来的主人，心中好奇，他是否也曾像我这样深入观察过鬼域。

但他肯定没有，否则绝不会任凭我夺走眼罩。因为既然我已经短暂体验过真相，我便知道，我会誓死捍卫以这种方式看到真相的力量。

*　　*　　*

午夜前后，我走出家门，在这片区域四处探查，了解它的脉动。

每一个夜晚，在俱乐部、酒吧、妓院、赌场和私人派对间活动的人流都有着微妙的不同。但我搜寻的并不是人群。我寻找的是一个谁也没有理由会去的地方。

我最终选择了一处建筑工地，两边是废弃的办公室。路边悬着个大吊斗，挡住了两盏最近的街灯发出的灯光，在一小块地面上投下了一片黑乎乎的三角形暗影。我坐在被露水浸湿的沙子和水泥粉尘上，枪和头套都装在夹克里，触手可及。

我平静地等待着。我已经学会了耐心——总有些夜晚，我在黎明来临时依然两手空空。不过，在大多数夜晚，总有人会走捷径；在大多数夜晚，总有人会迷路。

我倾听着脚步声，却任凭自己的思绪恍惚游荡。我试着更严密地追踪鬼域，看看在思索别的事情时，我是否能被动地掌握这些图像出现的顺序，然后让记忆回放，上演一场思想电影。

我握紧拳头，然后又张开，握拳，又……张开。我试图运用突发奇想的力量，当场捉住正在活动的意愿先生。毫无疑问，在重构我认为自己"看见"的东西时，那长有千条触须的图案确实会闪烁出明亮的光芒，但记忆却耍起了奇怪的把戏：我记不住正确的顺序。每次在脑海里回放思想电影时，我都会看到，首先闪烁起来的是大部分与动作相关的其他图案，它们产生出若干层叠，汇聚到意愿先生身上，将它激发——这与我所了解的真实情况恰好相反。在我感觉自己做出选择的那一瞬间，意愿先生就会发亮……那么，除了精神上的静电干扰之外，还有什么能比那个关键时刻更先出现呢？

我练习了1个多小时，但这种错觉仍然挥之不去。是时间感知发生了扭曲吗？是眼罩带来的副作用吗？

有脚步声逐渐靠近。是独自一人。

我戴上头套，等待了几秒钟。然后，我慢慢地站起来，变为蹲姿，偷偷看了一眼吊斗的边缘。他已经走过了那道边缘，没有回头看。

我跟了上去。他双手插在外套兜里，步履轻快。当我走到他身后3米远的地方——这么近的距离足以让多数人打消逃跑的念头——我轻轻叫了一声："停下。"

他先是回头瞟了一眼，然后转过身来。他很年轻，也就十八九岁，身材比我高，很可能也比我壮。我得小心提防愚蠢的虚张声势。他倒没怎么揉眼睛，但头套似乎总会造成不肯置信的表情。除此之外，他还保持着镇定的神态：只要我没有挥舞着手臂嚷出好莱坞式的下流话，有些人就不怎么能接受这是真事。

我走近了些。他一只耳朵上戴着一枚钻石耳钉，虽然很小，但总聊胜于无。我指着耳钉，他把它递给我。他的表情很严肃，但我认为，他是不会企图干傻事的。

"把你的钱包掏出来，让我瞧瞧里头有什么。"

他照办了，把钱包里装的东西排成扇形，让我查看，就像拿着一副纸牌。我挑了"易现金"的那张卡，"易"表示很容易被黑。我看不出卡里的余额，但我还是把它揣进兜里，剩下的那些则任他留下了。

"现在，把鞋脱了。"

他犹豫了一下，眼里闪过一丝清晰的怨恨。但他太害怕了，没敢顶嘴，而是用笨拙的姿势听话照做，单脚站立着，一只一只地脱。我不怪他：即使站还是坐并没有任何区别，但要是坐着，我还是会感觉更容易受到攻击。

我单手把那双鞋用鞋带系到腰后，这时他望着我，仿佛想要判断一下，我是否明白他身上已经没什么别的可抢了，判断一下我是否会失望或者发怒。我回望着他，一点儿也没有发怒，只是努力将他的脸镌刻到记忆中。

有那么一瞬，我试着让鬼域显现为具象的画面，但其实没这个必要。我现在完全是按其本身的方式来理解这些图案的——在视觉神经生物学上，眼罩为自己开辟出了一条新的感觉通道，我就通过这条通道去领会它们、彻底理解它们。

我知道，意愿先生正在激发中。

我举起枪，指着这个陌生人的心脏，打开了保险栓。他镇定的神态消散了，脸绷得死紧。他开始发抖，眼泪流了出来，但他并没有闭上眼。我感觉到心中涌起一阵同情，也"看见"了它，但这是意愿先生的身外之物，只有意愿先生才能做出选择。

陌生人只是可怜巴巴地问："为什么？"

"因为我可以。"

他闭上眼睛，牙齿咯咯作响，一侧鼻孔里垂下了一道鼻涕。我等待着清晰感出现的那一刻；彻底理解的那一刻；走出世界的洪流，为自己负责的那一刻。

结果并非如此，而是有一层不同的纱幕裂开了——鬼域向自身展示着自己的每一个细节：

对应着自由、自知、勇气、诚实和责任这些概念的图案都在闪烁着灿烂的光华。它们旋转着吐出层叠——就像乱糟糟纠缠着的长长飘带，数百个图案连缀在一起——可是现在，所有联系和所有因果关系终于变得清晰无比。

并没有任何东西从行动的源泉中流出，从不可化约的自主自我中流出。意愿先生确实激发了，但它仅仅是成千上万个图案中的一个，是又一只精密的齿轮。它将十几根触须探进周围的层叠中，疯狂而急促地发出"我，我，我"的声音——自称对所发生的一切负责——可是事实上，它与其余任何一个图案并没有什么不同。

我喉中发出一阵干呕声，膝盖险些支撑不住身体。认识这一点、接受这一点，这实在令人难以承受。我仍然稳稳地端着枪，将手伸到头套底下，揭下了眼罩。

没有任何区别。眼前的景象仍在继续。大脑已经内化了所有关联、所有连接，而其含义也在不屈不挠地持续展开。

这里没有什么初因，也没有决定肇始的地方。只是一台叶片和涡轮组成的巨大机器，由流经的因果流驱动——只是一台机器而已，由有血有肉的文字、图像和思想组成。

除此之外再无其他：只有这些图案，以及图案之间的联系。"选择"无处不在——发生于每一次联想中、各种想法的每一道联系中。做出"决定"的是这整个结构，是这整台机器。

那意愿先生呢？意愿先生什么也不是，只不过是它自身的想法而已。鬼域可以想象出任何一样东西：圣诞老人、上帝……人类的灵魂。它可以为任何想法创建一个符号，将其与另外上千个想法相连接，但这并不意味着这个符号所代表的东西就可能是真实的。

我注视着这个在我面前发抖的人，恐惧、怜悯和羞愧的感觉交织于心。我要把他献祭给谁呢？我原本可以告诉米拉：一个小小的灵魂套娃就已经太多了。那我为何就不能这样告诉我自己呢？在自我的内部并没有第二重自我，并没有什么内在的傀儡师在幕后操纵和做出选择。只有整台机器。

而在仔细的审视之下，这个自大的齿轮正逐渐萎靡。既然鬼域可以完整地看见自身，那"意愿先生"便毫无意义可言。

没有任何要为之而杀戮的人或物：没有要誓死捍卫的心中主宰。通往自由的路上并没有什么障碍需要攻克。爱、希望、道德……把那台漂亮的机器统统拆掉，就什么也剩不下了，只余一些随机抽搐着的神经细胞，而不是经过净化后光芒四射、无拘无束的超人。唯一的自由就在于成为这一台机器，而非另一台。

于是我这台机器放下枪，举起一只手，笨拙地摆出一个表示悔罪的手势，转身逃进了夜色中。我没有停下来喘口气，一如既往地警惕着被人追赶的危险，但一路上却热泪横流，因为获得了解脱。

————————————

作者注：这篇小说的灵感来自马文·明斯基与丹尼尔·C.丹尼特及其他一些人研究的"鬼域"认知模型。然而，我在本篇中呈现的是简略的草图，仅仅意在传达出这些模型是如何运作的笼统概念，而并没有着手展现其中精妙的细节。详细的模型在丹尼特的《意识的解释》和明斯基的《心智社会》中有所阐述。

变身之梦。————————

Transition Dreams

"你本人的变身之梦会梦见些什么，我们没法告诉你。只有一点可以肯定：你是记不住的。"

卡洛琳·鲍施微微一笑，以示安慰。她的办公室坐落在格莱斯纳大厦第64层，时髦得让人不舒服——她的办公桌是一块椭圆形黑曜石，下方以3道有机玻璃圆环作为支架，墙上装点着最时新的欧几里得单色画——然而，像她这样的机器人与这种冷色的几何式装饰风格却绝不搭调。我毫不怀疑，这种反差乃是刻意而为；我也相信，她的面孔经过了精心设计，好显得更加自然，能令人放下戒心，即使是最多疑的人也不会认为这纯粹是她雇主的诡计。

几个很快就会忘掉的梦？听起来根本无伤大雅。我差一点儿就把这件事放下了，但我还是有些不解。

"我被扫描的时候，体温会接近零摄氏度，对吧？"

"没错。实际上，比零摄氏度还要再低一点儿。你体内会注满大量的二糖类防冻剂，你全身的体液会冷却下来，变成一块含糖的玻璃。"听见这些话，我头皮上泛起了一阵针扎似的刺痛感，但我感受到的这种激动是出于期待，而非恐惧；将自己的身体想象成一种冰糖雕塑，这似乎一点儿也不吓人。在鲍施办公桌后面的书架上，点缀着几个形态优美的小雕像，材料用的是吹制玻璃。"这不仅能中止所有的代谢过程，还能让核磁共振波谱变得更清晰。为了精确地测量每个突触的强度，我们必须要能区分出神经递质受体类型之间细微的变化。热噪声越小越好。"

"我明白。可是，假设我的大脑因为体温过低而停止了运作……那我为什么还会做梦呢？"

"做梦的并不是你的大脑，而是我们正在创建的软件模型。不过，就像我刚才说的那样，你一点儿都不会记得。到了最后，这个软件就会变成你大脑的完美副本，你的器质性大脑进入了深度昏迷状态，而软件会从昏迷中醒来，精准地回忆起器质性大脑在扫描前的经历，不多也不少，没有半点儿差池。既然器质性大脑肯定不会体验到变身之梦，软件也就不会有对这些梦境的记忆。"

软件？我原本以为会有一个生物学上的简单解释：麻醉剂或者防冻剂的副作用；神经元在低温面前投降时，会随机发出少数微弱的信号。

"为什么要设计这样的程序，让机器人的大脑做些记不住的梦呢？"

"我们没有这么做，或者说，至少没有直截了当地这样做。"鲍施又露出了那种与人类过于相似的微笑，却没有完全掩饰带着审视的目光，或许，她花了片刻时间来做出决定，到底有多少事情确实需要告诉我。又或者这一整套都是例行程序，更像是经过运算后令人打消疑虑的行为。瞧瞧，哪怕我是个机器人，你还是可以对我了如指掌。

她说："格莱斯纳机器人为什么会有意识？"

"跟人类有意识的原因没什么两样。"自从这次会面开始以来，我就一直在等待她提出这个问题。鲍施既是销售人员，也是咨询顾问，在她的工作内容中，有一部分就是确保我对即将购买的这种全新的生存模式感到自在。"不要问我其中涉及哪些神经结构……但不管涉及哪些，在扫描过程中必定都会被捕捉到，并且在模型中跟其余所有的内容一起重建。格莱斯纳机器人之所以有意识，是因为它们在处理关于世界和自身的信息时，处理方式跟人类完全相同。"

"这么说，模拟有意识的人类大脑的计算机程序本身也同样是有意识的，你对这样的概念觉得很认可喽？"

"当然。要是不相信这种说法的话，我就不会到这儿来了。"我就不会跟你谈话了，对吧？我认为没有必要详加说明——不必坦白承认，格莱斯纳机器人具有小巧紧凑的处理器，以及逼真的人体，可以四处走动，自从达拉斯和东京的地下室里重达10吨的超级计算机开始让位于这些机器人以来，我对这种说法的认可度提高了上千倍。副本最终从虚拟现实中解放出来了——无论当初那样的虚拟现实多么宏伟壮观、多么细致入微——有机会作为有血有肉的人居住在这个世界上，在这样的时候，我终于不再把"被扫描"视为与"被活埋"相似的命运。

鲍施说："那么，你接受了这样的观点：体验的产生只需要对数据结构进行计算，这些数据结构与大脑结构所编码的信息是相同的？"

我觉得这样的术语毫无来由，不明白她为什么要一再重申这个观点，但我还是平静地说："这个观点我当然接受。"

"那就想想看，其中隐含着什么意思！因为要创建出让格莱斯纳机器人运行的完整软件，充当接受扫描的昏迷者完美的副本，整个创建过程就是对代表人类大脑的数据结构进行的一长串计算。"

我默不作声地领会着其中的含义。

鲍施接着说："我们并没有刻意去引发变身之梦，但这样的梦很可能是不可避免的。副本必须用某一种方法创建出来：它们不可能以完全成形的方式突然出现。扫描仪必须对器质性大脑加以探测，对几十亿个不同横截面的核磁共振波谱进行测量，然后再去加工这些测量结果，将其转化成高分辨率的解剖及生化图。换句话说：也就是要对代表大脑的庞大数据集进行几万亿次计算。然后，这样的图必须用来构建运作中的计算机模型，也就是副本自身。这需要进行更多的计算。"

我想，她说的这些话我差不多都领会了，但我身上有一部分却断然不肯接受这样的观点，即仅仅以足够高的分辨率对大脑进行成像，就可以导致图像本身产生梦境。

我说："不过，这些计算的目的都不是模拟大脑的运作，不是吗？只是在为最终启动并运行时就会产生意识的程序铺路。"

"是的。这个程序一旦启动并运行，为了产生出意识，它会做些什么呢？它会在大脑的数字化表征中制造出一系列变化——这些变化是在模拟正常的神经活动。但是，创建这种表征首先也会涉及一系列的变化。如果不经历几万亿个中间阶段，你根本就不可能从一片空白的计算机内存直接进入对具体人脑的详细模拟，这些中间阶段大部分都会以某种形式，部分或全部地代表同一个大脑各种可能的状态。"

"可是，这些叠加在一起，为什么就会变成某种心理活动呢？这只是对数据进行重新排列而已，完全是出于其他原因。"

　　鲍施坚决地说："这没有理由可言。有生命的大脑对记忆进行重组，就足以产生普通的梦境了。只要把一枚电极插入颞叶，就可以引发心理活动。我知道：大脑的运作极其复杂，能在无意中达到同样的效果，这样的想法是很奇怪。但是，大脑所有的复杂之处都被编码到它的结构中了。不管你愿不愿意接受，只要你是在处理这个结构，那就是在处理意识材料。"

　　这样的说法确实有一定的道理。大脑所发生的一切基本上都让人觉得有道理，不一定得是清醒的思考那样井井有条的过程。既然毒品或疾病的随机影响都可以引发独特的心理事件——发烧时的梦境、精神分裂症的发作、迷幻药带来的幻觉——那么，副本经过精心设计的诞生为什么就不行呢？每一幅还不完整的核磁共振图、每一个尚未完成的模拟软件，都无法"知晓"自身暂且还不该具备自我意识。

　　即便如此——

　　"要是谁也不记得那些梦，你又怎么能确定这些呢？"

　　"意识的数学研究还处于起步阶段，不过，我们了解到的一切都有力地表明，就算这样的经历没留下任何痕迹，但构建副本的行为仍然具有主观内容。"

　　我仍然没有完全被她说服，但我估计，我只能相信她的话了。格莱斯纳公司没有理由编造子虚乌有的副作用，而且，他们还煞费苦心地把变身之梦的事预先告知了客户，这样的做法给我留下了深刻的印象。据我所知，早前的公司——比如在副本尚且不具备有形之躯的年代成立的那些扫描诊所——甚至连提都没有提过这个问题。

我们本来应该接着说别的了，还有其他事项要讨论，但我的思绪却萦绕在这令人不安的发现上，难以转移。我说："既然了解到的情况足够让你确定，变身之梦总是会有的，那你就不能把数学再延伸一点，跟我说说，我会做些什么梦吗？"

鲍施故作天真地问道："这我们怎么办得到呢？"

"我不知道啊。对我的大脑做个检查呗，然后运行一下副本制作过程的某种模拟……"我忽然住了口，"啊。可是，在没有实际计算的情况下，你怎么对计算进行'模拟'呢？"

"一点儿也不错。这种区分毫无意义。凡是能对梦的内容做出可靠预测的程序，本身都会像经历变身过程的那个'你'那样充分体验到这些梦。那有什么意义呢？如果最终发现梦境并不愉快，想让'自己'免于创伤也来不及了。"

创伤？我开始希望自己方才满足于令人安心的微笑和彻底失忆的承诺，没有刨根问底去探究几个很快就忘了的梦。

现在，我隐约理解了这种效应产生的原因，然而，要接受这是件不可避免的事却要难上千倍。开始进入体温过低的状态时，发生神经痉挛或许不可避免，然而，发生在电脑内部的一切原本都应该无限可控才是。

"你能不能在梦境出现时加以监控，在必要的时候进行干预？"

"恐怕不行。"

"可是……"

"想想看吧。这跟预测差不多，只是还不如预测呢。监控梦境，就意味着要用更多形式来复制类似大脑的数据结构，在这个过程中产生出更多的梦境。所以，就算我们能够管理原先的梦境，对之加以破译和控制，但完成这项任务的所有软件又都需要用别的软件来监测，看看它的计算又会带来哪些副作用。以此类推，那可就没完没了了。

　　"事实上，副本的构建采用的是最短的过程、最直接的路径。我们最不想做的事情，就是引入更强大的算力、更复杂的算法，动用越来越多的系统，为体验的算法充当镜像。"

　　我在椅子上动了动，想摆脱越来越强烈的晕眩感。我提的问题越多，整个话题就越显得离奇，但我却似乎偏偏无法闭嘴。

　　"要是既说不出会做些什么梦，又控制不了它们，那你至少能不能告诉我，梦境会持续多久？我是说主观上而言？"

　　"只要不运行一个同样会梦见那些梦的程序，那就办不到。"鲍施流露出歉意，但我有种感觉——她认为，这样的情形具备某种优美乃至恰当之处，"这正是数学的本质：没有捷径可走。假设性的问题是没有答案的。在回答问题的过程中，只要没有创建出那个特定的意识系统，我们就不能肯定地说任何一个意识系统会经历什么。"

　　我无力地笑了笑。做梦大脑的图像。梦境之梦的预测。会传染任何一台企图影响梦境的机器的梦境。我曾经以为，关于虚拟存在，那些令人眼花缭乱的形而上学已经统统被摒弃了，现在可以选择做一个完全生活在物质世界中的副本了。我原本盼望着，能从自己的身体步入一个格莱斯纳机器人体内，过程如同行云流水，不会错漏一拍……

　　当然了，事后回想起来，我本来是会这么做的。一旦我跨越了人类与机器之间的那道鸿沟，它就会消失在我身后，不留半点儿缝隙。

　　我说："这么说，梦境是不可知的，也是不可避免的？这已经接近于数学上的确定性了？"

"是的。"

"但同样可以确定的是，我也记不住梦境？"

"是的。"

"对你自己的梦，你半点儿都想不起来了吗？想不起任何一种情绪，也记不得任何一幅画面？"

鲍施宽容地微微一笑："当然想不起来了。我从模拟的昏迷状态中醒来，记忆中的最后一件事就是在扫描之前接受麻醉。没有掩埋起来的痕迹，没有隐藏的回忆，也没有看不见的伤痕。根本不可能有。从非常真实的意义上来说，我从来没做过什么变身之梦。"

我终于为心中的挫败感找到了可以攻击的目标："那又何必警告我呢？为什么要告诉我一段注定会忘记的经历？反正到最后，肯定跟没经历过一样。你不觉得什么都不说会更体贴吗？"

鲍施犹豫起来。这还是我第一次看似让她感到窘迫——这样的表现相当令人信服。不过，在此之前，同样的问题她肯定早就被问过无数遍了。

她说："在做变身之梦的时候，你知道自己正在经历的是怎么回事，也知道为什么会这样；知道梦境不是真实的，也知道它不会长久，了解了这些，可能会让情况变得大不相同。"

"也许吧。"不过，这事没那么简单，她也知道，"当我的新头脑被拼凑起来的时候，这些信息什么时候会变成其中的一部分，你知道吗？等需要这些令人心安的事实的时候，我就会想得起来，这你能向我保证吗？你能保证告诉我的一切都说得通吗？"

"不能。可是……"

"那还有什么意义呢？"

她说："你觉得，假如我们什么也不说，你有半点儿机会梦见真相吗？"

*　　*　　*

我来到大街上，沐浴在冬日的阳光下，试着把疑虑抛诸脑后。昨晚的庆祝活动结束后，乔治街上依旧散落着余留的彩纸：经历过6年的流血——轰炸与围困、瘟疫与饥荒——内战似乎终于结束了。我低头看着残破的彩纸，回想起这值得称道的消息，心中涌起一阵兴奋之情。

我伸手环抱住自己的身体，往市政厅车站走去。悉尼正在经历多年来最寒冷的6月，晴朗的天空下，夜晚的温度降到了零摄氏度以下，霜冻会一直持续到早晨。我试着把自己想象成一个格莱斯纳机器人，正沿着一模一样的路线，大步流星地前进，却不让自己去感受刺骨的寒风。这样的前景令我感到欣喜——一旦彻底变成了一派和谐的人造人，像人造膝关节和髋关节周围肿胀这样无聊的事，我就再也不用为之烦恼了。不再惧怕流感、肺炎，也不惧最近席卷全球的耐药性白喉。

我简直无法相信，经过这么多年的推诿和拖延，我居然终于签订了合同，让这套机器运转了起来。经过了一连串侥幸脱险的经历——支气管炎、肾脏感染、右脚底的黑色素瘤——受惊之下，我已不再自鸣得意。细胞因子注射也没有让我的免疫系统像20年前那样活跃。今年8月，107岁。这个岁数听起来有点儿不太真实。然

153

而，27岁也是，43岁也是，61岁也是。

在火车上，我再次审视着自己心中的不安，希望能将其淡忘。变身之梦就像普通的梦一样，不可能避免、预测或控制。它们的起源会截然不同，可是没什么理由相信，改用不同的方式唤起我被扰乱的大脑中的内容，就会带来比我曾经的任何一段经历更令人不安的体验。莫非我以为，自己脑瓜里嵌进了什么恐怖的东西，正等待着在从昏迷的人向昏迷的机器转变的数据流中横冲直撞？我偶尔也做过噩梦——有几次当时感觉特别悲伤——但即便是在儿时，我也从不害怕睡觉。那么，我又为何要害怕变身呢？

我从梅多班克车站翻山而回时，爱丽丝正在花园里摘豆角。她直起身来，向我挥手。我简直不太敢相信，我们的菜地竟然有这么大，离市区还这么近。我们亲吻了一下，然后一起进门。

"你预约扫描了吗？"

"约了，7月10号。"这听着应该算实事求是的说法；在我过去10年做过的所有手术中，这应该是最安全的一次。我开始煮咖啡，我需要能让自己暖和起来的东西。厨房被阳光照得亮堂堂的，但室内却比室外更冷。

"你所有的问题他们全都回答了？现在你满意了？"

"我想是吧。"不过，这事瞒着她也没什么意义，于是我把变身之梦的事告诉了她。

她说："我很喜欢刚从梦中醒来之后最初的那几秒。那个时候，整个梦境在脑海中还很清晰，但你对自己刚才的经历一清二楚，终于能厘清梦的来龙去脉了。"

"你是说，发现一切都是假的以后那种轻松的感觉吗？你并没有真的在商场里杀掉上百人，光着身子，被警察团团围住？不过，反过来也一样，美好的错觉会化作尘埃。"

她轻蔑地哼了一声："凡是轻易就会化作尘埃的东西，都算不上什么巨大的损失。"

我给我们俩斟上咖啡。爱丽丝若有所思地说："可是，既然在变身之梦开始前你对这些梦一无所知，在梦结束以后又什么都不记得了，那变身之梦的结局肯定很奇怪。"她搅动着咖啡，我看着咖啡在杯口中晃动，"在那样的梦境中，时间会以什么样的方式流逝呢？不可能就这么直接溜过去，对吧？对于昏迷的大脑的每一个细节，电脑重建的完成度越高，留给虚假信息的空间就越小。不过，在最开始的时候，根本不存在任何信息。在中途的某个地方，给梦境的'回忆'留下了最充分的余地。所以，兴许时间会从起点和终点这两头流进来，而梦好像会在中间结束。你觉得呢？"

我摇了摇头："那会是什么样子，我连想象都没法想象。"

"说不定有两个不同的梦，一个往前做，一个往后做。"她皱起了眉头，"可是，这两个梦如果在中途相遇，就只能以同样的方式结束。两个不一样的梦怎么可能有一模一样的结局呢？甚至对之前发生的一切都有着相同的记忆。然后，扫描仪构建起大脑图谱……在第二个阶段，把图谱转换成副本。有两个循环。那梦也有两个吗？还是4个？或者你觉得它们会不会全都交织在一起？"

我烦躁地说："我真的不在乎。我会在一个格莱斯纳机器人体内醒来，这一切都是空谈。我根本什么梦也不会做。"

爱丽丝的表情似乎半信半疑："你说的是想法和感觉，就像副本的感受一样真实。这怎么可能是空谈呢？"

"我说的是大量的计算。把它对我产生的影响全部汇总到一起，最终就会统统抵消。从昏迷的人变成昏迷的机器。"

"尘归尘，土归土。"

有时候，有些话会从她嘴里脱口而出：儿歌的片段、老歌的歌词——她自己做不了主。不过，我手臂上的汗毛都竖起来了。我低下头，看着自己干瘪的手指、瘦骨嶙峋的手腕。这不是我。衰老的感觉就像是一个错误、一段弯路、一场灾难。20岁时，我是不死之身，对吧？现在找到返回的路还不算晚。

爱丽丝喃喃地说："对不起。"

我抬头看着她："咱们别小题大做了。时候已到，我是该变成机器了。我只需要把眼睛一闭，跨过那道鸿沟就行。然后再过几年，就该轮到你了。这件事我们可以做到，什么也阻止不了我们。这是世界上最轻松的事。"

我将手伸到桌子对面，握住了她的手。双手相触时，我发觉自己冷得直打哆嗦。

她说："好了，好了，别担心。"

*　　*　　*

我无法入睡。两个梦？4个梦？在中途相遇？融为一体？当梦境最终结束的时候，我怎么会知道呢？格莱斯纳机器人将从昏迷中苏醒过来，无忧无虑地继续前进；但是，倘若没有机会回顾这些变身之梦，认清它们的本来面目，那我怎么能让它们归位呢？

我仰面盯着天花板。这太荒唐了。我从前肯定做过上千个梦，苏醒以后一个也想不起——如今，那些梦境早已一去不复返，如同电脑可以控制和保证我失忆一样确定无疑。倘若我是在恐惧某些荒唐离奇的梦中幻影，或是相信自己犯下了某种难以启齿的罪行，而现在我再也没有机会对这些幻觉一笑置之了，这有什么关系吗？

我从床上爬了起来，一旦起来以后，我便别无选择，只能把衣服穿得严严实实，以免挨冻。月光洒满了整间屋子，于是，我毫不费力便可看得清清楚楚。爱丽丝在睡梦中翻了个身，叹了口气。我看着她，一股柔情如波涛般迅速涌上心头。至少先行一步的人是我。至少我能让她安下心来，相信没什么可害怕的。

我来到厨房里，发现自己没有半点儿饥渴的感觉。我踱着步子取暖。

我在畏惧什么呢？梦境又不是什么需要克服的障碍——我可能无法通过的一场考验，我或许熬不下来的一次磨难。整个变身过程都是预先安排好的，将会带着我安然无恙地进入新的化身。即便我会梦见某种历尽磨难的梦境，隐喻着我从人类转变为机器的艰辛旅程——赤足跋涉在燃烧的煤炭铺就的无际平原，在暴风雪中挣扎着爬向无法攀登的顶峰……哪怕我无法完成那样的苦旅——电脑依旧会坚定地前进，格莱斯纳机器人依旧会苏醒。

我得出去走走。我悄无声息地走出家门，向火车站对面的24小时超市走去。

群星闪烁着明亮的冷光，空气中连一丝风也没有。即便我觉得现在比白天更冷，那我也冻得麻木了，分辨不出温度上有什么差别。路上连一辆车、一个人也没有，所有的房子里都不见灯火。肯定已经快到3点钟了；我已经有……数十年没这么晚出过门了。不过，在月光下，郊区草坪灰蒙蒙的颜色看上去颇为眼熟。17岁那年，我似乎花了半辈子的时间，与朋友们一直畅谈到清晨，然后穿过与眼前一模一样的空荡街道，拖着沉重的步子，费劲地走回家。

超市的橱窗里嵌着色调较为温暖的广告招牌，招牌四周闪烁着蓝白色的光芒。我进了楼，在一条条空无一人的通道中探索。没有发现任何能吸引我的东西，但我对空手而归有一种可笑的负罪感，所以就随手拿了一盒牛奶。

我拿着购买的物品穿过出口时，正在摆弄一幅全息广告的中年男子向我点点头，磁场感应到了这次交易，并作了记录。

那人说：“战场传来什么好消息了吗？”

“没错！真是妙极了！”

我说完就转身要走，他流露出失望的神色：“你不记得我了，对吧？”

我停下脚步，越发仔细地打量了他一番：秃顶，棕色的眼睛，模样和蔼可亲。“我很抱歉。”

“你小时候，我曾经是这家店的老板。我还记得你进来给你妈妈买东西。85年前，我变卖了这家店来还债，离开了这座城市。可是现在，我回来了，又把这个老地方重新买了下来。”

尽管仍旧没有认出他来，我却还是点点头，向他微笑。

他说：“我曾经在一座虚拟城市待过一段时间。有栋摩天大楼一直伸到月球，我沿着楼梯爬到月亮上去了。”

我想象着水晶般透明的螺旋楼梯，掠过黑暗的太空。

“不过你还是出来了，回到了这个世界。”

“我一直想重新经营这个老地方。”

我觉得，我现在回想起了他的面孔，但他的名字我就算原先知道，也还是想不起来。

我忍不住问道："在你接受扫描以前，他们有没有预先告诉过你一种叫'变身之梦'的东西？"

他微微一笑，仿佛我刚才说出的这个名字属于一位共同的朋友："没有，当时没有。可是后来，我听说了。要知道，副本过去经常从一台机器流到另一台机器。由于对算力的需求时高时低，汇率也在变化，所以管理软件常常把我们拆散了来移动。从日本移到加利福尼亚、得克萨斯、瑞士。它会把我们分解成10亿个数据包，通过上千条不同的路径，把我们传到网上，然后再重新组合到一起。有些日子里，一天得有10次。"

我身上冒出了一层鸡皮疙瘩："那……也是一样的吗？变身之梦？"

"我听说是。我们甚至不知道自己已经被传到了地球的另一边；在我们的感觉里，好像时间一点儿也没有流逝。但我听到过一些传言，据说数学家已经证明，在每一个阶段的数据里都有梦境，在删除时留下的副本里有，在新目的地被组合到一起的副本里也有。那些副本完全不知道，在把冻结的快照从一处移动到另一处的过程中，自己只是中间步骤而已，而对他们的数字化大脑做出的改变也本来就没有任何意义。"

"那发现之后，你有没有阻止这样的事发生？"

他轻笑起来："没有，那样没什么用。因为就算是在一台计算机里，副本也一直在挪来挪去：重新定位，从一个地方变换到另一个地方，好允许内存得到回收和合并。一秒钟得有几百次。"

我浑身的血凝成了冰。难怪那些老公司从来没提起过有关变身之梦的话题。我一直在等着用格莱斯纳机器人，还不知道这种做法原来这么明智。仅仅是在内存里将一个副本移来移去，实在难以与绘制人类大脑中的每一个突触相媲美——这样产生的梦境肯定短暂得多，也简单得多——然而，哪怕仅仅是知道了在自己的生命中，一举一动都布满了精神上的小小弯路、意识旋涡，也仍然令人难以承受。

我朝家的方向走去，用深受关节炎折磨的冰冷手指笨拙地紧攥着牛奶盒。

翻过山坡时，我看到了前门上方的灯光，不过我可以确信，我离家时灯没有亮。爱丽丝必定已经醒来，发现我不见了。我蹙起了额头，觉得自己考虑不周，原本应该待在家里的，或者给她写张便条。我加快了脚步。

在离家尚有50米的地方，一阵剧痛掠过我的胸膛。我傻呵呵地往下瞧了一眼，想看看自己是否撞在了一根凸出的树枝上：下方什么也没有，但疼痛又发作了，此时如同一支利箭，刺透了皮肉，痛得我跪倒在地。

我左腕上的手镯发出柔和的鸣响，让我知道它正在呼救。不过，我离自家的前门实在太近，忍不住想爬起来，看看能不能走完这段距离。

迈出两步以后，血液从头上涌向了别处，我再次跌倒在地。我的胸口压在牛奶盒上，冰凉的牛奶溅了出来，冻僵了我的手指。我能听到远处传来救护车的鸣笛声。我知道，自己应该放松下来，保持不动，可是有什么东西却在逼着我移动。

我朝着光亮爬去。

*　　*　　*

推我的护理员脸上那副表情仿佛在说，他认定这是地球上他最不愿待的地方。我无言地表示同意，将头向后仰，不去看他那一脸僵硬的苦相，然而此时，看见从头顶上方掠过的天花板，我越发感到不安。走廊里的一盏盏面板灯几乎都是一个样，彼此的间距也颇为固定，看起来就像我正被人推着转圈。

我说："爱丽丝在哪儿？我太太呢？"

"现在不让探视，以后会有那个工夫的。"

"我已经付了扫描的钱，付给了格莱斯纳的人。如果我有什么危险的话，应该告诉他们。"不过，这一切都编码到我的手镯里了，电脑已经读取过，没什么事需要发愁。一想到再过短短的几小时或者几分钟，就不得不面临变身，这样的前景让我心中充满幽闭恐惧症似的恐惧，但这总比安排得太晚要好。

护理员说："我觉得你搞错了。"

"什么？"我挣扎着，将他重新纳入我的视野里。他龇牙咧嘴，露出讨厌的笑容，就像夜总会的保安，刚发现有人穿了双不对劲的鞋。

"我说，我觉得你搞错了。我们的档案里没有提到半个字的扫描费。"

我气得直冒汗："我签了合同！今天签的！"

"是啊，是啊。"他把手伸进衣兜，掏出长长一条棉布绷带，然后塞进了我嘴里。我的手臂被带子捆绑在身体两侧；我能做的无非是哼哼唧唧地表示抗议，被棉布和口水堵得喘不过气来。

有人走到手推车前面，一面亦步亦趋地与我们同行，一面低声说着拉丁语。

护理员说："别难过。顶层只不过是冰山的一角，是海浪的浪尖。在我们当中，有多少人能属于这样的精英阶层呢？"

我呛咳起来，说不出话，拼命喘气，吓得直打哆嗦；然后我让自己平静下来，强迫自己用鼻子缓慢均匀地呼吸。

"冰山的一角！难道你以为，器质性大脑是借助某种魔力来运转的吗？从一个地方到另一个地方、从一个时刻到又一个时刻？难道你以为，不经历变身之梦，一片空荡荡的时空就可以重建成像人脑一样复杂的东西？在数据的移动方面，物理世界遇到的困难并不亚于任何一台计算机。你知不知道，仅仅为了让一个原子停留在同样的位置，就需要付出多少努力？难道你以为，有可能存在一个具备意识、前后连贯的自我，历经时间的流逝而持续不衰——而不是有无数支离破碎的思想，在它周围形成和消亡？不是有变身之梦绽放、消失、湮没？它们就弥漫在空气中。看哪！"

我扭过头去，埋头盯着地板。光线形成了错综复杂的旋涡，包围着手推车，一片片虹彩如同颅内的褶皱，流动着，上下起伏，旋转着分离出类似自身的较小图案。

"你想什么呢？你是大人物吗？是10亿分之1吗？是顶尖的人上人吗？"

又一阵厌恶和恐慌的感觉席卷了我全身。我被口水呛到了，在恐惧和寒冷中浑身打哆嗦。走在手推车前方的那个人将一只冰冷的手放在我额头上，我猛地挣脱了。

我努力想找到某个可以依托的坚实基础。看来，这就是我的变身之梦了。好吧。我应该心存感激：至少我明白这是怎么回事。毕竟，鲍施的告诫对我还是有用的。我并没有面临任何危险；格莱斯纳机器人终究还是会苏醒。很快，我就会忘掉这场噩梦，继续我的人生，就跟什么也没发生过似的。不会受伤。永生不灭。

继续我的人生。与爱丽丝一起，在那座有片大菜园的房子里吗？汗水流进了眼里，我眨了眨眼睛，把汗水挤出去。菜园在我父母家才对，而且位置是在后院，不是前院。还有，那座宅子很久以前就拆了。

火车站对面的那家超市也是如此。

那么，我住在哪里？

我做了什么？

我娶的是谁？

护理员兴高采烈地说："所谓的爱丽丝在小学里教过你，这位女士不知道姓甚名谁。你居然暗恋老师，有谁猜得到呢？"

这么说，有哪件事是我没搞错的吗？与鲍施的面谈？

"哈哈。难道你以为，我们格莱斯纳那些聪明的朋友会坦率地把这一切都告诉你吗？别逗了！"

那我是怎么知道变身之梦这回事的呢？

"肯定都是你自个儿在心里瞎想出来的。恭喜你。"

那只冰冷的手又摸上了我的额头，喃喃的吟唱声越来越响亮。我紧闭双眼，被恐惧折磨着。

护理员若有所思地说："话又说回来，那个老师的事可能是我搞错了，那座宅子的事可能是你搞错了。甚至说不定根本没有什么格莱斯纳公司。电脑化的人脑副本？我觉得这说法听着很有问题。"

护理员有力的手抓住了我的肩膀和双腿，把我从手推车上抱起来，转起了圈圈。当模糊的残影静止下来时，我正仰面平躺着，凝望着远处一方浅蓝色的天空。

"爱丽丝"探身进入我的视野里，抛下了一抔泥土。我渴望着去安慰她，却偏偏动弹不得，也说不出话。假如我不爱她，假如她从来不是真实的存在，那我又怎么会这样在乎她呢？其他哀悼者也往坑里抛下了泥土；这些土似乎根本无法触及我，但天空却在支离破碎间消失了。

我是谁？关于那个即将在机器人体内苏醒的人，有什么是我可以确定的？我竭力想确定哪怕一件关于此人的事实，但在仔细的审视下，一切都消解成了困惑和怀疑。

有人吟唱着："尘归尘，昏归昏。"

我在黑暗中等待着，比以往任何时候都更觉寒冷。

有什么东西在我周围移动着，闪烁着光芒。彩虹的旋涡，变身之梦的涡流，像闪闪发亮的蠕虫一样，在土壤中迂回穿行——仿佛我那正在分解的大脑中，某些部分也可能不受感官、记忆或真相的干扰，把自身的腐烂与思想的化学反应相混淆，从内部重新解释其解体。

给自身编造出美好的幻觉，把死亡彻底误认成别样事物。

银火 ——————————

Silver Fire

马里兰州的约翰·布莱希特打来电话时，我正在家中的办公室里批改《流行病学410》的论文。这是实时通话，而非礼貌留言，我不能想何时处理就何时处理。我已经习惯了把布莱希特上校当成"我的老上司"。显然，这么想还为时过早。

　　他说："克莱尔，我们发现了银火病毒一个小小的异常现象，我觉得，你说不定会感兴趣。在自相关[1]变换上，有个小光点怎么也消失不了。既然你在放假……"

　　"放假的是我的学生，我还有工作要干。"

　　"哦，我还以为，像这些用人干的杂活儿，哥伦比亚大学可以随便找个什么人来接替一两周呢。"

　　我默不作声地端详了他片刻，拿不定主意要不要跟他说：像他自个儿手头这些用人干的杂活儿，也另外随便找个什么人来接替好了。

　　我说："具体是什么异常？"

1　也叫序列相关，是一个信号于其自身在不同时间点的互相关。

布莱希特露出了笑容："是一道微弱的痕迹，可能很重要，也可能无所谓，还说不清楚。这是你的专长。"屏幕上出现了一张地图，显示他面孔的对话框收缩成了嵌套的小图。"似乎起于北卡罗来纳州，在格林斯博罗附近，正向西移动。"地图上布满小圆点，标明了最近的银火病例出现的位置——用颜色进行了编码，从假设的"感染日"开始计算，按照经过的时间排列，这些小圆点就位于患者当时所处的位置。获悉了搜寻内容的确切信息之后，我只能分辨出一道隐约的光谱序列，穿过了局部爆发的零散花朵：有点儿像是模糊的彩虹轨迹，颜色由红转紫，刚过田纳西州的诺克斯维尔以西便消散了，化作一片渺茫。然后……假如我眯眼细看，便又可以辨认出另一道痕迹，与前一道几乎同样确定无疑，从肯塔基州横扫而下，形成了一条完美得惊人的弧线。再过几分钟，我就该辨认出格劳乔·马克斯[1]隐藏的面容了。人类的大脑实在太擅长寻找图案；倘若没有缜密的统计工具，我们就无可奈何了，成了万物有灵论者，想抓住每一股随机飘来的空气中包含的意义。

我说："那数值看着怎么样？"

"处于P值[2]的临界水平上，"布莱希特承认，"但我认为还是值得查一查。"

这道假设的痕迹中，可见部分在时间上的跨度至少经过了10天。然而，接触病毒3天以后，一般人要么已经死亡，要么也进了重症监护室，不会正无忧无虑地驾着车，在乡野间穿行。一般而言，

---

1 美国电影演员。
2 用于判定假设检验结果的参数。指当原假设为真时，比所得到的样本观察结果更极端的结果出现的概率，P值越小，说明原假设情况的发生概率越小。

对传染路径进行精确追踪的地图看起来就像随机漫步，平均自由程有5～10公里长；即使是航空旅行，哪怕在最坏的情况下，也只倾向于引发大量分散的小规模疫情。假设我们偶然发现了一个无症状感染者，那就绝对值得查上一查。

布莱希特说："眼下，你对通知数据库拥有完整的访问权限。我会向你提供我们的临时分析，但我确信，你自己对原始数据的处理会更出色。"

"这一点毫无疑问。"

"好，那你明天就可以动身了。"

＊　　＊　　＊

我在黎明前醒来，在10分钟内就收拾好了行李，此时，亚历克斯还躺在床上，在睡梦中对我骂骂咧咧。然后，我意识到还有3个小时要打发，却连一件可干的事也没剩下，于是又爬回了床上。当我再次醒来时，亚历克斯和劳拉都起床了，正在吃早餐。

然而，在劳拉对面坐下时，我不禁怀疑自己是否仍在做梦：就是那种不知不觉的梦，在梦中安慰自己"不必醒来，因为已经醒了"。在我14岁女儿的脸上和手臂上，布满了象征炼金术和黄道带的符号，有红有绿有蓝，涂得五颜六色。她看起来就像某部恐怖的虚拟现实迷幻电影里的角色，被特效软件摧残了一番。

她挑衅地回瞪着我，仿佛我已经用某种方式表示了不赞成。事实上，我还没有产生这样平凡的情绪——等确实产生了以后，我也紧闭着嘴，没有开口。我了解劳拉，这些绝不是一洗就掉的赝品，不过，借助透皮酶贴片，仍然可以不必流血就将其抹去，就像当初植入这些图案的染料贴片那样。所以我表现得还行，一个字也没说：既没有廉价的逆反心理（"噢，多好看啊，是不是？"），也没有（直率地）抱怨说，如果不在本学期开始之前把这些文身抹掉，她的校长就该来烦我了。

劳拉说："你知道吗？艾萨克·牛顿花在炼金术上的时间比琢磨万有引力理论的时间还多。"

"是啊。那你知道他一直到死都还是个处男吗？榜样的力量很强大，对吧？"

亚历克斯警告地斜睨了我一眼，并不认同。劳拉继续道："有一整套秘密的科学史，在经过审查以后，都从官方报道里删除了。直到现在，每个人都能接触到原始的资料来源，被隐藏起来的知识才大白于天下。"

听到这样的话，我真不知若不大声哀叹，还能如何真诚地作答。我平心静气地说："我想，你会发现，大部分知识其实从前就已经'大白于天下'了。只是事实证明，大家的兴趣不大。不过当然了，看看人们曾经钻过的一些死胡同也是很有意思的。"

劳拉朝我笑了笑，神情中带着怜悯："死胡同！"她把盘子里的面包屑拣了个干净，然后站起身，迈着轻快的步子离开了房间，仿佛刚才是在一场战斗中大获全胜。

我哀怨地说："我错过了什么？这一切是什么时候开始的？"

亚历克斯倒很淡定："我觉得主要是因为音乐罢了。或者更确切地说，是因为3个17岁少年，他们的皮肤完美得不可思议，戴着大大的棕色隐形眼镜，乐队的名字叫什么'炼金师'——"

"是啊，我知道这个乐队，但'新炼金术士'可不只是泡泡糖音乐，而是一大邪教——"

他哈哈大笑："哦，得了吧！有一支跟魔鬼差不多的重金属乐队，你妹妹不是特别想睡他们的主唱吗？我都想不起来了，她最后居然把黑猫钉在倒置的十字架上。"

"那绝不是情欲。她只是想知道他有什么护发的秘密绝招。"

亚历克斯坚定地说："劳拉没事。只要……放松就行了，等着瞧吧。除非你想给她买一本《傅科摆》。"

"她多半领会不了其中的讽刺意味。"

他捅了捅我的胳膊，说要动手是假的，但气愤是真的："这么说可不公平。最多……6个月吧，她就会把'新炼金术士'给咂巴干净，再吐出来。'山达基教'她喜欢了多久？1个星期？"

我说："'山达基教'一看就知道是傻不拉叽的胡言乱语。'新炼金术士'却可以利用5000年的文化装饰。它很狡猾：有传统渊源，有一整套美学……"

亚历克斯插话道："没错，再过6个月，她就会明白的：你可以欣赏它的美感，而不必接受这样的胡说。就因为炼金术原先是条死胡同，否定不了炼金术仍然有它优美迷人的地方……可是，优美迷人也说明不了炼金术里有半句真话。"

我思索了半晌，然后俯身吻了吻他："你说得对，真是讨厌哪：你总是把事情说得那么清楚。我这该死的保护欲实在太强了，对吧？所有的问题她自己都会解决的。"

"你也知道，她可以的。"

我瞥了一眼手表："见鬼了。你能送我到拉瓜迪亚去吗？我现在绝对叫不到出租车了。"

*　　*　　*

在这场大流行的早期，我动用了一些关系，安排了手底下的一组学生去近距离观察一名银火病人。我们自己埋首于抽象的地图、图表、数字模型和推断，而没有目睹过某位病患真实的身体状况，无论这些信息对这一仗的胜利有多重要，这种做法似乎都是错误的。

我们并不是非穿生化防护服不可。那个年轻人躺在一个四壁是玻璃、密不透风的房间里，一根根管子向他体内输送着氧气、水、电解质和营养物质，以及抗生素、退烧药、免疫抑制剂和止痛药。没有床，也没有床垫；病人被嵌在一块透明的聚合物凝胶中：这是一种具有浮力的半固体，可以限制褥疮生长，并引走从他原先的皮肤处流出的血液和淋巴液。

我突然无声地哭泣了一小会儿，流下了愤怒的热泪，令我自己吃了一惊。我的怒气随之消散一空了；我知道，这责怪不了任何人。半数学生都获得过医学方面的学位——可是，相较于那些从未踏足过创伤病房或手术室的新手统计员，若说学生们的表现有什么区别的话，那就是他们反而显得更深受震动——这多半是因为他们可以更好地想象，假设不是头骨内注满了麻醉剂的话，这个人会有怎样的感受。

这种传染病的官方名称，其实叫"全身纤维化病毒性硬皮病"，然而，"SFVS"这个缩写是念不出来的，假如新闻阅读器把全称完整地拼写出来，人们又会看得两眼发直。我也像其他人一样沿用了"银火"这个新病名，但心里对其一直很厌恶：这名字实在太他妈诗意了。

当银火病毒感染了皮下结缔组织中的纤维母细胞，就会导致它们变得过度活跃，产生出大量的胶原蛋白——这是一种从正常基因转录而来的变体形式，但组合得并不完美。这种变性蛋白在细胞外的空间里形成了固体斑块，扰乱了营养物质向上方的真皮层流动的过程，最终，蛋白斑块变得极为臃肿，以致将通向真皮层的路径完全切断。银火病相当于将你从内向外剥皮。也许，这是一个释放出大量病毒的良好策略——不过，谁也不知道病毒是何时在偶然间发现这个诀窍的。目前尚未发现有亲本菌株寄居的假想动物宿主，无论这样的寄居是否善意。

若说裸露的胶原蛋白斑块让淋巴闪烁出的病态白色是"银"，那么，发烧、自身免疫反应和被活活焚烧的感觉就是"火"。不幸中的万幸在于，无论如何，这种疼痛都不会持续太久。第一世界会提供标准的姑息治疗，其中包括持续不断的深度麻醉——假如没有得到那种水平的高科技干预，患者就会很快陷入休克，然后死去。

最初的暴发已经过去了两年，病毒的起源却依旧不为人知，疫苗的研制仍然遥遥无期。虽然患者几乎可以无限期地存活下去，但是，无论是清除体内病毒，还是移植人工培养的皮肤，所有治疗银火病的尝试都以失败告终了。

全世界有40万人感染了银火病，其中90%都死了。讽刺的是，在最贫穷的国家，由于营养不良导致迅速发病，银火病几乎被彻底消灭了；病毒在非洲发作的大多数情况下，病患当场就在这样的烧灼中去世了。与其他任何一个国家相比，在美国，不仅依赖生命维持手段的住院患者所占人口比第一，新增病例率也即将名列前茅。

握手就可以传播病毒，甚至乘坐拥挤的公共汽车都有可能中招——每次接触事件的传染概率固然很低，但累积起来却很高。在中期，唯一有所帮助的措施就是隔离潜在的病毒携带者，迄今为止，在具有传染性的情况下，似乎无人能长期保持健康状态。假设布莱希特的计算机发现的"轨迹"并不只是统计学上的幻象，那么，缩短这条轨迹或许便可拯救几十条生命，弄清它是怎么回事则可能会拯救数千人。

* * *

当飞机在格林斯博罗郊外的特里亚德机场着陆时，已经临近中午时分。有辆租来的车正等候着我；我朝着仪表板挥了挥笔记本，把我的资料传输过去，然后在压电制动器的嗡鸣声中等着座椅和控制装置重新微调。我开始倒车，向停车场外驶去，此时立体声音响播放起了舒缓的即兴演奏曲，一个不带感情色彩的标题开始闪烁：2008年6月11日离开机场曲。

开车进城时，我吓了一跳：从路上便可望见几十块种植了烟草的大片田地。重新长出的野草到处蔓延，就连郊区也并不安全。这样可笑的情况早已成了老生常谈，但目睹这样的现实却仍然令人震撼：即使尼古丁终于重蹈了苦艾酒的覆辙，种植的烟草仍然比以往任何时候都要多，因为事实证明，烟草花叶病病毒是一种极为方便和高效的载体，可以用于引入新的基因。这些植物的叶子会用来搭载药物或疫苗抗原，在需求最旺的时候，价格相当于未经修饰的原种的20倍之多。

离我的第一场约见还有将近1小时，所以，我开着车在城里四处觅食，寻找午餐的地点。自从布莱希特打来电话以后，我一直相当兴奋，来到这里的感觉竟然这么好，这让我有些诧异。也许，这只不过是因为向南而行，光线照射的角度突然发生了轻微的变化——这是一种有益的纬度差，等同于时差反应。当然了，看过纽约的面目之后，格林斯博罗市中心的一切都显得熠熠生辉，现代建筑的色调淡雅柔和，与保存完好的历史古迹并立，显得出奇地和谐。

最后，我在一家小餐馆里一面吃起了三明治，一面再次痴迷地翻看着自己的笔记。我已经有7年没真正处理过这样的事了，从理论家重新变回实践者，我几乎没什么时间完成这样的心理转变。

此前两周，格林斯博罗又新增了4例银火病。很久以前，各地的卫生部门便已放弃了确定每起病例感染途径的努力。鉴于该病易于传播，又无法向患者本人提问，确定感染途径就需要付出相当繁重的劳动，而且几乎产生不了什么切实的益处。最有用的策略不是追溯病源，而是将每个新增病例的家人、同事及其他已知的接触者隔离大约1周。病毒携带者具备传染性的时间至多两三天，之后就会自行发病了，迹象非常明显，无须刻意寻找。布莱希特发现的彩虹轨迹意味着两种可能，要么是这样的常规出现了例外，要么就是在不经由任何单一携带者传播的情况下，新增病例就像涟漪一般，从一个城镇蔓延到了另一个城镇。

格林斯博罗大约有25万人，不过，具体的人口数量取决于在何处划定城市的确切边界。北卡罗来纳从未过多进行过内爆式的城市化；近年来，乡村地区的发展实际上已经超过了各个主要城市，微型村庄运动在这里如火如荼地展开——至少在规模上与西海岸相当。

我在笔记本上调出了这一地区的人口密度曲线图。乡村地带的曲线起伏平缓，在这样的背景衬托下，即便是罗利、夏洛特和格林斯博罗这3个地方，曲线高度也只能算是适中，在这张颠倒的地形图上，唯独阿巴拉契亚山脉本身形成了一道深深的沟壑。地图上遍布着数百个小型的新社区，散落在建好的城镇之间，城镇的数量已经多不胜数。这些微型村庄并不能实现真正意义上的自给自足，但绝对算得上是高科技的绿色村庄，村里有太阳能光伏，有小规模的本地水处理设施，还有卫星链路，代替了与集中式公用设施的连接。这些村庄的大部分收入都来自村舍服务业，诸如软件、设计、音乐、动画等。

我打开一张覆盖图，上面显示的是估算出的人口流动规模，采用的是与银火病相关的时间尺度。主要干道和高速公路都闪耀着明亮的白光，各个小镇通过自身如毛细血管一样纤细的路网，连接到了这面光网上，但微型村庄却几乎从画面中消失了：人人都在家里远程办公。因此，倘若银火病的随机暴发沿着州际公路直接蔓延开去，而不是像常见的醉汉乱走那样，在这片人口相对稠密的土地上扩散，那也并非完全不可能的事。

即便如此……我到这里来的意义完全在于发现一件事，此事所有的计算机模型都无法告诉我，即作为模型基础的假设是否存在危险的缺陷。

* * *

我离开小餐馆，开始工作。这4个病例来自4个不同的家庭，我在室内待了漫长的一整天。

与我会面的每一个人都已经解除了隔离，但仍然遭受了不同程度的冲击。银火病袭来的时候，就像一列特快列车：你还没来得及弄明白是怎么回事，原本完全健康的孩子、父母、配偶或爱人便在你眼前死去了。你最不需要的，就是被一个素不相识的人盘问两小时。

等我来到最后一家时，天已黄昏，重新接触田野调查带来的喜悦早已消散殆尽。我在车里坐了一会儿，盯着一尘不染的花园和蕾丝窗帘，听着蟋蟀的鸣唱，真希望不必进去面对这家人。

黛安·克莱顿是位高中数学教师；她丈夫埃德则是一名工程师，在当地的电力公司上夜班。他们有个13岁的女儿谢丽尔。18岁的迈克进了医院。

我与他们一家三口坐在一起，但说话的主要是克莱顿女士。她待我既耐心又礼貌，态度小心翼翼，但过了半晌之后，我发现，她显然还处在一种恍惚状态中。她深思熟虑地慢慢回答了每一个问题，但我不知道，她究竟是真的知道自己在说什么，抑或只是在装装样子而已，就像处于自动驾驶状态的汽车。

迈克的父亲帮不上多少忙，因为他上的是夜班，与家里其他人的生活步调不一致。我试着多用眼神与谢丽尔交流，鼓励她开口说话。这很可笑，但即便是在这么做的时候，我也心怀歉疚——仿佛我之所以到这里来，是为了把某种垃圾产品兜售给这家人，现在我正设法绕过父母的抵制。

"这么说……星期二晚上，他绝对是待在家里的喽？"我正在填写一张表格，记录迈克·克莱顿在出现症状前1周的各种活动，精确到每小时。这种常规做法像盖世太保一般吹毛求疵，而从前的调查仅仅要求提供一份性伴侣及体液交换名单，相比之下，那样的日子显得多悠闲哪。

"对，没错。"黛安·克莱顿双眼紧闭，再一次回想着当晚的事，"我跟谢丽尔一起看了会儿电视，大约……11点吧，就上床睡觉了。迈克肯定一直待在自己房间里。"他在北卡罗来纳大学格林斯博罗分校上学，正在放假，没什么理由到了晚上还要学习，但他可能会在网上社交，或者会看看电影。

谢丽尔犹豫地瞥了我一眼，然后怯生生地说："我觉得他是出去了。"

她母亲转身面向她，皱起了眉头："星期二晚上吗？没有！"

我问谢丽尔："你知道他去哪儿了吗？"

"哪家夜总会吧，我想。"

"是他说的？"

她耸了耸肩："他打扮得像是要去那种地方似的。"

"但他没说是哪儿？"

"没说。"

"会不会是别的什么地方？朋友那儿，还是一场派对？"根据我收集到的信息，格林斯博罗没有哪家夜总会在周二营业。

谢丽尔仔细想了想："他就说他要去跳舞，再没说别的。"

我重新面对着黛安·克莱顿，因为插不上话，她明显正觉得心烦意乱。我说："您知道他有可能会跟谁一起去吗？"

假如迈克有一段稳定的恋爱关系，那么，这件事他并未提起过，但她给了我3个老同学的名字。她不断地为"疏忽大意"向我道歉。

我说："没关系，真的。谁也没法记住每一个细节。"

1小时后，我离开时，她仍是一副心烦意乱的模样。儿子没告诉她就出门了——或者他告诉过她，而她却忘记了——不知怎么回事，现在这件事却成了引发整起悲剧的原因。

我觉得自己对她的痛苦负有部分责任，却想不出还能有什么不同的处理方法。医院会给她提供专家咨询的，那根本不是我分内的工作。像这样的事以后肯定还会出现，假如我开始将其视作针对我个人的事，那用不了几天，我就会崩溃。

夜里11点之前，我总算一个不落地追踪到了那3位朋友——要是再晚，我就不敢给别人打电话了——但星期二晚上，这几个朋友谁都没跟迈克在一起，也不知道他去了哪里。不过，他们帮我重新核对了一些别的细节。结果，我坐在车里打了将近两个小时的电话。

可能有过一场派对，也可能没有。也许派对是为另一件事找的借口。有无穷无尽的可能性。图表上出现空白是件理所当然的事。我完全有可能在格林斯博罗逗留1个月的时间，设法把所有这些空白都填满，却一无所获。倘若那名假想的病毒携带者参加了这场假想的派对（而格林斯博罗四人组的其他3名成员肯定没有参加——他们都解释了那天晚上的安排），那我只要继续沿着这道轨迹追查下去就行。

我入住了一家汽车旅馆，在床上清醒地躺了半晌，倾听着州际公路上的动静，心里一边想着亚历克斯和劳拉，一边还试着去想象那些不可想象的事。

但这种事绝不能发生在他们身上。他们是我的家人，我要保护他们。

怎么保护呢？搬到南极去吗？

银火病发生的概率比癌症、心脏病和在车祸中丧生都低，在某些城市更是比枪伤还罕见。然而，除了进行彻底的物理隔离之外，没有任何策略可以避免患病。

眼下，黛安·克莱顿正在自我折磨，因为暑假期间，她没能把18岁的儿子锁在家里。她一遍又一遍地自问：我做错了什么？为什么会发生这种事？我为什么会受到惩罚？

我本该把她拉到一边，直视着她的眼睛，提醒她："这不是你的过错！不管你怎么做，都没办法预防！"

我本该对她说：这种事就这么发生了。人们无缘无故地就会遭受这样的痛苦。你儿子的生活毁掉了，这没什么道理可讲。这里找不到任何意义，只是随机的分子之舞而已。

* * *

我醒得很早，没吃早饭；7点半不到，我已经在40号州际公路上向西行驶了。我径直驶过了温斯顿塞勒姆，最近那里有几个人被感染了，但时间还不够近，不足以成为那道轨迹的一部分。

一觉醒来，我的悲观情绪有所减轻。这是个凉爽而晴朗的早晨，乡间的景致令人惊叹——至少，这里没有改成种植单调的生物技术作物，也没有变成比那还不如的高尔夫球场。

尽管如此，有些事情无疑在朝好的方向转变。20多年前，在40号公路上，我第一次听到一位电台福音传道者在宣扬20世纪80年代的仇恨福音，当时我年纪尚轻，头脑发热，我在下一个出口靠边停车，给电台打了个电话，冲着可怜的接线生大骂了一通。然而，事实证明，从一名肯尼亚妓女的骨髓中提取的永生细胞系与全能神灵的秘密武器一模一样，自此以后，这种难以捉摸的神学的支持者就诡异地保持着沉默。倘若基督教原教旨主义尚未彻底消亡和埋葬，它的权力基础无疑也已开始衰落：在信息的浪潮中，它赖以维持的那种无知与狭隘似乎正变得难以为继。

当然，本地音频早就转移到网络上去了，包括传道者等的一切，原先的频段已经变得寂静无声。我驶出了手机信号的范围，与两万频道失去了联系，但这辆车上还配备了卫星链路。我打开笔记本，希望能稍微轻松一下。

我之前设定过程序，让知识矿工阿里阿德涅扫描所有可用的媒体渠道，寻找与银火病相关的信息。也许这纯属受虐狂的行为，但在媒体空间的浅层，这场流行病的真实面目投下了扭曲的影子，有谣言，有误报，有利用，也有歇斯底里，其中有些东西异常令人着迷。

不出所料，小报报道的角度一如既往地愚蠢：银火病是一种来自太空的疾病／是氟化反应的必然结果／是六七位名人从公众视线中消失的原因。小报上提出了3种不符合事实的传播方式：今天是卫生棉条、墨西哥橙汁和蚊子（又是蚊子）。几名年轻的受害者"患病前"的照片很有吸引力，他们的家人也愿意在镜头中表现出崩溃的模样，小报对他们进行了集中报道。都进入新世纪了，依旧是老调重弹。

然而，在阿里阿德涅最近一次的扫描结果中，最古怪的一项根本不是出自典型的小报，而是一场采访，见于一个名为"终端聊天秀"的节目，采访对象是加拿大学者詹姆斯·施普林格（格林尼治时间周四23点，英国第四频道）。施普林格当时正在英国，（以真人形态）巡回宣传他的超文本新作：《网经》。

施普林格是个面容慈祥的秃顶中年大叔，据节目介绍，他是麦吉尔大学的理论副教授。显然，只有无可救药的简化论者才会问："教的是什么理论啊？"据说，他的专业领域是"计算机与灵性"，不过，出于某些我不太理解的原因，有人居然就银火病征求他的意见。

"关键的一点在于，"他自信地一口咬定，"银火病是信息时代的第一场瘟疫。的确，艾滋病是后工业及后现代时期的产物，但它出现的时间要早于真正的信息时代的文化易感度。对我来说，艾滋病体现的是，西方唯物论负面的时代精神在整体上面临着世纪末不可避免的信心危机。但就银火病而言，我认为，关于这种所谓的'疾病'，我们可以自由地拥抱比前者积极得多的隐喻。"

采访者谨慎地询问道："所以……您希望，作为银火病的受害者，可以免于艾滋病患者所面临的谴责和歇斯底里？"

施普林格欣喜地点了点头："那是当然！自从那些日子以来，我们在文化分析方面取得了长足的进步！我是说，假设巴勒斯的《红夜之城》[1]在问世时，对集体潜意识能有更深入的洞察，那么，艾滋病这场瘟疫的发展过程或许就会与当初截然不同——这是乌托时[2]研究中的一个热门话题，目前，我手下有个博士生正在研究。不过，毫无疑问，鉴于信息时代的文化形态，我们已经为应对银火病做好了充分的准备。当我看到全球高科技无政府主义者的狂欢、集换式卡片文身的人体漫画，还有平价的桌面实施方案……我就可以清楚地看出，作为一种RNA序列，银火病的时代已经到来。哪怕它并不存在，我们也必须把它合成出来！"

---

1 "垮掉的一代"教父威廉·巴勒斯的著作，其中写到了一种放射性的热病在全世界肆虐。
2 乌托邦是指从未存在过的地方，乌托时则指不可能存在的时代，是一种架空的可能性。

＊　　＊　　＊

我的下一站是个叫斯泰茨维尔的小镇。这里有一对十八九岁的兄妹，哥哥叫本·沃克，妹妹叫丽莎·沃克，还有妹妹的男友保罗·斯科特，3人在温斯顿塞勒姆住院。这两家人才刚回家。

丽莎和本一直与鳏居的父亲和9岁的弟弟住在一起。丽莎曾经在当地一家商店里跟店主一同工作，目前，店主仍然没有出现任何症状。本原先在一家疫苗提取厂工作。保罗·斯科特无业，与母亲住在一起。在他们3人当中，丽莎率先被感染的可能性似乎最大。从理论上来讲，只需在信用卡转手时皮肤偶然发生摩擦，病毒就可以传染——不过传染概率只有1%。在规模较大的城市，有些人需要以真人形态与公众打交道，他们已经开始佩戴手套了，还有一些乘地铁通勤的人，会遮盖住颈部以下每一平方厘米的皮肤，即使在盛夏也是如此（可以算是偏执狂了）。但传染风险的绝对值极小，所以，这样的应对策略基本上没有被大家广泛采用。

我用尽可能温和的方式盘问了沃克先生。在1周的大部分时间里，孩子们的活动都像钟表一样精准。在感染窗口期内，除了上班或在家以外，他们曾经外出的时间就只有周四晚上了。两人都在外面待到凌晨，丽莎去看保罗，本去看女朋友玛莎·阿莫斯。他不清楚这两对情侣是去了什么地方，还是待在家里，但在工作日的夜晚，当地并没有多少活动，他们也未曾提到过开车出城的事。

我给玛莎·阿莫斯打了个电话，她告诉我，她和本一直待在她家，身边没有旁人，直到大约两点。既然她没有被感染，那么，本大概是在后来的某个时间被妹妹传染了病毒——而丽莎要么是那天晚

183

上被保罗传染的，要么就是她传染了保罗。

据保罗的母亲说，他一整个星期都没怎么出门，所以他不太可能是这次传染的切入点。斯泰茨维尔的传染过程似乎完全解释得通：顾客在商店里传染了丽莎（周四下午），丽莎传染了保罗（周四夜间），丽莎传染了本（周五早晨）。下一步，我打算问一问店主，关于当天那位外地顾客的情况，她还记得些什么。

但就在这时，斯科特女士却说："周四晚上，保罗在沃克家一直待到很晚。他出门的事我只能想到这一回。"

"他去看丽莎了？不是她过来的？"

"不是。大约8点半，他就去沃克家了。"

"他们打算就在房子周围溜达吗？没什么特别的计划？"

"要知道，保罗没多少钱。经常出去玩的话，他们负担不起——他们过得并不轻松。"她的语气很放松，带着推心置腹的感觉，仿佛这段恋情经历了一些小小磨难，目前只是暂时搁置而已。我希望再过几天，等到真相大白的时候，会有人在她身边安慰她。

我前往玛莎·阿莫斯家拜访。先前给她打电话的时候，我还不够留心：现在我看得出来，她状态不算好。

我问她："本有没有告诉过你，周四晚上，他妹妹跟保罗·斯科特去哪儿了？"

她面无表情地盯着我。

"对不起，我知道这么问有点儿冒昧，可是别人好像谁也不知道。如果你还想得起他说过的不管什么话，可能都会帮上很大的忙。"

玛莎说："他让我说他跟我在一起。我总是替他打掩护。他父亲本来是不会……同意的。"

"等一下。周四晚上，本没跟你在一起吗？"

"我陪他去过几次，可那地方不是我喜欢的风格。人还行，不过音乐太烂了。"

"什么地方？你说的是酒吧吗？"

"不是！是村子。周四晚上，本、保罗和丽莎出门到村里去了。"她突然把注意力完全集中到了我身上，我来了以后，这还是头一次；我想，她这是终于发觉了，自己刚才的话不怎么说得通，"他们要搞'活动'。其实只是舞会而已，没什么大不了的。只不过，本的父亲会认为这纯粹是去吸毒，其实不是。"她用双手捂住脸，"但他们就是在那儿染上银火病的，对吧？"

"我不知道。"

她浑身都在发抖，我伸出手去，摸了摸她的胳膊。她抬头看着我，疲惫地说："你知道最让人难过的是什么吗？"

"什么？"

"我没跟他们一起去。我一直在想：要是我去了，就不会有事的。那样他们就不会感染了，我会保护好他们的。"

她仔细端详着我的脸，仿佛正在搜寻某种迹象，表明她本来可以做点儿什么的。我在追踪银火病，对吧？我理应能准确地告诉她，怎样她才能避开那祸根：有什么魔法是她未曾施展的，有什么牺牲是她没有付出的。

这一幕我从前已经见过无数次了，但我依然不知该说什么才好。只需经历悲伤的打击，就能剥去理解的假象：生活并非一出道德剧。疾病就是疾病，并没有承载什么不易察觉的意义。没有我们未能安抚的神明，也没有我们未能与之讨价还价的元素之灵。这一点每个心智

185

健全的成年人都知道，但这样的认知仍然只停留在表层而已。在某种程度上而言，我们仍然没有完全接受这个最来之不易的真相：天地不仁。

玛莎抱住自己的身体，轻轻摇晃着："我知道这么想并不理智，但还是很难过。"

＊　　＊　　＊

这一天余下的时间里，我一直在想办法找人，想找个人告诉我周四晚上那场"活动"的更多信息（比如，到底是在哪个地方举行的。在方圆20公里范围内，这至少有4种可能性）。不过我运气不佳：似乎微型村庄文化只是少数人的爱好，而斯泰茨维尔仅有的3名爱好者如今已无法再跟外界交流。与我交谈过的大多数人都没有提出吸毒的问题；他们似乎只觉得那些村民是一帮无聊的科技狂人，对音乐的品位骇人听闻。

又是一个晚上，又一家汽车旅馆。我开始感觉仿佛回到了过去。

迈克·克莱顿星期二晚上去某个地方跳舞来着。去村子里了吗？他大概没走这么远，然而，某位未知人士——也许是个游客——却大有可能先后出现在这两次活动现场：周二晚上在格林斯博罗附近，周四晚上又在斯泰茨维尔附近。如果这是实情，可能的范围就大大缩小了——至少比仅仅经过这两个城镇的人数要少得多。

我仔细研究了一会儿公路图，想判断一下，在次日的行程中加入哪个村庄会最容易。我在某类"微村夜生活"网站的目录中搜索了一番，结果一无所获，但这并不能说明什么。毫无疑问，通过电子传播的方式，活动地址已经传到了每一个真正感兴趣的人手中，无论我前往的是哪个村子，肯定总有六七个人对活动的情况一清二楚。

午夜前后，我才爬上床，但随即又伸手拿起笔记本，想用阿里阿德涅再查一下。银火病已经进入了高光时刻：视频小说。在NBC的"热门科幻剧"《N空间截肢神秘超人》中，最新一集里也有所提及。

这个系列剧我听说过，但从来没看过，所以我迅速浏览了一下试播节目："难道你不知道太空航行第一定律吗？让计算机去解17维超几何方程……它刻板的决定论线性思维就会变得粉碎，如同落入黑洞的钻石一样！只有一对有他心通的双胞胎比丘尼，拥有空手道七段黑带，自律得足以把自己的腿从身上砍下来，才有望掌握直觉技能，要想穿过N空间暗藏危险的量子波动、拯救那支受困的舰队，这样的技能是必不可少的！"

"我的天哪，船长，您说得对——可是我们到哪儿去找……？"

《截肢神秘超人》的背景设定在22世纪，剧中却提到了银火病，但并不是因为傻乎乎地弄错了年代。在一次艰难的跨星系跃迁中，两位女主人公估算失误（在背诵一段关键咒语时呼吸方法出了错），最终落到了现今的旧金山。在那里，一个小男孩带着他的狗，正在逃离黑手党杀手的追击，他帮助她俩修复了密宗能量源中一个至关重要的组件。在一处高层建筑工地的脚手架上，她们精心设计了一场无腿武术表演，让那帮杀手大出洋相，之后在一家医院追踪到了男孩的母亲，结果发现她感染了银火病。

播到这里，摄像机的拍摄角度变得模糊起来。实际的肉身只有寥寥几个短暂的镜头，经过净化，显得如梦似幻：光滑而干燥，闪耀着象牙般的光泽。

男孩（他父亲是黑帮的会计，最近刚被杀害，一直对他隐瞒了真相）看到母亲的那一刻，眼中涌出了泪水。

但两位截肢神秘超人却处乱不惊："这些好心的医生和护士会告诉你，你妈妈承受了可怕的命运——但假以时日，所有人都会明白真相的。在这个世界上，在我们所能到达的境界中，银火病是离无生的狂喜最近之地。你看见的只是她凝固的躯壳，但在她的内心，在空性的境界里，有一种伟大而奇妙的转变正在发生。"

"真的吗？"

"真的。"

男孩擦干了眼泪，主题音乐变得激昂起来，狗跳起来舔每一个人的脸。四周响起了宣泄的大笑。

（当然，他母亲除外。）

*　　*　　*

第二天，我沿着高速公路继续前行，在沿途的两个小镇与人约见。第一位患者是个45岁的离异男子，在一家纺织厂担任技术员。无论是他兄弟，还是他同事，都帮不上我太多的忙；据他们所知，在上述那段时期内，他每天晚上都有可能开车出门，去过不同的城镇或村庄。

在下一个小镇，一对三十五六岁的夫妇和他们8岁的女儿都去世了。可以肯定，症状基本是同时出现在这一家三口身上的，而且，病情的发展比一般情况更为迅速，因为他们当中谁也没能打电话呼救。

女患者的妹妹毫不犹豫地告诉我："星期五晚上，他们应该到村里去过。他们平时都是这样。"

"他们会带着女儿一起去吗？"

她张了张嘴，想要回答，随即却又愣住了，只是窘迫地盯着我看，似乎我是在责怪她姐姐行事轻率，将孩子置于某种无法形容的险境中。她身后的壁炉架上摆放着这一家三口的照片。是眼前这位女子发现了他们仨分崩离析的尸体。

我温和地说："并没有哪个地方就比别的地方更安全，只是事后看来有所区别罢了。毕竟，他们随便在什么地方都有可能染上银火病——我只是想在事后追踪一下传染途径。"

她缓缓点了点头："他们总是带着菲比一起去。她很喜欢那些村子，大部分村里都有她的朋友。"

"那天晚上他们去的是哪个村，你知道吗？"

"我看是希罗多德。"

我出门上车，在地图上找到了这个村庄。之前，我纯粹为了方便而选中了一个村，比起这个村子，希罗多德离高速公路也远不了多少。我大概可以开车过去，然后在还算得体的时间内赶到下一家汽车旅馆。

我点击了一下那个小圆点，信息框里显示的信息是：希罗多德，卡托巴县。人口106人，建于2004年。

我说："其他信息。"

地图上显示："仅此而已。"

* * *

　　太阳能电池板、一对卫星天线、菜园、水箱、四四方方的预制建筑……在这个村庄里，处处都是在几乎所有大块的乡村土地上随处可见的东西。唯一令人诧异的，不过是看见这些东西统统在乡野中央被仓促地拼凑到一起。希罗多德特别像是某位20世纪艺术家所描绘的拓荒者定居点，位于某颗与地球相似的星球上，但绝对是外星。

　　唯有停车场大不相同，隐藏在巨大的光伏电池堆后面，毫不起眼。停车场里只停着一辆巴士和另外两辆小汽车，还能容纳100多辆车。显然，游客在希罗多德很受欢迎，停车场里甚至连收费器都没有。

　　尽管使用了组合式预制房，但这里的布局并没有军营的感觉。这些建筑遵循着某种对称性，簇拥在中心广场周围，这种对称我无法完全剖析清楚，但肯定不是像活动小屋那样逐行排列的。进入广场时，我看到一边的球场上有场篮球赛正在进行，打球的都是十几岁的少男少女，观众的年纪还要更小些。这就是此地唯一明显的生命迹象了。我向他们走去，虽然这里属于公共场所，与任何一座普通城镇的主要街道没什么两样，但我却感觉有点儿像在非法擅闯别人的领地。

　　我站在其他观众旁边，观看了一会儿比赛。没有一个孩子跟我说话，但我并不觉得自己受到了有意的冷落。场上这些球队都是男女混赛，赛况激烈，却又不失优雅。孩子们都是美国人，但其中有盎格鲁裔，有非裔，也有华裔。我听见过一些传言，说某些村庄实施的是"事实性隔离"——这个词是什么意思暂且不论——但这很可能仅仅是宣传而已。

微村运动在起始初期，就曾引起过某些争议，不过，用激进来形容这样的生活方式并不确切。百人左右的群体——反正这些人平时也是在镇上或市里的家中办公——将各自的资源整合到一起，在乡下购买一些廉价的土地，用少数最先进的技术方法来弥补各项便利设施的不足。村里的居民既有可能是艺术家或音乐家，也有可能是股票经纪人，尽管任何特性化的描述都难免会有失公允，但多数村庄无疑更近似于雅皮士的庇护所，而非无政府主义者的公社。

我本人无法接受在身体上与世隔绝——再大的带宽也弥补不了这样的缺憾——然而，倘若这里的人们生活得幸福，那大可随心所欲。我虽有不甘，也愿意承认，再过50年，在人们的眼中，比起住在像希罗多德这样的地方，住在皇后区会显得反常得多，令人费解的程度也远胜于此。

一个六七岁的小姑娘拍了拍我的手臂。

我低头朝她笑了笑："你好。"

她说："你是在追踪幸福吗？"

我还没来得及问她这话是什么意思，便听有人大声喊道："你好啊！"

我转身望去。那是个女人，我估计有二十五六岁，在阳光下用手遮挡着眼睛。她面带微笑，逐渐走近，向我伸出手来。

"我叫莎莉·格兰特。"

"克莱尔·布斯。"

"你来参加活动的时间有点儿早哇。9点半才开始呢。"

"我——"

"所以，你要是想在我家吃顿饭的话，欢迎你。"

我犹豫了一下："你真是太好了。"

"10美元听着还合理吧？如果我的自助餐厅开着的话，就收这么多钱——只不过今天晚上没人预订，所以我就不开了。"

我点了点头。

"那好，7点左右过来吧。我在23号。"

"谢谢你，非常感谢。"

我坐在村广场的一条长凳上，倾听着篮球场上传来的呼喊声，前方的礼堂挡住了落日。我知道，刚才本该立即告诉格兰特女士，我来这里是做什么的，应该给她看看我的身份证件，问些我可以问的问题，然后就此离开。不过，留下来看一看活动的情况，不是可以多了解些信息吗？非官方的信息。关于村民与其他本地人口之间的这种接触，在计算机模型里是看不到的，即便只是针对这方面的人口统计资料，亲眼进行一些粗略的观察，也可能会有益处——虽然很明显，病毒携带者早已一去不复返了，但这仍然是个机会，可以十分粗略地了解一下我在寻找的那种人的概况。

我不安地做出了决定。没理由不留下来参加这场派对，也不必告诉村民我到这里来的原因，以免他们产生焦虑，并有所防备。

*　　*　　*

从内部观察，格兰特家的房子更像一间宽敞的现代公寓，看不出这是一个工厂预制的盒子，被装在卡车上，运到了一个荒无人烟的地方。我一直下意识地以为，眼前会是一间杂乱的活动房屋，每立方米都塞满了现代化的生活设施，拥挤得让人喘不过气来，但关于房屋的

192

大小，我的判断却大错特错。

莎莉的丈夫奥利弗是一名建筑师。莎莉白天是旅游指南的编辑，自助餐厅是她的副业。他们原本来自罗利，是这个村子的初创居民；在后来进入村庄的人中，他们的老乡只有寥寥几人。他们解释说，希罗多德在（素食类）主粮上实现了自给自足，不过，每座小镇赖以维持的所有进口食品都会定期运来。他们两人偶尔会去一趟格林斯博罗，或者州际公路，但日常工作完全是远程办公。

"克莱尔，那你不度假的时候干什么呢？"

"我是哥伦比亚大学的行政人员。"

"肯定很有意思。"事实证明，我挑选的这个身份确实不错；主人立刻把话题转回了自己身上。

我问莎莉："那是什么让你们决定要搬家的呢？罗利又算不上全国的犯罪之都。"若说赶走他们的是那里的房价，我也难以置信。

她毫不犹豫地回答："是精神上的准则，克莱尔。"

我眨了眨眼睛。

奥利弗露出了和蔼的微笑："没事，你没走错地方！"他转向他太太，说道，"你瞧见她的脸了吗？光看表情，你还以为，她这是误打误撞地发现了摩门教徒或者浸礼宗教徒的聚居地呢！"

莎莉带着歉意解释道："当然了，我指的是这个词最广义上的含义：也就是说，认识到对于身边这个世界的道德维度，我们需要重新变得敏感起来。"

听了这样的解释，我仍然没有半点儿头绪，但她显然正期待着赞同的回应。我试探性地说："你认为……住在这样一个规模不大的社群里，你身为公民的责任就会变得更清楚、更明显？"

现在轮到莎莉觉得不解了："唔……对，我想是吧。但那其实只是政治而已，不是吗？不是灵性。我的意思是说……"她举起双手，向我露出灿烂的笑容，"我说的只是你到这儿来的原因，你自己！我们到希罗多德来寻觅的东西要找上一辈子，而你自己呢，你到这儿来只花几个小时就想找到！"

＊　　＊　　＊

和莎莉坐在客厅里喝咖啡时，我听见了别的车陆续到达的声音。奥利弗道了声失陪，与东京的一位施工经理召开紧急会议去了。我闲聊着亚历克斯和劳拉的情况，以及"我的纽约最惨经历"这样的恐怖故事——其中有一些是真实的——借此来消磨时间。我之所以没有向莎莉打听活动的情况，倒不是由于缺乏好奇心，只是担心只要一打听，她就会察觉我根本不知道自己会惹上什么事。趁着她离开片刻之际，我依旧坐在椅上，环视着这间屋子，寻找着某种迹象，好从中一窥她到这里来毕生寻觅的东西到底是什么。我只来得及看见几张CD封面，看得见的只有这六七张，摆在一个大旋转架上，多数看着都像现代音乐或视频，那些乐队我从未听说过。不过有一张封面上的标题很熟悉：正是詹姆斯·施普林格的《网经》。

等到我们3人穿过广场，走近村礼堂时，我心中颇为忐忑。村礼堂是一间跟谷仓差不多的建筑，像个超大号的货物集装箱。广场上有三四十人，多数都是十七八岁或者20岁出头的年轻人，身穿各式各样的休闲服装，在全国的任何一家夜总会外面，都能见到这样的装束。那我还担心会发生些什么呢？仅仅因为本·沃克不能告诉父亲、迈克·克莱顿不能告诉母亲，并不能说明我像这么瞎转悠着，就走进了南方翻拍的《双峰》电视剧[1]。或许，无聊的孩子们只是偷偷溜到村子里，在舞会上放肆地嗑一嗑迷幻药——我自己的青春岁月仿佛在眼前复活了，只是目前的药物更安全，灯光秀也更出彩。

当我们走近礼堂时，一小群人从自动门里鱼贯而入，我短暂地瞥见了一眼他们身体的剪影，映衬在流转的灯光下，背景是一阵高亢刺耳的音乐。我心中的焦虑显得有些荒唐可笑起来。莎莉和奥利弗对迷幻剂很着迷，仅此而已，希罗多德的缔造者们显然已经决定，要创造出一个适宜使用迷幻药的环境。我交了60美元的入场费，露出了如释重负的微笑。

在礼堂内的墙壁和天花板上，都闪耀着错综复杂的图案：是边缘柔和的多色调分形，伴随着音乐一起跳动，犹如彩色编码汇成的模拟湍流，浩浩荡荡，以5马赫的速度从巨大的回纹装饰板上倾泻而下。跳舞的人们并没有映出影子；这是大功率的壁屏，不是投影，分辨率高得惊人，价格也是个天文数字。

莎莉把一粒荧光粉胶囊塞进了我手里，或许是和谐胶囊，或者幸福时光。我已经不知道现在在流行什么了。我开口感谢她，又找借口说要"留着回头再吃"，但她一句话也没听见，所以我们只是毫无意义地冲着彼此微笑。礼堂的隔音效果超群，对其他村民而言，这是件幸事；站在礼堂外面，我决计想不到自己的脑子会被搅成一团糨糊。

莎莉和奥利弗消失在了人群中。我决定再逗留半小时左右，然后就溜出去，接着开车去汽车旅馆。我站在那里，看着大家跳舞，虽然

---

1 20世纪90年代的一部美国电视剧，讲述少女劳拉之死的侦破过程。

这样的背景令人头晕目眩，但我仍然竭力保持着头脑清醒，不过，对于仍然一无所知的那个病毒携带者，我怀疑自己是否真能了解到多少信息。大概不超过25岁吧，很可能没带小孩子。关于我需要了解的活动相关情况，莎莉已经向我提供了所需的全部细节，从这里一路到孟菲斯，过去到将来的信息应有尽有。搜寻工作仍然会很困难，但我至少取得了进展。

突然间，人群中爆发出一阵响亮的欢呼，盖过了音乐声——整间礼堂在我眼前焕然一新。有那么一瞬，我彻底分不清东南西北了，即便等到周围的一切在视觉上再次恢复常态，我仍旧过了一段时间才把各种细节看明白。

此时，壁屏上显示的舞者所在的舞厅与我目前这间毫无差别，只有天花板上还在继续播放着抽象的动画。壁屏中，这些一模一样的舞厅本身也都装有壁屏，屏幕上显示的也是一模一样的舞厅，里面挤满了舞者……就像一对镜子之间的无穷回归。

起初，我还以为，"其他舞厅"不过是希罗多德这间舞厅本身的实时图像。然而，天花板上有旋涡图案在旋转，与"相邻"舞厅天花板上的动画天衣无缝地嵌合到了一起，形成了一整幅复杂的图像，无论是不是镜像，图像中都看不出重复之处。而且，舞动的人群也并不完全相同，只不过他们一个个都颇为相似，隔着一段距离望去，令人难以确定。直到此时，我才想起转身，仔细查看着最近的一面墙，它离我只有四五米远。壁屏"后面"的一个年轻人举手向我致意，我也不假思索地举手回应。我们基本无法进行具有真实感的眼神交流——无论摄像机的机位在哪里，这样的要求都很高——即便如此，依旧几乎可以相信，除了一面薄薄的玻璃墙，并没有什么东西真正把我们隔开。

那人露出一个恍惚的笑容，然后走开了。

我起了一身鸡皮疙瘩。在原理上，这固然不是什么新鲜事，但这里采用的技术已经达到了登峰造极的水平。自己正置身于一间无边无际的舞厅，这种感觉十分引人入胜。无论在哪一个方向上，我都看不见"尽头处最远的舞厅"（一旦真实存在的舞厅播完了，他们还可以轻而易举地重复使用）。这些图像是扁平的；人们移动时，缩放的比例不对；而且缺乏视差（最差劲的地方在于，当我试着往4间主厅之间的"角厅"里窥视时，本来应该是可以看见东西的，但结果却看不见）——这种种问题与其说是削弱了效果，倒不如说是使墙外的空间呈现出异乎寻常的扭曲。实际上，大脑在努力加以弥补，在掩盖这些缺陷——假设我先前吞下了萨莉给的胶囊，那我怀疑自己还会不会这么挑剔。实际上，我正咧着嘴，笑得像个坐在游乐场的旋转木马上的小孩。

我看到人们正面壁而舞，跨越虚拟的连接，松散地结对或结队。我看得如痴如醉，将要离开的念头全都抛到了九霄云外。过了半晌，我碰巧又遇见了奥利弗，他正独自一人开心地摇来晃去。我冲着他的耳朵尖叫道："其余所有的村子都在这儿了吗？"他点了点头，同样高声喊道："东面的在东面，西面的在西面！"意思是不是说……虚拟布局遵循的是真实的地理分布格局，只是消弭了中间的距离？我回想起了詹姆斯·施普林格在终端聊天秀的采访中说过的话：我们必须发明一种新的绘图法，重新绘制这颗星球，它正处于变幻莫测的新生状态中。现在没有了分隔，也没有了国界。

是啊……这个世界只不过是一场盛大的派对。不过，至少他们没有将与战区的现场连接也拼凑进来。20世纪90年代，我见过太多"我们跳舞／你躲炮弹"式的"团结"，这辈子都不想再看见了。

我忽然想到一件事：假如病毒携带者确实正从一场活动奔赴另一场活动，那么，此时此刻，他或她应该就在"这里"，与我同在。我的猎物必定就是这间虚构大礼堂里的某一位舞者。

这样的事实并不意味着就有半分找到猎物的机会，更不至于隐含着任何一种危险。又不是说，为了方便我搜寻，银火病毒的携带者会在黑暗中发出荧光。即便如此，这感觉仍像是奇特的漫漫长夜中最奇特的一刻：明白我们两人最终"连上了线"，明白我已经"发现"了要寻找的目标。

即便这对我没有丝毫用处。

* * *

午夜刚过，随着新鲜感逐渐消退，我终于打定主意要动身离开，就在这时，一些跳舞的人又开始大声欢呼起来。这一回，我耗费了更长的时间才弄清原因。人们开始转身面向东方，一边兴奋地互相指点着什么，示意对方观看。

在相隔三面屏幕的一个村庄里，有若干人影从远处的众多舞者中穿行而过。这些人有男有女，浑身或许一丝不挂，但这一点看不真切：只是短暂的惊鸿一瞥而已，况且人影散发出十分明亮的光辉，那样纯粹的光亮遮蔽了大部分细节。

他们闪耀着炽烈的银白色光芒，强光改变了他们身边的环境，不过，这种效果与其说像投射在人群中的聚光灯，倒不如说更像发光气体的光晕，在空气中扩散开来。人影四周的舞者对他们的存在似乎毫无觉察，中间相隔的那几间舞厅里的人也是如此；对他们令人惊叹的外表，唯有希罗多德的人给予了应有的关注。这究竟是纯粹的动画，计算出看似真实的路径，从人群的缝隙中穿过，还是普通（却真实存在）的演员，借助软件获得了增强效果，我暂且还看不出来。

我口干舌燥，无法相信这些闪烁着银光的身影出现在这里纯属巧合，但他们究竟象征着什么呢？希罗多德的人知道本地暴发的一连串疫情吗？这并非不可能，说不定，有一份独立的分析报告已经在网上流传开了。或许这是意图对受害者表示某种怪异的"致敬"。

我又发现了奥利弗。音乐声变得柔和了些，仿佛是在对眼前的幻象表示敬意，他的兴头似乎也减弱了一点儿。我们总算成功进行了一次近似交谈的对话。

我指了指那些人影——此时，他们正顺畅地径直穿过一面壁屏上的图像，这证明他们完全是虚拟存在。

他高喊道："他们正在幸福之路上行走！"

我比画着表示没听明白。

"为我们弥合这片土地的伤痕！替我们赔罪！抹去泪水之路[1]！"

泪水之路？我茫然半晌，然后高中时代的记忆突然浮现。"泪水之路"指的是19世纪30年代，切罗基人被残忍地驱赶着，从现今乔治亚州的地界出发，一路远行至俄克拉荷马州。有数千人在途中死去，还有些人则逃出了生天，在阿巴拉契亚山脉藏身。希罗多德离历史上的行进路线有数百公里远，这一点我十拿九稳，但这似乎并不是

---

1 指1830年美洲原住民被驱赶到俄克拉荷马时所经过的路线。

重点。当那些闪着银光的身影穿过相隔两面屏幕的舞池，我可以看见他们正大张双臂，仿佛在上演某种赐福的仪式。

我大喊："可是，银火病跟这有什么关系……？"

"他们的身体凝固了，所以，他们的灵魂可以自由地穿过网络空间，替我们走上幸福之路！你不明白吗？这就是银火病的意义！让万象更新！让幸福降临这片土地！替我们赔罪！"奥利弗真心诚意地说，他满面笑容地望着我，流露出纯真的善意。

我难以置信地凝视着他。20年前，那个电台福音传道者抓住了艾滋病，将其当作自身的精神信仰无可辩驳的证据；显然，眼前的这个人并不仇恨任何人，但他刚才脱口而出的那番话毫无新意，不过是传道者慷慨激昂的叫嚷在新时代的混音版。

我火冒三丈地高喊道："银火病是一种折磨人的无情……"

奥利弗将头向后一仰，放声大笑起来，他的笑声中没有一丝恶意，仿佛我才是在讲鬼故事的那个人。

我转身走开了。

穿过紧邻在我们东面的那间舞厅时，那些行走的身影分成了两队，一半北行，一半南行，"绕过"了希罗多德。他们无法在我们中间移动，但这样一来，造成的错觉仍然保持着几乎天衣无缝的效果。

假如我嗑药之后，被迷得头昏脑涨了呢？假如我早已欣然接受了幸福之路的一整套神话，到这里来是希望看见神话成真呢？那么，到了早晨，我会不会半信半疑地认为，银火病患者游荡的灵魂确实曾经紧贴着我走过？

将他们闪闪发光的祝福赐予人群。

近得几乎触手可及。

＊　　＊　　＊

　　我从人群中迂回穿过，走向经过伪装的出口。外面空气凉爽，一片寂静，给人以超现实的感觉。我觉得心中有种灵魂出窍的梦幻感，比以往的任何时候都更加强烈。我摇摇晃晃地向停车场走去，挥舞着笔记本，让那辆租来的车亮起了车灯。

　　驶近高速公路时，我的头脑恢复了清醒。我决定通宵赶路。由于心情太过激动，我觉得自己不大可能睡得着。我可以等到早上再找家汽车旅馆，冲个澡，在下一场预约的面谈之前小睡一阵。

　　我仍然不知该如何看待这场活动，也不知在病毒携带者与村民疯狂的网络呓语之间，存在着什么切实的联系。假设仅仅是出于巧合，那么，这就是一种怪诞的讽刺，但还有别的可能性吗？某位幸福之路上的"朝圣者"在蓄意传播病毒？这个想法实在荒唐，这不仅是因为其骇人听闻的程度难以想象。病毒携带者只有等到出现明显的症状以后，才能知道自己已被感染，然而，出现明显的症状仅仅标志着进入了凶残的发病末期；假如存在长期的轻度感染，那样的病情与流感将无法区分。一旦银火病进展到足以影响皮肤的可见层，那么，若要进行越野之旅，就离不开闪烁的急救灯和救护车的鸣笛声了。

＊　　＊　　＊

　　凌晨3点半左右，我打开了笔记本。虽然还算不上昏昏欲睡，但我需要找点儿东西，让自己保持清醒。

　　这样的东西在阿里阿德涅上有很多。

201

首先是一场激烈的辩论，发生在校际思想网络的"现实工作室"节目中。安德鲁·菲尔德是一名来自西雅图的自由职业动物学家，他率先发言，表示银火病"证明"，他"颠覆了范例、具有争议性的"生命S力理论是"毋庸置疑的"，他的理论"融合了爱因斯坦与谢尔德雷克为世所不容的天才，以及玛雅人的洞察力和超弦理论的最新进展，缔造出了一种积极向上的全新生物学，必将取代欠缺灵魂的机械论西方科学"。

作为反方，玛格丽特·奥尔特加是位来自加州大学洛杉矶分校的病毒学家，她详细阐述了为什么菲尔德的观点就是个花架子，未能对观察到的众多生物学现象做出解释，与这些现象也不存在直接矛盾，较之把宇宙中的一切都说成是上帝突发奇想的其他任何一种理论，其"机械论"的程度也相差无几。她还大胆地指出，大多数人都能够积极向上地认可生命，而在这一过程中，不必随意地将人类所有的知识统统丢弃。

菲尔德就是个无知的白痴，走的是条一厢情愿的路；而奥尔特加把他驳得一败涂地。

然而，当全国的学生观众投票时，他竟然以2比1的多数票赢得了胜利。

下一条：在位于汉堡的马克斯·普朗克研究所，抗议者包围了医学研究实验室，要求停止银火病的研究。问题不在于其安全性。这次抗议的组织者、"备受欢迎的文化鼓动者"基德·兰塞姆举办了一场即兴的新闻发布会：

"我们必须从心胸狭窄的白发科学家手中夺回银火病，学会挖掘它那种神秘力量的源泉，这是为了全人类的利益！这些技术专家企图为世上的一切寻求解释，就像在画廊里横冲直撞的汪达尔人，在所有美丽的艺术品上胡乱涂写上方程式！"

"可是，如果不进行研究的话，人类又怎么找到治愈这种疾病的方法呢？"

"根本没有所谓的疾病！只是转变而已！"

另外还有4则新闻报道，都是在宣告银火病背后"不为人知的真相"（或者不可言说的秘密），每一家都说是独家报道，或许单独来看，每一则报道都看似不过是个令人厌烦的可怜笑话。可是，随着乡间的景色在我周围逐渐显现——在晨曦中，北方的黑山山脉紫灰色的山脊显得格外美丽——我慢慢开始有所领悟。这不再是我的那个世界了。希罗多德不是，西雅图不是，汉堡、蒙特利尔或伦敦不是，甚至就连纽约也不是。

在我的那个世界里，树林和溪流中没有仙女。没有神灵，没有鬼怪，也没有祖先的魂魄。在我们自身的文化、法律和爱好之外，没有任何一样东西的存在是为了惩罚我们或抚慰我们，是为了肯定任何仇恨或友爱的行为。

我本人的父母对这点理解得十分透彻，但他们是第一代彻底摆脱了迷信枷锁的人。在理解之花短暂地盛开之后，我这一代人又变得自以为是起来。在某种程度上，我们必定已经开始想当然地以为，现如今，宇宙的运行方式对任何一个孩子来说都是显而易见的，哪怕它违背了这个物种与生俱来的一切本能：对图案自由散漫的热爱，从眼前的万物中汲取意义和安慰的渴望。

我们自以为在把所有对孩子们至关重要的东西传递下去：科学、历史、文学、艺术。海量的信息图书馆他们唾手可得。然而，我们还没有付出足够的努力，将其中最来之不易的真理也代代相传：道德只来自内心，意义只来自内心。而在我们自身的头脑之外，实则天地不仁。

在西方，对于古老的教义宗教、陈旧的妄想巨无霸，我们或许曾经给予过致命的打击，但那场胜利毫无意义。

因为如今，在世界各地将它们取而代之的，是灵性的糖衣炮弹。

*　　*　　*

我在阿什维尔的一家汽车旅馆办理了入住。停车场里停满了野营车，人们正去往国家公园的方向；我运气不错，住进了最后一间房。

正当我洗澡的时候，笔记本响了起来。疾控中心收到的一份最新的数据分析显示，"异常现象"沿着40号州际公路又向西延伸了将近200公里，这大约相当于到纳什维尔的一半路程。又有5个人踏上了幸福之路。我坐下来，盯着地图看了半晌，然后穿好衣服，重新收拾好行李，把房退了。

在开车上山途中，我拨打了10个电话，取消了从阿什维尔到田纳西州杰斐逊市与病患亲属的所有约见。眼下，已经过了小心谨慎、有条不紊地收集沿途每一丁点儿碎片数据的时间。我知道，传染必定发生在活动现场；唯一的问题在于，这到底是意外事件，还是蓄意而为。

如何蓄意而为呢？拿着一个装满了纤维母细胞的小瓶子，里面全是银火病毒？为了研究如何培养这种病毒，国家卫生研究院的研究人员耗费了1年多的时间——直到3月，他们才刚取得成功。我无法相信，在不到3个月的时间里，他们的研究成果就被业余爱好者复制出来了。

高速公路陡然扎入了大烟山脉林木葱茏的山坡之间，大部分路段都在沿着鸽子河前行。我一边开车，一边用语音编写了一个预测模型。目前，我手里有张活动日程表，有5个大致的感染日期。病例通知总是会姗姗来迟，唯一能迎头赶上的方法就是推断。我只能假设，病毒携带者会继续稳步向西移动，中途绝不逗留，总是继续赶往下一场活动。

中午时分，我赶到了诺克斯维尔，停车午餐，然后继续径直往前开。

模型提示：普林尼，1月14日，星期六，晚上9:30。这是我第一次有机会在望不到边的舞厅里寻找病毒携带者，这一回，我们之间不会再隔着一面不可逾越的墙壁。

这是我第一次有机会亲临银火病现场。

* * *

我早早便到了，但还不至于早得引起普林尼的"莎莉"和"奥利弗"注意。我在车里待了1小时，临时想出各种办法，让自己装作忙碌的样子，记录着抵达车辆的车牌号。有许多四驱车和公共设施车，还有几辆野营车。许多村民都很青睐自行车，但病毒携带者必须得是个真正的狂热分子——而且身体特别健壮——才能从格林斯博罗一路骑行而来。

虽然希罗多德本身没有加入，但相较于前一天晚上希罗多德的那一回，这场活动遵循的模式大致相同。参与人群的情况也差不多：主要都是年轻人，但并不年轻的人也有不少，让我还不至于显得完全格格不入。我四处转悠，想在不引起过多注意的情况下记住每一张面孔。难道这些人个个都像奥利弗说的那样，听信了银火病的神话吗？这种可能性太渺茫了，简直难以令人接受。让我感到希望的唯有一件事：我将活动日程表上列出的村庄数量与该地区的村庄数量进行对比时，发现比例还不到1/20。微村运动本身与这种疯狂行径没有任何关系。

有人给了我一颗粉色胶囊——这回不再是免费的了。我给了她20美元，然后把胶囊揣进衣兜里，以供分析之用。尽管胃酸往往能迅速消灭病毒，但仍有一种微乎其微的可能性，就是有人正在分发掺了病毒的胶囊。

当踏上幸福之路的身影出现时，有个容貌俊俏的金发少年在我身旁徘徊了一阵，看样子也就刚满20岁。那些身影消失在西边的时候，他向我走来，拉住我的手肘，主动邀约，音乐声太响了，他的话我听不太清楚，不过我觉得自己明白了他的大概意思。我的心思在别处，并没有觉得惊讶，也没有受宠若惊，更别提动心了，我只用了5秒钟就摆脱了他。少年随即走开了，一副受伤的模样，但没过多久，我便看见他与一个年纪只及我一半的女子一道离开了。

我一直逗留到活动结束——在周六的夜晚，结束的时间是凌晨5点。我脚步蹒跚地走到亮处，虽然并不知道原本真正希望看到的是什么，却仍旧感到灰心。莫非我以为会有人拿着喷雾器，往别人身上喷洒银火病毒吗？走到停车场时，我发觉，有许多车辆都是在我进去之后才到的，还有些车或许来过又走了，我并没有看见。我记下了刚才没有记录过的车牌号，动作尽量小心，但基本已经不在乎了；毕竟，我已经有36小时没合过眼了。

*　　*　　*

普林尼以西最近的一场活动是在周日晚上，地点已经过了密西西比，阿肯色州的地界也已跨越了一半。经过一番推断之后，我猜测，病毒携带者会趁机休息一晚。

周一傍晚，我把车开进了欧多克索斯——这里的人口数量为165人，成立于2002年，距离纳什维尔约有1小时的路程——倘若有必要的话，我准备就在停车场过夜。我需要把每一个车牌号都记录下来，否则，到这里来就没多大意义了。

我做的这些事还没有告诉布莱希特；我仍然没有掌握确凿的证据，担心会给人留下类似偏执狂的印象。离开纳什维尔之前，我给亚历克斯打了个电话，但同样也没有向他透露多少信息。他高声呼唤劳拉，告诉她，是我打来了电话，劳拉表示不肯跟我说话，但这已经不是什么新鲜事了。我已经开始想念他们俩，思念的程度出乎我的意料，不过，等到终于回家的那一天，我却不太清楚该怎么应付他们俩才好，一个是不肯遵循理智行事的女儿，一个是想当然的丈夫，认为"凡是天资聪颖的青少年，都可以在6个月的时间里概括出5000年的知识进步"。

在10点到11点之间，来了35辆车，这些车我之前一辆也没见过。然后车流忽然开始逐渐减少。我浏览着笔记本上的娱乐频道，凡是有颜色、会动的东西都让我感到满意。阿里阿德涅带来的坏消息我已经受够了。

就在午夜来临之前，一辆蓝色的福特牌野营车驶入了停车场，在我对面的角落里停好。一对年轻男女从车里走了出来，神情看似兴奋，却又略带警惕，仿佛不太确信父母有没有躲在暗处盯着他们。

两人穿过停车场时，我才认出来，那男的就是在普林尼跟我搭讪的金发少年。

我等了5分钟，然后过去查看他们的车牌——是在马萨诸塞州上的牌。周六晚上，这个车牌我并没有记录下来，所以，我可能未曾察觉他们在循着幸福之路的轨迹移动，假如两人当中的某一个没有……

没有怎样呢？

我僵立在野营车后，尽力让自己保持冷静，在脑海里重温那一幕。我知道，我当时并没有任由他乱摸多久，可是传染到底需要多久呢？

我抬起头，瞥了一眼夜空中淡漠的群星，努力去品味其中的可笑之处，因为可笑比恐惧的滋味要好受得多。我早就知道会面临风险，而没被传染的概率仍然很大。我可以一早就到纳什维尔去，把自己隔离起来。现在我不管怎么做，都不会有丝毫差别……

但我的思维并不清晰。假如他们一起从马萨诸塞州远道而来，或者甚至是从格林斯博罗来的，那么，其中一个应该早就把另一个人给感染了。即使这两人是兄妹，对该病毒具有同一种奇异抵抗力的可能性也微乎其微。

他们也不可能都是毫不知情的无症状感染者。所以，要么他们与疫情的暴发毫无关系……

——要么他们运送的就是体外的病毒，而且在处理病毒时极其谨慎。

一张保险杠贴纸上唬人地写着：最高水准的安保系统！我试探着把一只手放到了后门上，野营车却连哔哔的示警声都没有发出。我使劲摇晃着门把手，还是什么反应都没有。如果系统是在呼叫纳什维尔的某一家安保公司，请求武装回应，那我的时间绰绰有余；如果系统正设法呼叫车主，那么，隔着村礼堂的铝质框架，是没什么机会收到信号的。

周围一个人也看不见。我返回自己的车，取来了工具箱。

我知道，自己没有这样做的合法权利。我原本可以动用一些应急权限，却并不打算致电马里兰州，耗费半个晚上的时间，为了走通恰当的程序而奋力争取。我也知道，这样做会给这起诉讼案带来风险，因为如此一来，一切都会沾染上非法搜查及扣押的污点。

可我不在乎。哪怕我非得把这辆野营车付之一炬不可，他们都别想再有机会把又一个人送上幸福之路。

我撬着车门上的一扇橡胶窗框，把固定小窗上的彩色玻璃从框里撬了出来。仍然没有长鸣的警笛声响起。我把手从窗口伸进去，摸索着打开了车门。

我原本以为，他们必定是教育程度有限的生化学家，学过够用的细胞学，可以将公开发表过的纤维母细胞培养技术复制出来。

结果我想错了。他们是医科学生，其余各项技能都学了个一知半解。

他们把自己的朋友嵌在聚合物凝胶里，装入了一个容器内，看着像只硕大的热带鱼缸。他们设置好了氧气、导尿管，还有六七个吊瓶。我挥动手电，光束从那些倒置的吊瓶上快速扫过，查看着其中各不相同的药物及其浓度。我把每一个瓶子都瞧了两遍，希望刚才漏掉了某一个——可是并没有。

我让手电光束下移，照在那姑娘失去了皮肤的苍白脸上，透过凝胶中升起的一道道红色细流凝视着她。在麻醉剂的作用下，她陷入了一片深深的朦胧状态，足以令她一动不动、一言不发，但她仍然还有知觉。她疼得龇牙咧嘴，咧开的嘴已然僵硬。

这样的状态一直持续了16天。

我摇摇晃晃地走出野营车，心怦怦直跳，眼前发黑。我与那个金发少年撞到了一起，那姑娘陪在他身旁，他们俩还拽着另外一对儿。

我转身对他发起了攻击，开始拳打脚踢，一边语无伦次地尖叫。我不记得自己都嚷了些什么。他举起双手挡住脸，其余几人都来给他帮忙，把我轻轻地按到车上，没有挥出一拳，只是让我无法动弹。

这时我的尖叫变成了哭喊。野营车上的那姑娘说："嘘，没事的，谁也不会伤害你。"

我恳求她："你们不明白吗？她很难受！这么长时间以来，她一直处于痛苦之中！你们以为她在干吗？微笑吗？"

"她当然是在微笑。这是她一直以来的愿望。她曾经让我们保证过，一旦她染上银火病，就要踏上幸福之路。"

我把头靠在冰凉的金属上，闭了会儿眼睛，企图想出一个与他们沟通的办法。

但我不知该如何沟通。

等我睁眼时，那少年正站在我面前。他长着一张我能想象到的最温柔、最悲悯的脸。他不是折磨俘虏的拷问人，不是顽固不化的偏执狂，更不是傻瓜。他只是听信了一些看似美好的谎言。

　　他说："你不明白吗？你在车里看到的，只是一个女人在痛苦中奄奄一息，但我们每个人都得学会看到更多的东西。是时候重新恢复我们的祖先失去的本领了：看见幻相、恶魔和天使的力量，看到风魂雨魄的力量，踏上幸福之路的力量。"

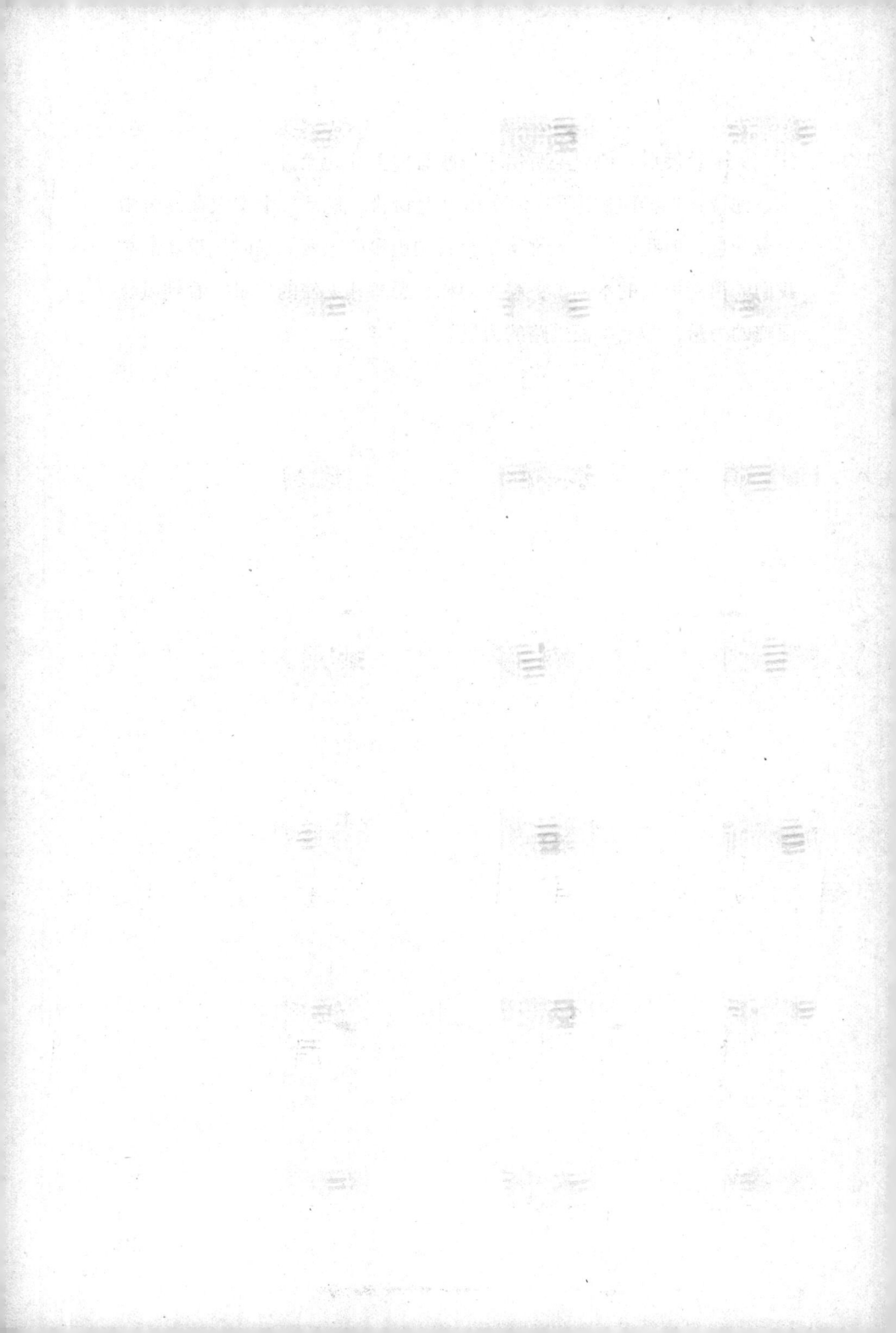

快乐的理由 ——————

Reasons to be Cheerful

一

2004年9月，在我12岁生日过后不久，我进入了一种几乎时刻感到快乐的状态。我从未想过要问一问这是为什么。虽然学校照例会安排一定数量枯燥乏味的课程，但我的成绩相当不错，我只要愿意，就随时可以逃到白日梦中去。在家里，我可以随心所欲地阅读有关分子生物学、粒子物理学、四元数和星系演化的书籍，浏览相关网页，还可以自行编写错综复杂的电脑游戏、绘制令人费解的抽象动画。虽然我是个骨瘦如柴的孩子，身体协调性很差，经过组织的每一项精心设计、毫无意义的运动都会让我无聊得昏昏欲睡，但按照自己的方式运动时，我的身体却让我觉得很自在。无论何时跑步、跑到哪里，我感觉都不错。

我不愁吃、不愁住，有安全的环境、慈爱的父母，受到鼓舞和激励。我为什么不该过得很快乐呢？虽然我无法彻底忘记，课堂作业和校园政治有多么单调乏味、令人窒息，或者哪怕遇到最微不足道的难题，也会轻易打乱我平常的激情迸发，但在万事顺利的时候，我并没有倒数着过日子、直到一切恶化的习惯。幸福会持续下去的，这样的信念总是伴随着幸福生活而来，虽然从前，我必定见过这种乐观的预判被无数次地证伪，但当其最终显示出即将成真的迹象时，我年纪还不够大，心态也不够悲观，于是并不感到诧异。

当我开始反复呕吐时，我们的全科医师阿什给我开了一个疗程的抗生素，还让我向学校请假1周。这个计划之外的假期让我的心情为之振奋，其程度似乎超过了小小细菌令我感到的消沉，我想，我父母对此并不觉得有多惊讶，他们有可能感到困惑，我竟然懒得装出一副难受的模样，不过，既然我每天要呕吐三四回，不停地哼哼说肚子疼就显得多此一举了。

抗生素没起作用。我开始失去平衡感，走路走得磕磕绊绊。回到阿什医生的诊所，我眯起眼睛看着视力表。她让我去找韦斯特米德医院的一位神经科医师，后者要求我立即安排核磁共振扫描。就在当天又过了些时候，我作为住院病人进了医院。我父母立刻得知了诊断结果，但我却多花了3天时间，才让他们全盘吐露了真相。

我长了个肿瘤，是髓母细胞瘤，它阻塞了我大脑中一个充满液体的脑室，导致颅内压力升高。髓母细胞瘤具有潜在的致命危险，但经过手术，再加上随后积极的放疗和化疗，在这个阶段得以确诊的患者中，有2/3的人能再多生存5年。

我想象着自己正站在一座铁路桥上，桥上到处是腐烂的枕木，我别无选择，只能继续前进，把自己的体重轮番压在每一块可疑的木板上。我对前方的危险一清二楚……却并未真正感到惊慌和恐惧。我所能唤起的最近似于恐惧的情绪，就是一种近于兴奋的眩晕感，仿佛我面临的只不过是一场肆无忌惮的游乐场之旅。

这是有原因的。

我的大部分症状都可以用颅压来加以解释，但对脑脊液的化验也显示，一种叫亮氨酸脑啡肽的物质含量出现了大幅升高，这是一种内啡肽，此种神经肽会像吗啡和海洛因等鸦片类药物一样，与某些相同的受体结合。在形成恶性肿瘤的过程中，同一种突变转录因子既激活了使肿瘤细胞得以不受控制地分裂的基因，似乎也激活了产生亮氨酸脑啡肽所需的基因。

　　这是个怪异的意外现象，不是什么常见的副作用。当时我对内啡肽还不太了解，但我父母把神经科医生告诉他们的话重复了一遍，后来我查询了相关的所有信息。亮氨酸脑啡肽不是用来镇痛的，不会在疼痛威胁到生存的紧急情况下就分泌出来；它也没有让人失去知觉的麻醉作用，无法让生物在伤口愈合期间动弹不得。更确切地说，它是传递快乐信号的主要手段，每当某种行为或环境需要快乐时，它就会释放出来。那条简单的信息受到其余无数种大脑活动的调节，创造出各式各样几乎永无止境的积极情绪，而在由其他神经递质加以传递的一系列事件中，亮氨酸脑啡肽与目标神经元的结合只是第一步，是这根漫长链条上的第一个环节。但即便有上述种种精妙之处，我仍然可以确定一个简单明确的事实：亮氨酸脑啡肽让人感觉不错。

　　将这个消息告诉我的时候，我的父母崩溃了，而我倒成了那个安慰他们的人，我面带平静的笑容，如同一位安详的小殉道者，就像讲肿瘤绝症的那种催人泪下的迷你连续剧里演的那样。这不是什么潜在的力量，也不是什么成熟的思想，在身体上，我根本无法为自身的命运感到难过。因为亮氨酸脑啡肽的作用相当独特，所以我可以毫不畏缩地直视真相——假如换作粗制滥造的鸦片类药物，被麻醉得神志不清的情况下，我是不可能做到的。我头脑清醒，但在情感上却毫不气馁，浑身洋溢着乐观的勇气。

＊　　＊　　＊

我安装了脑室分流器，一根细长的管子深深插入我的颅骨，以减轻颅内的压力，等候着进入切除原发性肿瘤的程序，肿瘤的切除更具侵入性，风险也更高；按照计划，切除手术将于本周末进行。关于我的治疗方案，肿瘤学家梅特兰医生已经做过详细的解释，也预先告知过我，在未来几个月里将会面临怎样的危险和不适。现在我已系好安全带，准备出发了。

然而，等到最初的震惊逐渐消退，我的父母在郁闷的心境中做了个决定，他们不打算坐以待毙，就此接受我能活到成年的概率只有2/3。他们打遍了悉尼各地的电话，又接着致电更远的地方，征求其他人的意见。

我母亲在黄金海岸找到了一家私人医院——"健康宫"连锁医院的总部位于美国内华达州，这是在澳大利亚仅有的一家特许经营点——这里的肿瘤科可以提供一种针对髓母细胞瘤的全新疗法：将一种用基因工程制造出来的疱疹病毒引入脑脊液，仅仅感染正在复制中的肿瘤细胞，然后再使用一种强大的细胞毒性药物（只有这种病毒才可以将其激活），把被感染的肿瘤细胞杀死。这种疗法没有手术风险，5年生存率达到了80%。我自己在医院的网络宣传册上查询了治疗的费用。他们可以提供套餐：包括3个月的伙食和住宿、全套的病理和放射服务，以及所有的药品，总金额为6万澳元。

我父亲是个电工，在建筑工地上干活儿。我母亲是一家百货公司的销售员。我是家中的独生子，所以我们绝对算不上穷困潦倒，不过，为了筹到治疗费，他们必定还是又申请了第二笔贷款，多背负了15或20年的债务。这两种治疗方法的存活率并没有太大区别，我还听梅特兰医生警告他们说，这两种存活率数字其实根本无法进行对比，因为病毒疗法出现的时间尚短。假设他们接受她的建议，坚持采用传统的治疗方法，那也是完全合理的。

或许，是我在亮氨酸脑啡肽作用下的圣徒姿态莫名地促使他们做出了选择。假如我还是平时那副郁郁寡欢、不好相处的样子，或者只是毫不掩饰地流露出恐惧，而没有表现得异常勇敢，他们可能就不会做出这么大的牺牲了。确切的答案我永远也无从知晓，而且，无论是哪一种情况，我都不会因此看轻他们的。然而，也不能仅仅因为这种分子没有渗进他们的脑壳，就认为他们可以免受其影响。

在北飞的航班上，我一路牵着父亲的手。我们父子俩一直有些疏远，对彼此都有那么一点儿失望。我知道，他希望自己的儿子更壮实、更热爱运动、性格更外向；而在我眼中，他总是懒散地墨守成规，他的世界观建立的基础，是未经检验的陈词滥调和口号。但在那趟旅途中，虽然我们几乎没有说过一句话，我却能感觉到他的失望正在转变，变成了一种充满保护欲的父爱，热烈中带着对命运的蔑视，我开始为自己对他的不敬感到惭愧。亮氨酸脑啡肽说服了我，等到这件事结束以后，我们之间的一切都会朝着更好的方向发展。

*　　*　　*

从街上望去，黄金海岸健康宫医院可能会被误认作又一家海滨高层酒店——即使进了医院内部，与我在视频小说中见过的酒店相比，这里也没有太大的区别。我有专属的房间，房里的电视屏幕比床还宽，还有网络电脑、有线调制解调器。如果他们的目的是要分散我的注意力，这一招儿确实管用。经过1周的检测，他们往我的脑室分流器上挂了个吊瓶，先注入病毒，3天后再注入药物。

肿瘤几乎立刻便开始收缩，他们把扫描结果拿给我看了。我的父母既显得很高兴，却又有些茫然，似乎他们对这医院一直不太信任——腰缠万贯的地产开发商会跑来做阴囊去褶术，他们不信这么个地方还能有多大的本事，顶多就是让他们乖乖掏钱，再奉上水准一流的空话。但肿瘤仍在继续缩小，等到连续僵持了两天的时候，肿瘤医生又将整个过程迅速重复了一遍，然后，在核磁共振显示屏上，那些卷须和斑点又开始变细变淡，速度甚至比之前还要快。

现在，我完全有理由无条件地感到快乐了，但我反倒越来越觉得不安，这时，我以为这只是由于亮氨酸脑啡肽减少所致。甚至有可能是因为肿瘤曾经释放出的脑啡肽剂量极大，几乎再也没有什么能让我感觉更好了：既然我原先升到了快乐的顶峰，那我就别无选择，只能走下坡路了。不过，在这种情况下，在我开朗性格中出现的任何一丝黑暗的裂缝都只能证明，扫描结果带来的好消息的确属实。

一天早晨，我从噩梦中惊醒，几个月以来，这还是我头一次做噩梦。我梦见那个肿瘤就像一只长着爪子的寄生虫，在我的颅骨里到处扑腾。我仿佛仍能听到甲壳撞击在骨头上的声音，就像一只困在果酱瓶里的蝎子发出的咔嗒声。我吓坏了，浑身是汗……终于解脱了。我的恐惧很快便被熊熊的怒火所取代：之前，这东西使我麻醉、让我屈服，可是现在，我却可以自由地奋起抵抗，在脑海中吼出难听的话，用自以为理所当然的愤怒来驱魔。

将已经溃败的死敌往山下驱赶，这种令人扫兴的结局确实令我有点儿上当的感觉，而且，我也不能对这样的事实完全视而不见吧：我想象着自己用愤怒赶走了癌症，其实是彻底颠倒了真正的因果关系——这就好比眼看着叉车抬起一块压在我胸口的巨石，然后假装是靠自己奋力吸气把石头移走的。但我尽力认清了自己姗姗来迟的这些情绪，然后就此打住。

入院6周后，我所有的扫描结果都变得干干净净，在我的血液、脑脊液和淋巴液中，都找不到转移细胞的标志性蛋白质了。但少数耐药的肿瘤细胞仍然存在残留的风险，所以，他们采用了完全不同的药物（与疱疹感染再无关联），进行了一次攻势凶猛的短期疗程。首先，我在局部麻醉下进行了一次睾丸活检，这个过程中的尴尬多于疼痛，然后，他们又从我的臀部提取了骨髓样本，这样一来，假设药物从源头上消除了我产生精子和新鲜血液细胞的潜力，这二者便都可加以恢复。一时之间，我的头发掉光了，胃黏膜也有剥落，呕吐得更加频繁，比我刚诊断出疾病的时候还要难受。但当我开始发出自怜的哀叹时，一名护士却冷酷地说，同样的治疗，比我小一半的孩子尚且忍耐了好几个月呢。

光靠这些传统药物是绝对无法治愈我的，不过，作为执行扫尾工作的手段，它们却大大降低了旧病复发的概率。我发现了一个好听的词：细胞凋亡——细胞的自杀行为，是一种程序性死亡。我一遍又一遍地暗自重复这个词。结果，我几乎开始享受恶心和疲乏的滋味了；我自己越是感到难受，肿瘤细胞的命运就越是不难想象，当药物命令它们终结自己的生命时，细胞膜便像气球一样爆裂和皱缩。痛苦地死去吧，僵尸渣滓！或许我会写一款相关的游戏，甚至是完整的系列游戏，高潮部分就是蔚为壮观的《化疗Ⅲ：大脑之战》。我会借此名利双收，可以把钱还给我父母，而现实生活也会是完美无瑕的，正如先前在肿瘤的影响下表现出的假象那般。

＊　　＊　　＊

　　我在12月初出院了，看不出任何疾病的痕迹。父母亲时而小心翼翼，时而喜气洋洋，似乎正在慢慢摆脱心中的恐惧——他们害怕一旦过早地表现出乐观情绪，就会受到打击。化疗的副作用消失了，我的头发又长出来了，只在原先插入分流器的地方留下了一小块斑秃，我吃完东西也不会再呕吐。目前离本学年结束只剩下两周，返校已经没有意义，所以我立即便开始放暑假了。在老师的精心安排下，全班同学都给我发来了俗套的电子邮件，言不由衷地祝我康复，但朋友们却到家里来看望了我，欢迎我从死亡的边缘重返人间，我只是略微显得有点儿尴尬和害怕。

　　那我为什么还会这么难受？每天早晨，我睁开眼睛，映入眼帘的都是窗外澄澈的蓝天——我可以随心所欲地睡个懒觉，父亲或母亲整日待在家里，把我当成王公贵族那样伺候着，却又保持着距离，我只要愿意，完全可以在电脑屏幕前坐上16个小时，他们绝不会来打扰——既然如此，那为什么第一眼瞥见的阳光却让我想把脸埋进枕头里，咬紧牙关，悄声说"我该死掉的，我早该死掉了"？

　　什么都无法给我带来丝毫的快乐。我最喜欢的网络杂志或网站；我曾经沉湎于其中的恩贾里乐曲；现在只要一开口，我就能吃上的特别油腻、超甜或者超咸的垃圾食品——无论什么都不行。随便哪本书我都读不完一整页，连10行代码我都写不出来。我无法面对现实世界中的朋友，也没有任何想上网的想法。

我所做的一切、所想象的一切，都沾染上了无法抵挡的恐惧感和羞耻感。在我能想起来的画面之中，只有一个可以与之相提并论，那是以前在学校里看过的一部纪录片，拍摄的是奥斯维辛集中营。开头是个长长的推拉镜头，一台新闻摄影机无情地朝着集中营的大门推进，我看着那一幕，情绪就变得低落起来，已经清楚地意识到了里面曾经发生过什么。我并不是在妄想；我一刻也不相信，在周围所有光明的表面背后，都潜藏着某种难以言喻的邪恶之源。但我醒过来看见天空时，却会产生同一种不祥的预感，只有当我眼前出现的是奥斯维辛集中营的大门时，这样的预感才说得通。

也许我是在害怕肿瘤还会重新长出来，但我并没有那么害怕。病毒在第一个回合迅速赢得的胜利应该发挥出了重要得多的作用，在某种程度上，我确实认为自己很幸运，也自然心存感激。不过现在，我再也无法对自己的死里逃生感到欣喜了，一如在亮氨酸脑啡肽带来的极乐之巅，无法感到毁灭性的痛苦那样。

我父母开始感到担心，把我拖去找心理医生做"康复咨询"。如同其余的一切那般，这个概念似乎也受到了不良情绪的污染，但我无力抵抗。布莱特医生和我一起"探索了某种可能性"，即我下意识地选择去感觉痛苦，是因为我学会了将快乐与死亡的危险联系起来，而且我暗地里还在担心，一旦重新表现出肿瘤的主要症状，可能就会让肿瘤本身死灰复燃。我一方面鄙视这种信口开河的解释，另一方面又紧抱住它不放，我希望一旦坦然承认了这种隐秘的心理

223

活动，就可以将整个过程拖到光天化日之下来，而这种带有缺陷的逻辑就会不攻自破。然而，万事万物在我心中引发的悲伤和厌恶却有增无减——无论是鸟鸣、浴室瓷砖的图案、烤面包的香气，还是我双手的形状。

我开始怀疑，肿瘤产生了高浓度的亮氨酸脑啡肽，这是否有可能导致我的神经元减少了相应受体的数量，或者我是否产生了一种天然的调节分子，阻断了这些受体发挥作用，对亮氨酸脑啡肽产生了耐受性，就像海洛因成瘾者会对鸦片类药物产生抗药性。当我向父亲说起这些想法时，他非要让我去跟布莱特医生讨论，医生假装听得津津有味，但并没有用任何行动来表明他把我的话当真。他一直告诉我父母，我所感觉到的一切完全正常，都是对所经历的创伤做出的反应，我真正需要的是时间、耐心和理解。

＊　　＊　　＊

新年伊始，我就被匆忙打发到高中去了，可是，我整整1个星期什么都没干，只是坐在那里，盯着课桌发呆，这时，学校便安排我在线远程学习。我在家里确实努力缓慢地学习着课程，在令人丧失活动能力的深重痛苦发作的间隙，还有一段段行尸走肉般的麻木期。在这些相对清醒的时期，我一直在思考可能造成我这种痛苦的原因。我查阅了生物医学文献，发现了一项相关的研究，讲的是高剂量的亮氨酸脑啡肽对猫的影响，但研究似乎表明，产生的耐受性都是短暂的。

然后，3月里的一个下午，在本来应该学习逝世的探险家事迹时，我却在盯着一张电子显微照片，照片上是被疱疹病毒感染的肿瘤细胞，就在这时，我终于想到了一个合理的理论。病毒需要借助某些特定的蛋白质，以便与被感染的细胞对接，使其能够在细胞上黏附足够长的时间，好用其他工具来穿透细胞膜。但是，假设从肿瘤自身丰富的RNA转录本中，它已经获得了一份亮氨酸脑啡肽基因的副本，那它可能就获得了黏附的能力，不仅可以黏附于正在复制的肿瘤细胞上，还可以黏附在我大脑中每一个带有亮氨酸脑啡肽受体的神经元上。

然后，只有在受到感染的细胞中才会被激活的细胞毒性药物就会随之出现，将这些神经元统统杀灭。

正常情况下，那些死去的神经元原本可以激活某些通路，而在失去了所有的输入信息以后，那些通路就会逐渐凋零。我大脑中所有能感受到快乐的部分都在消亡。虽然有时候，我仍然什么也感觉不到，但情绪是各种力量之间的动态平衡。由于没有任何东西来与之相抗，如今，在没有了对手的情况下，哪怕是最轻微的抑郁也能在每一场拔河比赛中赢得胜利。

我一个字也没有告诉父母亲；我不忍心对他们说，他们曾经为了给我争取最大的生存概率而奋战，现在，那次战斗却可能会使我变成残疾。我试着联系在黄金海岸为我治疗的肿瘤学家，但我打去的电话却在自动筛选的护城河里挣扎，只能听见充斥于背景中的音乐声，我发送的电子邮件也如石沉大海。我设法独自一人去见过阿什医生，她很有礼貌地听我讲了我的理论，却不肯把我介绍给某一位神经科医生，因为我只有精神上的症状：血检和尿检没有显示出任何临床抑郁症的标准标志。

清醒的时期日渐缩短。我每天有越来越长的时间躺在床上，凝视着没有光亮的房间。我的绝望感千篇一律，完全脱离了任何实际的存在，于是在某种程度上，它又被自身的荒谬削弱了：没有哪个我心爱的人遭到杀害，几乎可以肯定我已经战胜了癌症，至于较之真正的悲伤或恐惧那无可辩驳的逻辑，我的感受有何不同，我也仍然可以领会。

但我就是无法摆脱这种忧郁，去感受自己希望感受的东西。我唯一的自由，只在于为悲伤挑选各种正当的借口——我欺骗自己说，面对人为造成的一连串不幸，这是我做出的完全自然的反应——或者认为它是外来的，是外界强加于我的，将我困在一具情感的躯壳里，就像一具瘫痪的身体，不具备功能，也毫无反应。

我父亲从未指责过我软弱和忘恩负义，他只是默默地从我的生活中抽身离去。母亲一直还在尝试着和我沟通，尝试着安慰或激励我，但到了这个地步，我几乎连捏一捏她的手作为回应都办不到。我并没有真的瘫痪、失明、失语，或者变成低能儿。但是，所有我曾经居住过的光明世界——无论是有形的还是虚拟的，是真实的还是假想的，是智力上的还是情感上的——都变得无影无踪、无法进入，被掩埋于迷雾、污秽和灰烬中。

等到我被神经科病房接收时，在核磁共振扫描图像上，我大脑中坏死的区域已是清晰可见。但是，即使能更早地做出诊断，也不太可能有任何办法能阻止这一进程。

毫无疑问，谁也无力将手伸进我的颅骨，让快乐的机器恢复运转。

二

闹钟在10点把我叫醒，但又过了3个小时，我才攒够了起来活动的力气。我甩开被单，坐在床边，心不在焉地咕哝着脏话，想要摆脱这个不可避免的结论：我本来不该自找麻烦的。无论我今天达到了什么样的成就顶峰（不仅去购物了，还买了些冷冻食品以外的东西），无论什么滔天的好运落到了我头上（该交房租的日子还没到，保险公司就把补助存进了我的账户），我明天醒来时的感觉还是一模一样。

什么也无济于事，什么也改变不了。这两句话就说尽了一切。但我早就接受了这一点，再也没什么可失望的了。我也没理由坐在这里，第无数次为流血的事哀叹。

对吧？

妈的。继续前进吧。

我吞下了"晨间"药物，也就是前一天夜里，我放在床头柜上的6粒胶囊，然后走进浴室，排出了一道明黄色的尿液，里面的成分主要是上一剂药的代谢物。世上没有任何一种抗抑郁药能把我送到百忧解[1]的天堂，但这破玩意儿能让我的多巴胺和血清素维持在足够的水平，把我从面对流质食物、便盆和擦浴时完全的紧张症中拯救出来。

我往脸上泼水，想找个借口，好在冰箱还半满的时候就走出公寓。整天待在家里，既不洗澡，也不刮胡子，确实让我感觉更差劲：浑身黏糊糊的，无精打采，就像一条白花花的寄生水蛭。但是，要让厌恶带来的压力达到足以让我动起来的水平，可能还需要1周乃至更长的时间。

我凝视着镜中。食欲不振不仅弥补了运动的不足——我对碳水化合物带来的慰藉无动于衷，正如对跑步带来的兴奋毫无兴趣——我还可以数得出胸口松弛的皮肤底下的一根根肋骨。这一年，我30岁，看着却像个憔悴的老人。我遵从了某种退化的本能，把额头贴到冰凉的玻璃上，本能暗示说，从这种感觉中或许可以榨取出一丝快乐。可是没有。

我在厨房里看到了电话上的亮光：有一条信息在等候着我。我走回浴室，在地板上坐下，试图说服自己，这未必就是坏消息。不一定有人死了，我父母也没法离两次婚。

我向电话走去，挥了挥手，打开显示器。缩略图上是一位表情严肃的中年女子，我并不认识她。发件人的姓名写的是Z. 杜拉尼博士，就职于开普敦大学的生物医学工程系。标题行写道："假体重建神经成形术的新技术。"这让情况发生了改变：在浏览我的临床病情报告时，大多数人都相当漫不经心，以致以为我患的是轻度弱智。我

---

1 一种治疗精神抑郁症的药物。

对杜拉尼医生的厌恶感消失了，这令我精神一振，对我来说，最接近于敬意的感觉不过如此。但是，无论她再怎么努力，治愈本身也不免仍是一种妄想。

健康宫医院签署了无过错和解协议，为我提供相当于最低工资的生活补助，我还可以报销获批的医疗费用；我并没有拿到一笔天文数字的巨额款项，可以想怎么花就怎么花。然而，凡是有可能使我在经济上得以自给自足的治疗，都可以由保险公司酌情全额付款。对"全球保险"公司而言，这类治疗方法的价值——要维持我终生生活所需的剩余总成本——在不断下降，但全球范围内的医学研究拨款也是如此。我这个案子的情况已经人尽皆知了。

到目前为止，我接受过的大多数治疗都涉及新型药物。药物已经把我从机构的护理中解放出来了，但要指望药物能把我变成一个快乐的小小工薪族，就像指望有种药膏能让截肢后的肢体重新长出来一样。不过，从全球保险公司的角度来看，若是为更复杂的疗法一掷千金，就意味着拿一笔数额大得多的钱去豪赌——无疑，这种前景会让我的专案经理去费力地拼凑精算数据库。等到40多岁，我仍然大有可能自杀，在这种时候，轻率地做出开支决定是没有意义的。廉价的解决方案总是值得一试，即使成功的概率很小，然而，凡是激进到真正有可能奏效的方案，都注定通不过风险／成本分析。

我双手抱头，在屏幕旁跪下来。我可以看也不看地删掉这条信息，这样我就不必因为确切了解到会错过什么而懊恼……但话又说回来了，不知道信息的内容也同样糟糕。我轻轻点击"播放"按钮，然后移开了视线；即使是与一张显示在邮件中的脸对视，我也会感觉到强烈的羞惭。我明白这是为什么：表达积极的非语言信息所需的神经元回路早已消失，但是，对类似拒绝和敌意等反应发出警告的通路则不仅保持着完整，而且变得扭曲和高度敏感，无论现实如何，都足以用强烈的负面信号来填补空白。

杜拉尼医生向我解释了她在中风患者身上开展的研究工作，我尽可能仔细地倾听。组织培养的神经移植是目前的标准疗法，但她却一直在向受损区域内注射一种精心定制的聚合物泡沫。泡沫释放出生长因子，吸引了周围神经元的轴突和树突，而由于聚合物本身的设计，又使其可以发挥电气化学开关网络的功能。通过分散在泡沫中的微处理器，对最初没有固定形状的网络首先进行编程，以便复制丢失神经元的一般行为，然后再进行微调，从而获得与接受者个体的兼容性。

杜拉尼医生列举了她的若干成就：视力恢复，语言能力恢复，还有运动能力、自制能力、音乐能力恢复。若以丧失的神经元、突触或原始体积来衡量，在范围上，我本人的缺陷超出了她迄今为止修补过的所有缺失。但这只会增加治疗的挑战性。

我近乎安然地等待着她抛出陷阱，报出一个6位数或者7位数的金额。屏幕上的声音却说："只要你能负担自己的旅费和3周的住院费用，那我的研究经费就可以覆盖治疗本身的费用。"

这些话我反复播放了十几遍，企图找到一个不那么有利的解释——这样的事我一般都很擅长。我没有找到，然后我鼓起勇气，给杜拉尼在开普敦的助理发了封电子邮件，希望获得确切的解释。

并没有什么误会。我得到了一个良机，可以在余生中恢复健康，而所需的费用仅相当于1年的药费（那些药仅能让我保持清醒）。

　　　　　　　　*　　*　　*

　　组织一次南非之旅完全超出了我的能力范围，不过，一旦全球保险认识到它所面临的机遇，两大洲的机构就为我运转起来了。我只需要做到一件事，就是努力克制住想取消一切的冲动。一想到要入院治疗，要再次体会力不从心，这就够令人不安的了，但是，设想神经假体本身具备的潜力，就像是盯着日历，等待现实世界中的审判日来临。2023年3月7日，我要么获准进入一个辽阔、丰富、美妙无数倍的世界……要么就让事实来证明，我已无可救药。在某种程度上而言，即便是希望最终会破灭的前景，也远不如另一种选择那样可怕；希望破灭离我原来的生活要近得多，也容易想象多了。我唯一能想到的快乐景象就是儿时的自己，快乐地奔跑着，融入阳光中——这非常美好，令人回味，却有点儿缺乏实际的细节。假如我想化作一束阳光，那我随时可以割腕自尽。我想要一份工作，想要一个家庭，想要平凡的爱和适度的抱负，因为我知道，这些都是我被剥夺了的东西。然而，最终实现了这些目标会是什么样，我再也无法想象了，正如我也无法想象在26维空间中的日常生活。

　　在乘坐黎明的航班飞离悉尼之前，我根本没睡。我被一名精神科护士护送到机场，但在飞往开普敦途中，并没有会让我感觉有失尊严的看护一直坐在我身边。在飞机上，醒着的时候，我一直在与妄想症作斗争，抵抗着面对的诱惑，不去为脑壳里涌动的所有悲伤和焦虑编造理由。飞机上谁也没有藐视地盯着我。杜拉尼的技术不会到头来其实是场骗局。我成功地粉碎了这些"解释性的"错觉……但是，如同以往一样，我没有能力改变自己的感觉，甚至也无法划出一条清晰的界线，区分开我纯粹出于病态的悲伤和在一次激进的大脑手术前夕，任何人都会感受到的完全合理的焦虑。

难道这不是天赐之福吗？不必始终挣扎着去分辨两者之间的区别。忘掉快乐吧；只要我知道这总是事出有因的，即便是充满了悲惨苦难的未来，也会是一场大捷。

*　　*　　*

卢克·德·弗里斯在机场迎接我，他是杜拉尼的博士后学生之一。他看上去25岁左右，浑身散发出一种自信，我不得不费了些力气，才没有将这种自信误认作轻蔑。我立刻感觉陷入了困境，无可奈何：他把一切都安排好了，我就像一脚踩上了传送带。但我知道，假如还要让我自己做点儿什么的话，整个过程就会陷入停顿。

我们到达位于开普敦郊区的医院时，已经是后半夜了。穿过停车场时，昆虫的鸣叫声听着不太对劲，空气中弥漫着难以名状的异国气息，夜空中的星座看起来像是巧妙的赝品。走近入口时，我膝盖一软，跪倒在地。

"嘿！"德·弗里斯停下脚步，扶我起身。我看到自己出的这副洋相，又是害怕，又觉丢脸，浑身都在发抖。

"这可违背了我的避免疗法呀。"

"避免疗法？"

"就是不惜一切代价避免去医院。"

德·弗里斯哈哈大笑，不过我也说不清他是否只是在逗我。意识到自己引发了由衷的笑声本应带来愉悦，看来那些通路都已经消亡了。

他说："我们不得不用担架把上一个研究对象抬进来。她离开的时候走得跟你一样稳当。"

"那就是不好喽？"

"不是我们的错，是她的人造髋关节在调皮捣蛋。"

我们走上台阶，步入了灯火通明的门厅。

＊　　＊　　＊

第二天早晨，3月6日，星期一，也就是手术前一天，在负责第一部分流程的外科手术团队中，大部分人都与我见过面，这部分手术纯粹是机械操作：把死亡神经元留下的无用孔洞清理干净，用微小的气球撬开所有被挤压至闭合的孔洞，然后往这个形状奇怪的整体结构中灌满杜拉尼的泡沫。除了18年前分流器在我头骨上留下的那个洞以外，他们很可能还得再钻两个洞。

一名护士剃光了我的头发，在裸露的皮肤上粘贴了5个参考标记，然后一整个下午，我都在扫描中度过。在最终的三维图像中，绘制出了我大脑中所有死去的空间，那看起来就像一张洞穴勘探者用的地图，有一连串彼此相连的洞穴，外加岩崩和坍塌的隧道。

那天傍晚，杜拉尼亲自来看望了我。"当你还处于麻醉状态时，"她解释道，"泡沫会硬化，首先会与周围的组织形成最初的连接。然后，微处理器会指示聚合物形成一个网络，我们选择了把它作为起点。"

我不得不强迫自己开口说话；我问出的每一个问题——无论措辞有多礼貌，思路有多清晰，问得有多切题——都让我深感痛苦和窘迫，仿佛我正赤身裸体地站在她面前，要她擦去我头发上的粪便。

"你怎么找到可用的网络？你对志愿者做过扫描吗？我开始新生活的时候，是不是会变成卢克·德·弗里斯的克隆体——承袭了他的品位、抱负和情感？"

"不会，不会。关于健康的神经结构，有一个专门的国际数据库，里面的数据来自2万具没有受过脑损伤的尸体。比X线断层摄影术还要详细。他们把大脑冷冻在液氮里，用镶钻的超薄切片机来切片，然后对切片进行染色，制作成电子显微照片。"

面对她不经意间提及的艾字节数字，我的大脑忽然有些畏缩；我早已与计算机完全脱节了。"所以，你要用数据库里的某种复合体？你要从不同的人身上挑出一些典型的结构，拿来给我用？"

杜拉尼似乎不打算去深究这句出入不大的话，但她显然是个注重细节的人，到目前为止，她还没有让我觉得智商受到了冒犯："不完全是这样。这更像是一次多重曝光，而不是单个复合体。我们使用了数据库中的大约4000条记录，都是二三十岁的男性，凡是有人把神经元A连接到神经元B，另一个人把神经元A连接到神经元C，那你就会同时连接到B和C。所以，你最开始用的是一个网络，理论上来说，这个网络可以缩减到4000个单独版本当中的任何一个，可是实际上，你会把它缩减成属于你自己的版本，独一无二。"

这听起来胜过了情感克隆体，或是弗兰肯斯坦式的拼贴人；我会成为一具经过大致雕琢的雕塑，某些功能还有待完善。但是……

"怎么缩减呢？我怎么才能从一个潜在的某某人变成……"什么呢？复活的那个12岁的我？还是我本来应该成为的那个30岁的人，作为这4000名死去的陌生人的合成体，被魔法召唤而出？我的声音越来越小；我已经丧失了仅有的那一点点信心，不再相信自己不是在胡说。

不管我的判断是否准确，杜拉尼本人似乎变得略微有些局促。她说："你的大脑中应该还有完好无损的部分，记录着一些已经丢失的东西：对成长期体验的记忆，印象中曾经给你带来过快乐的东西，在病毒攻击中幸存下来的先天结构的碎片。假体会在自主驱动下，进入一种与你大脑中其余的一切兼容的状态；它会与所有这些别的系统发生相互作用，在这样的环境下，效果最好的联系就会得到巩固。"她思索了片刻，"你可以想象一下，有一种假肢，最开始的时候形成得并不完整，而它会在你使用的过程中调整自身：在没能抓住你伸手去抓的东西的时候，它就会伸长；在意外撞上什么东西的时候，它就会缩短，直到精确地呈现出你的动作必然会形成的幻肢尺寸和形状。它本身只不过是失去的血肉的形象。"

这个比喻很有意思，只是难以相信，在我消退的记忆中，竟然会包含着充足的信息，从中可以重现其虚幻的创造者的每一个细节；也难以相信，顺着其他4000幅快乐肖像的边角，加上乱七八糟的碎片，从中获得了几条线索，就可以据此拼凑出整幅的拼图，呈现出我是谁、有可能成为谁。但这个话题至少会让我们当中的某个人觉得不自在，所以我并没有追问这一点。

我终于问出了最后一个问题："在这一切发生之前，会是什么样？也就是等我从麻醉中醒来，所有的连接都还原封不动的时候？"

杜拉尼坦然承认："这件事我没办法知道，得等你亲口告诉我。"

＊　　＊　　＊

有人反复呼唤着我的名字，带着鼓励，却不可抗拒。我又清醒了几分。我的脖颈、双腿和后背都在痛，发僵的胃里觉得恶心。

但床很暖和，被单也很柔软。仅仅是躺在那里就很舒服。

"现在是周三下午了。手术很顺利。"

我睁开眼睛。杜拉尼和她的4个学生都围在床脚边。我惊诧地盯着她：我原先觉得那张脸"严厉"而"令人生畏"……此时她的脸却显得迷人而富有魅力。我可以就这样盯着她，看上好几个小时。但我随即瞥了一眼站在她身边的卢克·德·弗里斯，他的模样也同样非同凡响。我转过脸，一个接一个地望向另外3个学生，每一个都同样迷人，我都不知该看哪里才好了。

"你感觉怎么样？"

我也不知该如何开口。这些人的面孔承载着如此众多的含义，成了多重的魅力之源，令我无法单独挑选出其中任何一个要素：他们个个都显得睿智、欣喜、俊美、专注、安详、活泼、深思熟虑、富于同情……是由各种品质汇成的白噪声，所有品质都是正面的，但最终却互不相干。

然而，当我情不自禁地将目光从一张脸移向另一张脸，竭力去理解他们各自的表情时，这些面孔的含义终于变得明朗起来，就像词语开始变得清晰易懂——尽管我的视线始终不曾模糊过。

我问杜拉尼："你是在笑吗？"

"微笑吧。"她犹豫了一下，"在这方面有标准测试，有标准的图像，不过请你形容一下我的表情，跟我说说，我在想什么。"

就像她是在要求我读出视力表一样，我自然而然地开口答道：
"你……觉得好奇？你正在仔细倾听。你很感兴趣，希望会有好事发生。你在笑，是因为你觉得好事确实会发生，或者是因为你还不能完全相信好事已经发生了。"

她点点头，笑得越发坚定："很好。"

我没有再补上一句：我现在觉得她美得惊人，简直是倾国倾城。但房间里的每一个人都莫不如此——无论男女：我原本以为，笼罩在他们面孔上的那层矛盾情绪的迷雾已经消散，但它却留下了一种惊心动魄的光彩。我觉得这有点儿骇人——这样的光彩太耀眼了，又过于一视同仁——不过，在某种程度上而言，就像适应了黑暗的眼睛遇光会感觉炫目那样，这种感觉也差不多，几乎属于同样自然的反应。18年来，我看到每张面孔都只觉丑陋，我不打算对这5个人的出现口出怨言，他们的模样就像天使一般。

杜拉尼问道："你饿吗？"

这个问题我不得不考虑了一下："饿了。"

其中一名学生取来了一份备好的餐食，跟我周一的午餐差不多：有沙拉和面包卷，外加奶酪。我拿起面包卷，咬了一口。口感再熟悉不过了，味道也并没有改变。就在两天前，我咀嚼和吞咽的是同样的东西，感觉到的却是轻微的嫌恶，所有食物在我嘴里都会引发那种感受。

此时，热泪顺着我的脸颊簌簌滚落。我并没有欣喜若狂；这种体验奇异而痛苦，犹如用干裂的嘴唇从喷泉里饮水，皮肤都变成了盐和干涸的血。

同样疼痛，又同样难以抗拒。我把盘子里的食物一扫而空，又要了一盘。吃是好事，吃是对的，吃是必不可少的。我吃光了第三盘食物以后，杜拉尼坚决地说："够了。"我还想吃，想得浑身发抖；她仍然美得超凡脱俗，但我却火冒三丈地冲着她尖叫起来。

她抓住我的双臂，让我动弹不得："这对你来说会很艰难。在网络稳定下来之前，你就是会有这样的冲动，冲击力来自四面八方。你必须尽力保持冷静，努力做到三思而后行。跟从前比起来，假体会让更多的事情具备可能性，但你仍然可以控制住自己。"

我咬紧牙关，望向别处。刚被她这么一碰，我便立刻难受地勃起了。

我说："没错。我正在控制自己。"

*　　*　　*

在接下来的日子里，我使用假体的体验中少了许多生疏和激烈之处。我几乎可以想象，在使用的过程中，这张网络中最不契合、最锋利的边缘被逐渐磨平了——这是一种比喻的说法。吃饭、睡觉、与人交往，这些仍然是十分愉快的事，但更像是带有玫瑰色的不可思议的童年幻梦，而不像有人用高压电线戳我的大脑造成的结果。

当然了，假体向我的大脑发送信号，并不是为了让大脑感到愉悦。假体本身就是正在感受所有快乐的这个我的一部分，无论这个过程与其余的一切融合得多么天衣无缝：包括感知、语言、认识……还有我的其他部分。一开始，细想起来这还会让我感到不安，可是再一深思，有个思想实验，是在一个健康的大脑中把所有相应的自然区域都染成蓝色，然后宣布："感受到所有快乐的是这些区域，而不是你！"与这个实验相比，这倒也不至于更让人忐忑。

杜拉尼团队企图将他们取得的成功加以量化，于是，我接受了一系列的心理测试——其中大部分测试我早已做过许多次了，是我年度保险评估中的部分内容。也许，诸如中风患者对曾经瘫痪的手控制自如了，这种情况更容易客观地加以衡量，但在衡量积极影响的每一个数字标度上，我都从最低水平一跃达到了最高水平。这些测试非但远没有让我感到烦心，反倒让我首次获得了在新舞台上使用假体的机会，而且产生了各式各样的快乐感受，我几乎不记得曾经有过类似的体会。他们要求我对家庭情境下的平凡场景做出解释——在这个孩子、这个女人和这个男人之间，刚才发生了什么事；谁心情好？谁心情不好？除此之外，还让我观看了伟大的艺术作品令人叹为观止的图像，其中既有复杂的寓意性和叙事性绘画，也有关于几何学的极简主义优美散文。我不仅要聆听一些日常会话的片段，甚至是未经修饰的喜悦大叫、痛苦哭喊，还听过了来自每种传统、每个时代、每样风格的音乐及歌曲样本。

就是在这个时候，我终于意识到了有些不对劲。

雅各布·泽拉正在一边播放音频文件，一边记录我的反应。在此期间，他大部分时候都面无表情，小心地避免泄露自己的看法，以免带来破坏测试数据的风险。可是，当他播放了一段欧洲古典音乐的空灵片段后，我打出了20分，也就是满分，这时，我发现他脸上闪过一丝失望。

"怎么？你不喜欢这首曲子吗？"我说。

泽拉面带难以理解的笑容，说道："我喜欢什么并不重要。我们测量的并不是这个。"

"我已经给出了评分；你影响不了我的分数。"我恳求地望着他，我渴望着任何一种形式的交流，"我对世事不闻不问已经有18年了，我甚至连这个作曲家是谁都不知道。"

他犹豫了一下："是J.S.巴赫。我同意你的看法：这曲子确实叫人赞叹。"他将手伸向触摸屏，继续实验。

那他刚才为什么会失望呢？我立刻便知道了答案；我之前没有注意到，实在是挺傻的，但我一直过分专注于音乐本身了。

没有哪首曲子我给出的分数是低于18分的。视觉艺术作品的评分也是如此。我从那4000位虚拟捐赠者那里接手的不是最小公分母，而是尽可能广泛的品位——在10天的时间里，我仍然没有在其上施加自身的任何限制条件或个人偏好。

对我而言，一切艺术与音乐莫不令人赞叹，每一种食物都很美味，目光所及的每一个人都完美无缺。

也许，在长时间的饥渴之后，我只是在尽情享受所能得到的快乐，但我总有餍足的一天，总会变得像其他人一样有所区分、一样专注、一样挑剔，这只是个时间问题。

"我以后还是这个样子吗，来者不拒？"我脱口问出了这个问题，语气开始时带着轻微的好奇，结束时却流露出一丝恐慌。

泽拉停下了正在播放的样本乐曲——据我判断，这首圣歌可能是阿尔巴尼亚语、摩洛哥语或蒙古语，但我仍然听得兴致勃勃，脖子后面汗毛直竖。与听其他的一切音乐时毫无分别。

他沉默了片刻，权衡着彼此存在矛盾的不同责任。然后他叹了口气，说道："你最好找杜拉尼谈谈。"

＊　　＊　　＊

在她办公室的壁屏上，杜拉尼向我展示了一张条形图：图中显示的是过去这10天里，假体内状态有所变化的人工突触的数量——包括形成的新连接，以及发生了断裂、削弱或增强的现有连接。内置的微处理器记录着这些信息，每天早晨，在我颅骨上方晃动的天线都会将这些数据收集起来。

第一天的数据很引人注目，当时假体正在适应所处的环境。在原主人的颅骨内，这4000名捐献者的网络可能全都十分稳定；但我获得的这个张三版网络却从未与任何人的大脑真正相连。

第二天的活跃度大约相当于第一天的一半，第三天则约为1/10。

然而，从第四天开始，除了背景噪声之外，就什么都没有了。我的情景记忆无论有多愉快，显然都被储存到别的地方去了——因为我绝对没有患上健忘症——但在最初的活跃度大爆发之后，定义什么是快乐的回路再也没有发生过任何变化和改进。

"假如未来这几天出现了某些趋势，我们应该就能把它们放大，推动它们向前发展——就像一栋摇摇晃晃的建筑物，一旦显示出要朝某个方向倒塌的迹象，我们就应该把它朝那个方向推。"杜拉尼似乎并没有抱什么希望。已经过去了太长的时间，而网络却尚未表现出摇晃的模样。

我说："那遗传因素呢？你能不能看一下我的基因组，然后根据这个来缩小范围？"

她摇了摇头："在神经发育中，至少有2000个基因都发挥着作用。这不像血型或组织类型的配型；数据库里的每一个人或多或少都会有一小部分跟你相同的基因。当然，有些人的气质肯定比其他人跟你更接近，但我们没办法从基因上来识别是哪些人。"

"我明白了。"

杜拉尼小心地说："如果你希望这样的话，我们可以把假体彻底关闭。用不着做手术：我们只要把它关掉，你就会恢复到最初的状态。"

我凝视着她熠熠生辉的脸庞。我怎么回得去呢？无论测试和条形图说明什么，这怎么能算是失败呢？无论我正沉浸于其中的美多么无用，跟满脑袋亮氨酸脑啡肽的时候比，我的情况都不会像那样一团糟了。我仍然有害怕、焦虑、悲伤的能力，测试揭示出了共通的阴影，在所有捐献者身上都存在。我无法厌恶巴赫、查克·贝里[1]、夏加尔[2]或保罗·克利[3]，可是，看到疾病、饥饿和死亡的画面时，我的反应与其他人一样理智。

我并没有像以前对癌症毫不在意那样，对自己的命运毫不在意。

不过，倘若我继续使用假体，那我的命运又会如何呢？共通的快乐，共通的阴影……有一半人类支配着我的感情？在黑暗中度过的这些岁月里，假如我还曾有过什么执念，难道不就是我体内还保存着种子的可能性吗？——有可能一遇到机会，某一个版本的我还会再次成长，变为一个活生生的人。如今，这样的希望不是已经破灭了吗？有人给我提供了塑造自我的材料——虽然这些我都测试过了，

---

1 查尔斯·爱德华·安德森·"查克"·贝里（Charles Edward Anderson "Chuck" Berry，1926—2017），美国音乐家、作曲家、吉他演奏家，摇滚乐先驱。

2 马克·夏加尔（Marc Chagall，1887—1985），俄罗斯裔法国超现实主义画家。

3 保罗·克利（Paul Klee，1879—1940），瑞士画家、小提琴手。

也对其大加赞赏，但我却并没有声称其中任何一样东西是属于自己的。在过去这10天里，我感受到的所有快乐都毫无意义。我只是一具死去的躯壳，在别人的阳光下随风飘荡。

我说："我觉得，你是应该这么做，把它关掉。"

杜拉尼举起了手："等一下。如果你愿意的话，还有个办法我们可以试一试。我一直在跟我们的伦理委员会讨论这个问题，卢克已经启动了软件方面的初步工作，可是归根结底，这件事还是要由你来决定。"

"什么办法？"

"网络可以朝任何一个方向去推。我们知道要怎么进行干预——打破对称性，让某些东西比别的东西更能带来快乐。仅仅因为这种情况没有自发产生，并不代表就不能通过其他方式来实现。"

我笑了起来，忽然有点晕头转向："那么，如果我说一声，你们的伦理委员会就要挑选出我喜欢的音乐、最爱吃的食物和我的新职业？他们会决定让我成为什么样的人？"这有那么惨吗？很久以前，我就已经死了，现在却要把生命赋予一个全新的人？不只是捐献一个肺，或者一个肾，而是要捐献我的整具身体、无关的记忆和所有的一切，给一个随意构建出来、功能却很完善的新生人？

杜拉尼大惊失色："不是！我们做梦也没想过要那么干！但我们可以给微处理器编程，让你本人来控制网络的完善过程。我们可以赋予你自主选择的力量，让你有意识地慎重选择让自己快乐的东西。"

　　　　　*　　　*　　　*

　　德·弗里斯说："试着在脑海中想象一下控制器。"我闭上了眼睛。他说："闭眼这主意可不好。一旦养成了这个习惯，就会限制你的访问。"

　　"说得对。"我凝视着半空中。实验室的音响系统里播放着某一首气势雄浑的贝多芬乐曲，要集中注意力很不容易。我竭力想象着5分钟之前，德·弗里斯一行一行地在我脑海中构建出的控件，那是个格式化的樱桃红色水平滑动条。突然间，它不仅仅是模糊的记忆了，而是再次叠加在这个房间上，位于我的视野底部，与任何真实的物体一样清晰。"我想象出来了。"按钮悬浮在19分左右。

　　德·弗里斯瞥了一眼我看不见的屏幕："不错。现在试一下调低评分吧。"

　　我无力地一笑。超越贝多芬啊[1]。"怎么调低啊？怎么才能尽力对某样东西少喜欢一些？"

　　"不用，你只要试着把按钮往左边移动就行。想象一下移动的画面。软件正在监控你的视觉皮层，对任何短暂的虚拟认知进行追踪。只要哄骗自己相信你看见按钮正在移动——然后图像就会听话照办。"

　　确实如此。在此期间，我不断地短暂失控，仿佛那玩意儿有黏性似的，但在停下来评估效果之前，我终于设法把滑动条移到了10分的位置。"妈的。"

---

[1] 原文语带双关，字面含义是将控制条在贝多芬的乐曲上方滚动，同时恰好又是查克·贝里演唱的一首歌曲。

"我看，这是起作用了？"

我呆呆地点了点头。乐曲依然……悦耳，但魔咒已经彻底打破。就像听见一段激动人心的豪言壮语，然后听到一半，忽然发觉发言的人根本一个字都不信——原本的诗意和雄辩未曾改变，其中真正的力量却被完全剥夺了。

我感觉额头上汗水直冒。在听杜拉尼解释过之后，整个方案似乎过于离奇，简直不像真的。虽然有数十亿个直接的神经连接，又有无数次机会让我残留的本体与假体相互作用，按照自己的形象来塑造它，我却仍然未能在假体上显示出我自身的特性，因此，我担心到了需要做出选择的时候，我会由于优柔寡断而丧失行动力。

但我知道，毫无疑问，我根本不该为了一首古典乐曲而欢天喜地——无论这首曲子我是从未听过，还是（这曲子显然举世闻名，处处都能听见）偶然听过一两次，当时耐着性子勉强听完，却根本无动于衷。

而现在，在短短几秒钟之内，我就把那种错误的回应给处理掉了。

还是有希望的。我仍然有机会让自己复活。我只需要有意识地这样去做，迈好每一步。

德·弗里斯一边摆弄着键盘，一边欢喜地说："假体中所有主要系统的虚拟配件，我都要用颜色来编码。再练习几天以后，这一切都会变成你的第二天性。只要你记住，有些体验会同时启动两三个系统……所以，如果在做爱的时候，你不希望背景音乐分散太多的注意力，就一定要把红色控制条关小，可别关成了蓝色那个。"他抬起头来，看到了我脸上的表情，"嘿，别担心。就算你弄错了，或者改了主意，回头也总是可以重新开大的嘛。"

三

晚上9点，飞机在悉尼降落。星期六的晚上9点。我乘坐火车来到市中心，打算换乘一趟车回家，然而，看到人群纷纷在市政厅站下车时，我便把手提箱存进了一个储物柜，随着人流来到了大街上。

自从接受病毒治疗以后，我到市里来过几回，但从来没有哪一次是在夜里。我觉得自己仿佛在另一个国家度过了半生，被一所外国监狱单独监禁，然后回到了家乡。一切都让我无所适从。看到某些建筑的面目似乎依然如故，但仍与我记忆中的模样不完全相同，我产生了一种似曾相识的感觉，有些眼花缭乱。每次拐过一道弯，发现某些我心目中的地标、某些从儿时起就记得的商店或招牌已经消失，我心中就会生起一阵空虚感。

我站在一家酒吧外，近得足以感觉到耳膜在随着音乐的节拍震动。我能看到酒吧里的人，他们欢笑着、舞动着、捧着饮料四处晃荡，酒精和同伴的存在使他们容光焕发。有些情况可能会转变成暴力，另一些则大有发展成性关系的希望。

现在，我可以亲自直接走进这幅画面了。曾经将世界埋葬的灰烬已被一扫而空，我大可随心所欲，想去哪里就去哪里。我几乎能感觉到那些捐献者，他们是这些纵酒狂欢的人死去的表亲，现在，作为我脑中网络的和声，他们重生了，与耳中的音乐、眼前的知己发生了共鸣，在我脑海里喧哗着，乞求我把他们一路带到生者的土地上。

我向前走了几步，然后，在我视线的角落里，有什么东西吸引了我的注意力。在酒吧旁边的小巷里，有个十一二岁的男孩靠墙蹲着，脸埋在一个塑料袋里。他吸了几口气，抬起头来，死气沉沉的眼睛闪烁着，脸上的微笑像管弦乐队的指挥一样充满喜悦。

我往后退开。

有人碰了碰我的肩膀。我蓦地转过身，只见有个男人正冲着我露出笑容："耶稣关爱你，兄弟！你再也不用到处搜寻了！"他把一本小册子塞进我手里。我凝视着他的脸，对我而言，他的情况一望便知：此人偶然发现了一种方法，可以随意产生亮氨酸脑啡肽，但他并不明白这是怎么回事，所以他就推断，这要归因于某种神圣的快乐之源。我感觉自己胸口一紧，又是害怕，又是怜悯。至少我当初还知道自己是长了肿瘤。就连巷子里的那个小混球也知道，自己只是在吸嗅胶[1]。

那酒吧里的人呢？他们知道自己在干什么吗？音乐、伙伴、酒精、性爱……其间的界限何在？从几时开始，无可非议的快乐竟变得像这个男人那样空虚、病态了？

我跟跄着走开，回头朝车站走去。人们在我周围欢笑着，喊叫着，手拉着手亲吻，我注视着他们，仿佛这些人是被剥了皮的解剖

---

1 一种吸入性的刺激神经方式，胶水黏合剂中含有令人陶醉的烟雾。

图，显露出上千块紧密相连的肌肉，带着与生俱来的精确性，共同发挥着作用。在我内心深处，那台快乐机器一次又一次地辨认着自我。

现在，我毫不怀疑，杜拉尼真的已经把人类每一丝获得快乐的能力都塞进了我的脑壳。然而，若要将其中的任何一部分收为己有，我就必须接受这个事实——且程度比以前肿瘤迫使我接受时还要深切——快乐本身毫无意义。没有快乐的人生是难以忍受的，但快乐本身还不足以成其为终极目的。我可以自由地选择快乐的理由，并对自己的选择感到满意，但无论我感觉如何，一旦将新的自我塑造成型，我所有的选择仍然有可能都是错的。

*　　*　　*

全球保险公司要求我在年底之前做好安排。假设年度心理评估表明，杜拉尼的治疗确实取得了成功，那么，无论我是否真的找到了工作，我都会被丢给经过私有化后残存的社会保障机构，他们就更缺乏慈悲心肠了。所以我在光下摸索着，企图找到自己的方向。

回来以后的第一天，拂晓时我就醒了。我坐在电话旁边，开始搜寻。我以前的网络工作空间已经存档了，按照目前的收费标准，每年只需要10分钱保管费，而我账户里的信用额度还有36.20元。这一整块奇怪的信息化石历经了4次收购和合并，从一家公司手里转到了另一家公司。我用了各种各样的工具来解码这些过时的数据格式，把过去的生活片段拖到现在，仔细查看，直到这个过程变得过于痛苦，再也无法继续下去。

第二天，我花了12个小时来打扫公寓，一边听着我以前下载的恩贾里音乐，一边把每个角落都使劲擦洗了一遍，中途只停下来狼吞虎咽地吃了点儿东西。虽然我完全可以让对食物的喜好重新恢复，变回当年那个12岁少年的口味，就喜欢吃高盐的垃圾食品，但我还是做出了选择，绝对不馋有害性超过水果的食品——这完全不属于自讨苦吃，与其说是注重品德，倒不如说是讲究实际。

在接下来的几周里，我的体重以令人满意的速度逐渐增加，不过，当我盯着镜中的自己，或者使用手机上的图像变形软件时，我意识到，我几乎可以对任何一种体形都感到满意。在那个数据库里，人们心目中理想的自我形象必定是千差万别的，或者临死的时候，他们对自己的实际外表十分满意。

我再次做出了实用主义的选择。我还有很多事情需要迎头赶上，只要可以避免，我不想在55岁的时候就死于心脏病。不过，专注于难以实现或荒唐可笑的东西都是没有意义的，所以，我用图像变形软件把自己变成了一个大胖子，给这种体形打了零分，对施瓦辛格的长相也给出了同样的分数。我选择了瘦削结实的体形——根据软件的判断，这种体形大有实现的可能——在20分的满分中给它打了16分。然后我开始跑步。

一开始，我跑得很慢，虽然我心目中认定的自我形象还是个孩子，能毫不费力地从一条街窜到另一条街，但我仍然小心翼翼，始终不曾把运动的乐趣调高到足以掩盖伤痛的地步。我一瘸一拐地走进一家药店，寻找外用擦剂，结果发现了一种名为前列腺素调节剂的东西，这是一种抗炎症化合物，据说，在不阻断任何重要修复过程的情况下，它就可以将损伤降到最低限度。我对此表示怀疑，但这玩意儿似乎确实有用；第一个月仍然很疼，但我既没有因为自然发生的肿胀而跛着脚走路，也没有对拉伤了肌肉的危险迹象毫无察觉。

一旦心肺和小腿被我硬生生从衰退状态中拖了出来，感觉就变得很不错。我每天早晨要跑上1个小时，在本地的小巷里转悠；周日下午，我就绕着这座城市兜圈。我并没有逼迫自己提升速度；我没有丝毫体育运动方面的野心，只是想行使我的自由。

很快，跑步的行为就融合成了一种毫无滞涩的整体。我可以陶醉于怦怦的心跳、四肢运动的感受，或者也可以挥退这些细节，使其弱化为一片满足的嘈杂，如同置身于火车上那样，就这样观看风景。在夺回自己的身体之后，我开始一个接一个地开拓郊区。从紧邻在莱恩科夫河边的狭长森林，到永远那么难看的帕拉马塔路，我就像一个疯狂的测量员，在悉尼城内纵横驰骋，用看不见的测地线把风景包裹起来，然后绘进我的脑海里。我踏着咚咚的脚步，冲过格拉德斯维尔、艾恩湾、派尔蒙特、梅多班克和海港的一座座桥梁，毫不畏惧脚下的木板会垮塌。

我也有过怀疑的痛苦时刻。我并没沉浸在内啡肽里忘乎所以——我没把自己逼得那么紧——但这感觉依然好得让人难以置信。这算不算类似吸嗅胶的吸毒行为呢？也许当年为了生存，在追逐猎物、逃离危险、画出自己的地盘这些行动中，我的上万代祖先都曾获得过同样类型的乐趣，但对我来说，这一切只是愉悦之极的消遣而已。

尽管如此，我既没有欺骗自己，也没有伤害任何人。从心中那个死去的孩子内心深处，我摘出了这两条规则，不断奔跑。

＊　＊　＊

在30岁这个年龄经历青春期很有意思。病毒并没有实打实地将我阉割，却已消除了性画面、生殖器刺激和高潮带来的快感，还部分破坏了从下丘脑向下延伸的荷尔蒙调节途径，没有给我留下任何值得称为性功能的东西。

当这一切发生改变时，即使是在性功能相对衰老的状态下，这也对我造成了巨大的影响。与梦遗相比，自慰美妙得令人难以置信，我发现自己不愿去干预控制条来收敛这样的乐趣。但我不必担心自慰会剥夺我对真实性爱的兴趣：在大街上、商店里和火车上，我发现自己老是公然紧盯着人看，直到将意志力、纯粹的恐惧和对假体的调整结合到一起，我才成功地戒掉了这个习惯。

脑中的网络把我变成了双性恋。虽然没过多久，我便调低了自己的性欲，使其降到了大大低于数据库中性欲最强者的水平，但在选择当异性恋还是同性恋的问题上，一切都变得捉摸不定起来。这个网络并非某种类型的人口加权平均值；杜拉尼原本希望，我本人幸存的神经结构能够发挥支配作用，假如真是平均值的话，那每逢表决结果对幸存神经结构不利的时候，她的希望就会破灭。所以，我不仅仅是10%～15%的同性恋；这两种可能性具有同等的力量，消除其中任何一种的想法都让我感到同样不安、同样有损形象，就仿佛我与这两种可能性已经共存了数十年。

但这究竟只是假体的自卫，还是有一部分属于我本人的反应呢？我不知。甚至早在感染病毒之前，12岁的时候，我还是个对性完全懵懂的孩子；我一直认为自己是异性恋，当然也曾经觉得某些姑娘很有魅力，但那只是纯粹的审美，并没有如痴如狂的凝视或偷偷地摸索证实。我查阅了最新的研究资料，然而，我从各大新闻标题中检索到的所有与基因有关的主张都遭到了质疑，所以，即使我的性取向是与生俱来的，现在也没有哪种验血方法可以告诉我，它可能变成什么样了。我甚至追踪到了接受治疗前的核磁共振扫描结果，但图像不够清晰，无法直接提供神经解剖学上的答案。

我不想当双性恋。我年纪太大了，不能再像十几岁少年那样去尝试。我想要确定性，想要牢靠的基础。我想遵守一夫一妻制——即便对几乎所有人而言，保持一夫一妻制都并不容易，也没有理由让自己背负多余的累赘。那我应该干掉哪一个呢？我知道选择哪一种取向会过得更轻松，可是，如果一切都要归结为一个问题：在4000名捐赠者中，哪一种选择能让我走上阻力最小的道路，那我过的到底是谁的生活呢？

也许这个问题根本没什么实际意义。我是个30岁的处男，有精神病史，没钱，没什么前途，也没有社交技能——对于目前仅有的选择，我随时可以提升自己的满意度，让其余的一切都退回到想象中去。我既没有欺骗自己，也没有伤害任何人。别无所求我还是可以做到的。

*　　*　　*

我以前曾经多次注意到这家书店，它隐藏在莱卡特一条偏僻的街道上。可是，6月里的某个星期天，慢跑经过这里的时候，我看到店前的橱窗里摆着一本罗伯特·穆齐尔的《没有个性的人》[1]，我忍不住停下脚步，笑了起来。

我在潮乎乎的冬日里跑得汗流浃背，所以没有进店去买这本书。但我透过橱窗向柜台望去，却看见了一块写着"招聘"的牌子。

寻找无须技能的工作似乎一直毫无收获：总失业率达到了15%，年轻人的失业率比这还要高出3倍，因此，我原本以为，每一份工作都会有上千人申请：他们比我年轻，比我壮实，比我成本更低，而且确实心智健全。但是，我虽然重新开始了在线教育，却并没有迅速有所收获，跟其余所有方面一样，都是慢慢来。孩提时代曾经令我入迷的知识领域都已有了百倍的发展，虽然假体赋予了我无穷的精力和热情，但无论对谁而言，在一生中要涉足的领域仍然太多了。我知道，一旦要选择一个职业，就必须牺牲掉90%的兴趣，但我仍然狠不下这个心。

周一，我从彼得沙姆车站步行而来，又回到了这家书店。为了应对这个场合，我对自己的信心做了微调，但当我听说没有其他申请者时，我的信心不由自主地增强了。店主年已六旬，后背刚刚受伤；他希望有人能帮忙搬搬箱子，在他忙于其他事务的时候照管一下柜台。我把真相告诉了他：我的神经系统曾在儿时的一场疾病中受损，不久前才刚刚康复。

他当场雇用了我，试用期1个月。起薪与全球保险公司付给我的补助金额一模一样，可是一旦获得永久聘用，我的薪水还会略微有所增长。

---

1 与《追忆似水年华》《尤利西斯》共同被视作现代主义文学的开创之作，情节经常转入哲学思辨，以及对人类精神和情感的解剖。

这份工作并不辛苦，当我无事可做的时候，老板也不介意我在后面的房间里看书。某种意义上而言，我如同置身于天堂——有上万本书，又不收费。不过有时，对解约的恐惧又会重新浮现在我心头。我如饥似渴地阅读，在某种程度上，我可以做出清晰的判断：在这些作家当中，我能分清哪些技艺娴熟，哪些缺乏技巧；哪些诚实，哪些虚伪；哪些闪烁着灵感，哪些是陈词滥调。然而，假体仍想让我欣赏一切、接受一切，在布满灰尘的书架间游荡，直到我变得什么人也不是，成为巴别图书馆[1]里的一个幽灵。

* * *

入春的第一天，书店刚开门两分钟，她就走进了店内。我看着她随意翻阅，竭力想弄清楚我打算做的这件事会有什么后果。几周以来，我每天都要在柜台边工作5小时，既然与人有了这么多接触，我一直期盼着……会发生点儿什么。不是那种你情我愿、激动人心的一见钟情，而只是彼此都有哪怕一丁点儿兴趣，只是能有一星半点儿的证据表明，我对某一个人的渴望会超过对其余所有人。

什么也没有发生。有些顾客曾经跟我轻描淡写地调过情，但我看得出来，这没什么特别的，只是这些人表示礼貌的方式而已，与她们不同寻常地采用正式礼节时相比，我心中也没有什么更进一步的反应。至于谁是传统意义上的美人，谁活泼，谁神秘，谁风趣，谁迷人，谁青春逼人，谁满身世故，我或许会同意任何一个旁观者的看

---

1 出自博尔赫斯一篇著名的短篇小说，他笔下的巴别图书馆是世间全部文化的无限延伸。

法，但我根本不在意。这4000名捐献者喜爱的类型千差万别，从他们相去甚远的特征之间延伸出的数据涵盖了整个物种。这一点永远也不会改变，除非我自己做点儿什么来打破这种对称。

所以，在过去这一周里，我把假体内所有的相关系统都降到了3分或4分。看人的乐趣已经变得跟看木头差不多了。现在，我跟这个随机挑选的陌生人单独待在书店里，慢慢地将控制开关调高。我不得不与积极反馈作斗争，分数调得越高，我就越想进一步上调，但我提前设定了一些限制，而且坚守不移。

她选了两本书，向柜台走来，此时，我心中既有胆大包天的得意，又因自惭形秽而难受。我终于在脑中的网络里敲出了一个纯净的音符；我看到这女子时的感觉似乎是真实的。倘若为了达到这个目标，我所做的一切都是经过算计的，是虚伪、怪异、令人厌恶的，那我也没有别的办法。

她买书的时候，我面带微笑，她也报以亲切的笑容。手上没看见婚戒或订婚戒指——但我曾经向自己保证过，无论如何，我都不会做出任何尝试。这只是第一步而已：注意到某人，让某人从人群中脱颖而出。我可以约第10个乃至第100个与她略有相似之处的女人。

我说："什么时候一起喝杯咖啡，好吗？"

她露出了惊讶的神情，但似乎并未觉得受到冒犯。她犹豫着，但我的邀请至少让她略感高兴。我以为这次脱口而出的邀请不会有什么结果，心中已经做好了准备，可是，看着她暗下决心时，我内心残存的某种东西仍让我胸口一阵刺痛。假如这样难过的表情在我脸上露出了一丝一毫，她很可能会为了消除痛苦，立即把我送到最近的兽医那里去接受安乐死。

她说："那可真不错。对了，我叫茱莉亚。"

"我叫马克。"我们握了握手。

"你什么时候下班？"

"今晚吗？9点钟。"

"啊。"

我说："午饭怎么样？你几点吃午饭？"

"1点。"她犹豫了一下，"就沿着这条路往前走……在五金店旁边有个地方。"

"那太好了。"

茱莉亚笑了笑："那我就在那儿跟你见面吧。1点过10分左右，好吗？"

我点点头。她转身走了出去。我盯着她的背影，既觉得茫然和惊恐，又夹杂着兴奋。我心想：这挺简单的嘛。世界上随便什么人都能做到，跟呼吸差不多。

我的呼吸变得急促起来。我在感情上还是个迟钝的少年，这一点她在5分钟之内就会发现。或者比那还惨，她会发现我脑子里有4000个成年男人在给我出主意。

我进了厕所，吐得一塌糊涂。

* * *

茱莉亚告诉我，她在相距几个街区的地方管理着一家服装店："你是这家书店新来的，对吧？"

"对。"

"那你之前是干什么的？"

"我没工作，失业了很久。"

"有多久？"

"从学生时代起就失业了。"

她扮了个鬼脸："这真是罪过，对不对？好吧，我也在尽我的一份力。我的工作是跟别人分担的，只算半工半薪。"

"真的吗？你觉得这样如何？"

"妙极了。我是说，我运气不错，这个职位的薪水很高，我领一半的薪水也应付得过去。"她笑了，"大多数人都以为我肯定是为了养家，就好像只可能有这一个理由似的。"

"你只是想腾出点儿时间？"

"没错，时间很重要。我很讨厌匆匆忙忙的。"

两天后，我们再次共进午餐，接下来的一周又一起午餐了两次。她谈到了店里的事、去南美的一次旅行，还有一个姊妹患上了乳腺癌，正在康复中。我差点儿说起了自己早已战胜的肿瘤，不过，除了担心这么说可能会导致的后果之外，这听起来也太像是在乞求怜悯了。回到家里，我一动不动地坐在电话旁边——不是在等电话，而是在看广播节目里的新闻，以便确保除了自己的事之外，我还有些别的话题可聊。你最喜欢的歌手／作家／艺术家／演员是谁？我根本没概念。

我脑海中充斥着茱莉亚的身影。我每时每刻都想知道她在做什么；我希望她快乐、安全。为什么呢？因为我选择了她。但是……我为什么会觉得非要选个人不可呢？因为归根结底，多数捐赠者肯定都有一个共同点：他们对某一个人的渴望和关心超过了对其余所有的人。为什么呢？这可以归结为进化。你无法为眼前的每一个人都提供帮助和保护，正如也无法跟每一个人上床，而事实证明，将这两件事明智地结合起来，在基因的传递方面显然是有效的。所以，我与其余每一个人在情感上有着相同的起源；我还能再有什么别的要求呢？

然而，既然随时挪一挪脑子里的几个按钮，就能让那些感觉消失，那我又怎么能假装对茱莉亚怀有真实的感情呢？即使我感觉很强烈，以至于不想去碰那个调节器也罢……

有些白天，我会想：肯定每个人都是这样吧。人们半是出于偶然地做出了决定，想要认识某个人；一切皆由此开始。有些夜晚，我一连几个小时坐在那里，难以入睡，琢磨着我是不是在把自己变成可怜的奴隶，抑或危险的相思病患者。既然我选择了茱莉亚，那会不会有什么关于她的发现让我离开她呢？或者甚至会引起我一丁点儿的不满？还有，假如她决定要分手的时候，我又当如何？

我们出去吃饭，然后一起打车回家。我在她家门口与她吻别。回到公寓后，我翻看着网上的性爱手册，不知怎么我竟会希望能掩盖住自己毫无性经验的事实。从解剖学上看，一切都是不可能的：我需要经过6年的体操训练，才能勉强实现传教士式体位。自从遇见她以来，我就再也不肯自慰了：对她产生幻想，未经她同意就私自在心里想象，这似乎是无法容忍的，是不可原谅的。屈服之后，我一直清醒地躺到天明，想看清我给自己挖的这个陷阱，试图理解我为什么不想自由生活。

　　　　　*　　*　　*

　　茱莉亚弯下腰，汗流浃背地吻了吻我："这是个好主意。"她从我身上爬下来，扑通一下倒在床上。

　　刚才这10分钟，我一直控制着蓝色的控制条，尽量不让自己达到高潮，以免萎软。我曾经听说过有包含同样内容的电脑游戏。现在，我把靛蓝色的控制条调高了些，以便流露出更强烈的亲昵感。当我直视着她的眼睛时，我便知道，她能看出这带来的影响。她用手轻抚着我的脸颊："知道吗？你是个可爱的男人。"

　　我说："我有话得告诉你。"可爱吗？我是个木偶，是个机器人，是个怪物。

　　"什么？"

　　我说不出口。她似乎觉得好笑，然后吻了吻我："我知道你是同性恋。没关系，我不介意。"

　　"我不是同性恋。"不再是了吗？"虽然我说不定可以是。"

　　茱莉亚皱起了眉头："同性恋也好，双性恋也罢……说实话，我不在乎。"

　　用不了多久，我就不必再操控自己的反应了。假体正在这一切的影响下塑造成型，再过几周，我就可以让它自行控制了。然后我就会像任何人一样，自然地感受到现在必须主动做出选择的一切。

　　我说："12岁那年，我得了癌症。"

　　我将过往向她和盘托出。我看着她的脸，见她先是感到恐惧，然后越来越觉得怀疑。"你不相信？"

　　她迟疑不决地答道："你说得不带半点儿情绪。18年？你怎么能就这么平淡地说出'我失去了18年'这种话呢？"

"你想让我怎么说？我不是要让你可怜我，只是想让你理解我。"

当我讲到遇见她的那一天，我害怕得胃都揪紧了，但我还是接着往下说。几秒钟之后，我看到她眼里含着泪水，我觉得自己心如刀割。

"抱歉。我不是故意要让你难过。"我不知是该抱住她，还是该立即离去。我目不转睛地盯着她，但这间屋子却仿佛在旋转。

她微微一笑："你有什么可抱歉的呢？你选择了我，我选择了你。对我们俩来说，情况本来可能会不一样，可是却没有那样发展。"她把手伸到被单底下，握住了我的手，"没有。"

*　　*　　*

茱莉亚周六休息，但我必须8点开始上班。6点钟，我离开的时候，她睡意蒙眬地与我吻别。我一路走回了家，仿佛腾云驾雾一般。

面对走进书店里的每一个人，我必定都露出了灿烂的傻笑，但我几乎谁也没看见。我在畅想未来。我已经有9年没跟父母说过话了，他们甚至不知道我接受了杜拉尼的治疗。可是现在，似乎一切都有了挽救的可能。如今，我可以去对他们说：这就是你们的儿子，他起死回生了。那么多年以前，你们确实救了我一命。

我到家的时候，电话上有一条茱莉亚的留言。我不肯查看那条信息，一直等到开始在炉子上做饭；我迫使自己等待，充满期待地想象着她的脸和声音，其中有一种莫名的愉悦。

我按下了播放键。她的面容与我想象中的样子不大一样。

我不断地忽略掉一些内容，然后停下来回放。一个个孤立的词组在我脑海中挥之不去。太奇怪了。太恶心了。这不是谁的错。前一天晚上，我所做的解释她还没有真正领会。可是现在，她有时间去思索了，她不打算跟4000个死人继续交往下去。

我坐倒在地板上，试着去决定要产生什么样的感觉：是被痛苦的波涛拍击，还是主动选择某种更好的感觉。我知道，我可以唤起假体的控制条，让自己快乐起来——因为我又恢复了"自由"，因为我没有她反倒过得更好，因为茉莉亚不跟我在一起会过得更好，所以我快乐。或者单纯只是快乐而已，因为快乐没有任何意义，要获得快乐，我只需要让大脑充满亮氨酸脑啡肽就行。

菜烧焦了，而我坐在那里，擦拭着脸上的眼泪和鼻涕。这种气味让我想到了烧灼疗法，将伤口焊好。

我任凭一切顺其自然地发展，没有去碰控制条，而仅仅是知道，我原本完全可以改变一切。然后我意识到，即便我去找卢克·德·弗里斯，对他说，"我现在已经痊愈了，把软件拿走吧，我不想再拥有选择的权利了"，我也永远无法忘记，我所感受到的一切当初来自哪里。

*   *   *

我父亲昨天来公寓了。我们没怎么说话，但他尚未再婚，他还开了个玩笑，说我们可以一起去各家夜总会玩乐。

至少我希望这是个玩笑。

我看着他，心想：他就在我的脑海里，还有我的母亲，以及上千万的祖先、人类、原人，久远得无法想象。再多4000个人又有什么区别呢？每个人都必须从同一份遗产中雕琢出自己的一生：一半普遍，一半独特；一半被无情的自然选择打磨得锋利，一半又因概率的自由而变得柔软。而我不过是不得不更直白地面对各种细节而已。

我可以继续如此，在无意义的快乐和无意义的绝望之间那道难以捉摸的边界上徘徊。或许我运气不错；或许要想逗留在那片狭窄的区域内，最好的办法就是看清两边分别是什么。

当我父亲准备离开时，他从阳台上往外望去，视线穿过拥挤的郊区，顺着帕拉马塔河向前看，在那里，一条雨水沟正将一缕明显的油迹、街上的垃圾和花园中的径流排入河水。

他怀疑地问："你住在这地方快乐吗？"

我说："我喜欢这里。"

我们的切尔诺贝利圣母 ————

Our Lady of Chernobyl

我们不知是在天上还是人间，因为无疑，人间无论何地，绝无这般壮美盛景。

公元987年，基辅弗拉基米尔王子的使者如是描述位于君士坦丁堡的神圣智慧教堂[1]。

这是异教国中锈迹最多的旧谷仓。

——公元1867年，S.L.克莱门斯，同上。

卢西亚诺·马西尼面容浮肿，举止忧心忡忡，失眠症患者的表现便是如此。每天凌晨2点左右，他便开始扪心自问，他芳龄20岁的太太是否当真在一个年龄相当于她3倍的实业家身上找到了她的梦中情人——无论这位实业家有多机智、多博学、多富有。我没有详细

---

[1] 又名圣索菲亚大教堂，于公元532年由拜占庭皇帝查士丁尼一世下令建造，是拜占庭帝国的主教堂，也是东正教的中心教堂。1453年以后被土耳其人占领，改建为清真寺，1935年改为博物馆。

了解过他的职业生涯，但他最广为人知的举措便是在2009年倍耐力母公司进行分割时，一举买下了整个超导电缆部门。他身穿一套无可挑剔的灰色丝绸套装，剪裁十分老派，这样传统的风格恰好又与现今的时尚相符，看他的外貌，似乎也曾是位俊美无俦的男子。我认定，他完全有望体验到徒劳无益的自欺和后知后觉的三思。

我想错了。他说的是："我要你帮我找一个包裹。"

"一个包裹？"我尽力让自己的声音显得很感兴趣——虽然通奸的案子无聊得让人生厌，但寻找失物比捉奸还不如，"是在从……哪里寄出的途中失踪的？"

"苏黎世。"

"寄往米兰吗？"

"当然！"马西尼差点儿打了个哆嗦，仿佛一想到自己可能有意将珍贵的物品寄往米兰之外的地方，就感受到了实实在在的痛苦。

我小心翼翼地说："从来没有真正寄丢了的货物。你可能会发现，让你的律师们给快递员写一封措辞强硬的信，就足够创造奇迹了。"

马西尼笑了，笑容中毫无笑意："我看不行。快递员死了。"

午后的阳光洒满了整个房间，东向的窗户并没有正对着太阳，但天空本身就明亮得令人目眩。有那么一瞬间，我觉得异常清醒，这种感觉十分强烈，仿佛刚刚摆脱了挥之不去的困倦，就好似开始谈话的时候，我还处于半睡半醒的状态，直至此刻才彻底苏醒过来。马西尼任由我身后那面墙上的铜制星象仪敲响了两下，每一次嘀嗒声都代表着上千个微小齿轮以复杂的方式柔和地啮合在一起。然后他说："3天前，在维也纳一家酒店的客房里发现了她，是被人从近距离击中了头部。而且不对，她本来不该像这样绕道走的。"

"包裹里装的什么？"

"是一幅小圣像。"他比画了一下，高度大约有30厘米，"18世纪的圣母玛利亚像。最初出自乌克兰。"

"乌克兰？你知道这幅画是怎么出现在苏黎世的吗？"我之前听说，乌克兰政府最近重新发起了一项运动，劝说某些国家认真对待被盗艺术品的归还问题。在20世纪八九十年代的动荡和腐败中，曾经有一箱又一箱的宝物被人偷偷运到国外。

"这幅画出自一位著名收藏家的遗产，他的声誉无可挑剔。我本人的艺术品经销商先查看了所有的文书、销售单据、出口许可证，然后才同意进行这笔交易的。"

"文书有可能是伪造的。"

马西尼明显正竭力控制着心中不耐烦的情绪："随便哪样东西都有可能是伪造的。你想让我说什么？我没什么理由怀疑这是件赃物。法布里吉奥先生，我又不是罪犯。"

"我并没有说你是。这么说……是在苏黎世一手交钱一手交货的？画像被盗的时候已经归你所有了吗？"

"对。"

"我能问问你花了多少钱吗？"

"500万瑞士法郎。"

听到这个数目，我没有发表任何评论，只是有那么一会儿，我怀疑自己是不是听错了。我不是这方面的专家，但我知道，东正教的圣像往往出自名不见经传的艺术家之手，而且远不像《圣经》与众不同的副本那样独一无二。当然，其中也有例外——每种类型都有少数最权威的珍贵范例——但这样的例外在年代上要比18世纪久远得多。无论这幅画的技艺有多精湛、保存有多完好，500万这个价格听起来都过于昂贵了。

我说："你肯定投保了吧……？"

"当然了！在一两年之内，我说不定甚至可以领回这笔钱。但拿到那幅圣像我会高兴得多。正因为这样，我当初才会花钱去买。"

"你的保险公司也会这么认为。他们会尽全力去找的。"假如有另一名调查员比我捷足先登了，尤其是如果还得在某家瑞士保险公司的主场上与之竞争，那我可不想浪费时间。

马西尼用布满血丝的眼睛紧盯着我："他们最厉害的人还是不够好！没错，他们是想给自己省下这笔赔偿费，会特别认真地对待这笔潜在的损失……他们就像会计一样。而且毫无疑问，奥地利警方也会竭尽全力去追捕凶手。但不管是保险公司还是警方，都没有受到任何紧迫感的催促。就算一连几个月或者几年，什么问题都没有解决，双方也不会摊上什么太大的麻烦。"

先前，我还以为马西尼是在夜间想象着太太红杏出墙，若说我的猜测有误，那有一件事我想得没错：有一种激情、一种痴迷在驱策着他，它与嫉妒、自尊和性一样深沉。他隔着桌子向我探过身来，克制着自己，没有伸手揪住我衬衫的前襟，可是在吩咐和恳求我的时候，却仿佛正揪着我的衬衫那样，带着相似的傲慢和令人怜悯的悲伤。

"两周！我给你两周时间——价钱随你开！在两周之内把圣像交给我……凡是我有的东西，你要什么都行！"

　　　　　　　＊　　　＊　　　＊

　　面对马西尼过分豪阔的出价，我表现出了应有的严肃态度，但还是接下了这个案子。我认为，在黑市的边缘，在适合美术鉴赏家的餐厅里耗费漫长的时间用午餐，向线人打探消息，这样打发两周的日子，这种过法还不算最差劲的。

　　不过，显而易见的起点是那个快递员。她名叫吉安娜·德·安吉利斯，27岁，在这一行干了5年，名声清白，据监管机构提供的信息，无论是客户还是雇主，都从未正式对她提出过任何投诉。她一直在米兰的一家小公司工作，这家公司的记录也同样良好。20年来，这还是他们第一次出现货品丢失或人员死亡。

　　我找她的两位同事谈了谈，他们告诉了我最基本的情况，却不愿做出任何猜测。这笔交易发生在苏黎世银行的一处保险库内，然后德·安吉利斯便直接乘坐出租车前往机场。在她本应登上返程的飞机之前不到5分钟，她曾给总部打过电话，告诉他们一切顺利。飞机准时起飞了，她却并没有登机。她用本人的信用卡购买了一张提洛尔航空公司的机票，直飞维也纳，将装有圣像的手提箱作为手提行李随身携带。6小时后，她就死了。

　　我在她与未婚夫合住的公寓找到了那位未婚夫，他是一名电视音响师，红着眼睛，没刮胡子，犹带宿醉。他还没有从震惊的状态中恢复过来，如若不然，我怀疑他根本不会让我进门。我向他表示慰问，帮他喝完了一瓶酒，然后温和地问他，吉安娜是否接到过不同寻常的电话？是否规划过大笔的开支？在最近几周，是否曾经表现出异乎寻常的紧张或兴奋？他想拿空酒瓶把我的脑袋砸开花时，我不得不中断了这次面谈。

我回到办公室，开始在数据库里搜罗，我翻过官方的公开记录，查过杂乱无章的邮件列表集合，也看过各种网络皮条客提供的经过粗略整理的电子碎片。有一个在东京运行的系统，可以搜索全世界的数字化报纸，以及电视新闻报道里的关键帧，从中寻找相符的面孔——无论在标题或评论中是否提及过调查对象的名字。我发现了一个与她长得差不多的人，简直像是双胞胎姐妹，2007年，她在布宜诺斯艾利斯法院外与一个歹徒手挽着手走路。还有一个相似的人，在菲律宾一座村庄的废墟中哭泣，2010年，她的家人在一场台风中丧生，但并没有真正的目击记录。基于文本信息的本地媒体搜索只查到两条记录：她仅上过两次报纸，一次是出生，还有一次是去世。

根据我所了解到的信息，她的经济状况一直没出过半点儿问题。没人掌握着她的任何把柄，也没有丝毫迹象表明她与有组织犯罪存在联系。在她经手过的货物中，这幅圣像还远远称不上是最贵重的货品——我仍然认为，马西尼支付的价格虚高得厉害。无论是否出自名不见经传的作者之手，艺术品都算不上流动性最佳的资产。那么，明明有上百次比这诱人得多的机会，她为什么偏偏要在这一单上弄鬼呢？

或许，她并没有打算到维也纳去把圣像卖掉。或许她是受人胁迫才去的。我无法想象，会有任何人在机场里"绑架"她，将她押往售票处，通过了安检扫描仪，然后登上飞机。她配有武器，又训练有素，携带着所有的电子设备，一旦需要，就可以立即呼叫援助。然而，即使没有可以在X光下隐形的枪支寸步不离地指着她的心脏，也可能存在着某种更不易察觉的威胁，迫使她做出这样的事。

在我这14天期限里的第一天，暮色降临时，我在办公室里焦躁地踱来踱去，已经开始感到悲观了。德·安吉利斯的头像在终端上冷笑着，她痛失所爱的恋人的那瓶酒在我喉咙里散发出酸味。这个女人死了，这才是犯罪，而我却被人雇来搜寻一幅褪了色的庸俗画像。就算我找到了凶手，那也只是附带而已。其实我倒希望自己找不到。

我打开百叶窗，俯瞰着市中心。一个个跳蚤大小的小黑点匆忙穿过大教堂广场，上方林立着大教堂那一座座哥特式尖塔。我几乎没有留意大教堂，这里坐拥奢侈的美景，它只是其中的又一部分罢了（就像在会客室里可以远眺的阿尔卑斯山）；而这样的景致又只是整个上流社会形象的一部分而已，正是由于这样的形象，我才得以收取比穷街陋巷里的同行高出20倍的服务费。现在，看到这座大教堂，我眨动着眼睛，仿佛看见的是幻象：它与21世纪米兰那些闪闪发光的深色陶瓷建筑比肩而立，显得如此陌生，如此格格不入。在每一座尖顶上，都耸立着不知是圣人、天使还是滴水怪兽的雕像——我想不起来了，隔着这么远的距离，我也真的分辨不清——犹如上千名神志错乱的修行者。整面屋顶完全被淡粉色大理石所覆盖，华丽得令人眼花缭乱，简直不似人间，有些地方像花边，有些地方又像铁丝网。不管我是不是坚定的无神论者，这座教堂我也进去过一两次，只不过，我很难回想起是什么时候进去的，又为什么要进去。是某些不可避免的正式场合吧。无论如何，我是看着它长大的，它应该只是一处熟悉的地标，仅此而已。可是，在那一刻，整座教堂却似乎陌生得面目全非了；仿佛北方的群山褪去了积雪、绿色植物和表层土壤，展露出原本的面目，变成了宏伟的人工制品、中美洲的金字塔，成了早已消失的某个文明留下的遗迹。

我关上百叶窗，把死去的快递员那张面孔从电脑屏幕上清除掉。然后，我给自己买了一张飞往苏黎世的票。

＊　　＊　　＊

数据库里颇有不少关于罗尔夫·亨加特纳的信息。他曾在电子出版行业工作，在某个虚拟平台上达成交易，欧洲最大的软件供应商在此瓜分市场，结果让他们彼此都心满意足。我想象着他与诸位文化部长和卫星巨头们一起滑雪或滑水的场面……虽然这样的事很可能不会发生在最近几年、在他年逾古稀的时候，因为他得了急性淋巴瘤。他最初从事的是电影融资，为跨国合拍的影片协调资金上的安排。他有一张20年前的照片，是在巴黎的一场反好莱坞示威活动中，他在接待室里——现在这里成了他助理的办公室——举着攥得紧紧的拳头，站在当时尚且年轻的德帕迪约身边。

他的助理马克斯·赖夫被任命为遗嘱执行人。我在笔记本上下载了定价过高的最新版史怀哲德语软件，希望它能引导我顺利进行面谈，而不至于犯下太多错误，但赖夫坚持要讲意大利语，结果他说得流利极了。

亨加特纳的太太比他去世得早，但他身后还有3个孩子和10个孙辈。赖夫接到的指示是要卖掉所有的艺术品，因为家族中没有一个人对这些收藏品表现出多大的兴趣。

"他有什么爱好呢？东正教的圣像吗？"

"一点儿也不是。亨加特纳先生是个兼容并包的人，但圣像的事完全出乎我的意料。有点儿反常。他收藏了一些宗教主题作品，有法国哥特式的，也有意大利文艺复兴时期的，但他肯定不是专门收集圣母像的，更不用说东正教传统的圣母像了。"

赖夫给我看了圣像的照片，收录在一本用亮光纸印刷的宣传册里，这本宣传册是专为此次拍卖而准备的。马西尼把他那本册子弄丢了，所以，这还是我第一次有机会看见正在搜寻的失物到底什么样。对开页上用五国语言撰写了评论，我看了看其中意大利语的那一段：

> 这是一幅令人惊叹的典范之作，被称为"弗拉基米尔上帝之母"，很可能是"慈爱"（希腊语为"eleousa"，俄语为"umileniye"）圣像最古老的变体。画中描绘的是圣母将圣子抱在怀中，圣子的脸温柔地贴在母亲的脸颊上，这是个极具感染力的象征，代表着对所有创造物兼具神性与人性的同情。根据传说，这幅画像乃是衍生于福音传教士路加的一幅画作。12世纪时，那幅幸存下来的范本从君士坦丁堡被带到了基辅，现今保存在莫斯科的特列季亚科夫画廊，被形容为俄罗斯民族最伟大的神圣财富。

圣像出自未知艺术家之手，是某个生活在18世纪早期的乌克兰人。它镶嵌在塞浦路斯画板中，尺寸为293毫米×204毫米，是一幅绘在亚麻上的蛋彩画[1]，装饰着精美的银箔。

列出的最低起拍价是8万瑞士法郎，还不到马西尼买价的1/50。

我看不出这幅作品有何美学上的吸引力，又不怎么像卡拉瓦乔

---

1 用蛋黄和蛋清调和颜料绘成的画，盛行于14至16世纪欧洲文艺复兴时代，到16世纪后逐渐被油画所取代。

的作品。颜色单调，笔法粗糙——故意画成了二维画面——甚至就连银箔也十分晦暗。油漆本身的状况似乎还不错。我一度以为，有条发丝般的细缝横贯了整幅圣像，但仔细一看，那更像是复印本上的瑕疵：要么是印版上的划痕，要么是摄影媒介的问题。

当然了，在西方传统中，这并不算所谓的"高雅艺术"，其中既没有艺术家的自我表达，也没有纵情肆意的风格特质。它大概是拜占庭原作忠实的复制品，用途是在东正教的信仰实践中发挥某种特定的作用，我无法判断它在这种背景下的价值。但我难以想象，罗尔夫·亨加特纳或卢西亚诺·马西尼竟会秘密皈依东正教会。那么，这纯粹是一项不错的投资吗？对他们而言，难道这只是一张18世纪的棒球卡吗？然而，倘若马西尼对圣像只有金融方面的兴趣，那他又为何要支付一笔远高于市场价值的巨款呢？为什么他会那样不顾一切地要夺回圣像呢？

我说："你能不能告诉我，除了马西尼先生之外，还有谁出价要买这幅圣像？"

"就是平时的那些交易商，平时的那些经纪人。至于他们代表的是谁，恐怕我不能告诉你。"

"但你确实在监督竞价？"有许多潜在买家或其代理人都曾亲临苏黎世，亲眼观看了这些收藏品，马西尼也在其中，但拍卖本身是通过电话和电脑进行的。

"那是当然。"

"对于接近马西尼最终出价的价格，大家达成共识了吗？还是说，他只是被某个匿名的对手激得开出了这样的高价？"

赖夫僵住了，我突然意识到自己刚才这话听起来是什么意思。

我说："我当然不是有意暗示……"

"至少还有3位别的投标人，"他冷冰冰地说，"跟马西尼先生的出价相差也不过几十万法郎。如果你劳神去问问他的话，我相信他可以证实这一点。"他犹豫了一下，然后又用不那么戒备的语气说道，"很明显，底价定得太低了。但亨加特纳先生早就料到了，拍卖行会低估这件藏品的价值。"

这句话令我大为诧异："我还以为，你是在他去世以后才知道圣像的呢。要是你曾经跟他讨论过它的价值……"

"我没有，但亨加特纳先生在保险柜里留了张纸条，就放在圣像旁边。"他犹豫不决，仿佛正在进行心理斗争，思索着我是否有资格得知这位伟人的真知灼见。

我连开口恳求尚且不敢，更别提要他非说不可了。我只是默不作声地等着他继续往下说。等待的时间肯定不超过10～15秒，但我发誓，我竟然蓦地出了一身汗。

赖夫微微一笑，把我从困境中解救了出来："纸条上写的是：做好大吃一惊的准备吧。"

*   *   *

薄暮时分，我离开了旅馆房间，在市中心闲逛。我以前从来没有到苏黎世一游的理由，但是，撇开语言不说，这里已经开始有种家乡的感觉了。同样的快餐连锁店也已占领了这座城市。电子广告牌上展示的是同样的广告。VR客厅正面的玻璃上闪烁着来自同款游戏的超现实主义图像，里面12岁的孩子们全都屈服于同样令人遗憾的得克萨斯时尚。就连这里散发出的气味都与周六晚间的米兰一模一样：炸薯条、爆米花、锐步和可乐。

难道是乌克兰特工杀掉了德·安吉利斯，好夺回圣像吗？这是不是为了追回被盗艺术品而展开的外交努力的阴暗一面？似乎不太可能。如果追回圣像有最起码的理由，那么，通过法庭来解决这件事，对这一大计起到的宣传效果会比这样好得多。屠杀外国公民可能会严重破坏国际援助，而乌克兰正在就贸易关系的升级与欧洲进行谈判。在这样一个国家，同一件作品几乎毫无差别的复制品比比皆是，我无法相信，哪国政府会为了单件艺术品甘冒这么大的风险。亨加特纳似乎并没有入手12世纪的那幅原作。

那么，会是谁呢？另一名收藏家，又一个痴迷的囤积狂，出价不及马西尼？也许这个人不像亨加特纳，他已经拥有了几张别的棒球卡，想集齐一套完整版？马西尼的保险公司或许掌握着必需的人脉和势力，可以弄清拍卖会上都有哪些真正的竞标者；我当然没这个本事。也不是只有与他竞争的收藏家这一种可能性。其中某个竞拍者可能是位交易商，他或她将圣像拍出的高价铭记在心，认为值得通过别的手段将其据为己有。

温度下降的速度比我预料的要快，我决定返回旅馆。方才，我一直在沿着利马特河西岸朝湖边走，到了第一座桥上开始掉头返回，然后中途停下来辨认方向。我两边各有一座大教堂，它们隔着河水遥遥相望。与米兰宏伟的诺斯费拉图城堡相比，这些建筑算不上富丽堂皇，但我心中却生起了一阵荒唐的恐慌，仿佛这对建筑合谋伏击了我似的。

我的史怀哲德语软件套餐附带免费地图和导游服务，我按动了

"我在哪里？"的按钮，笔记本上的全球定位装置把坐标发给软件，软件揭开了蒙在周围环境上的神秘面纱。刚才说的这两座建筑分别是苏黎世大教堂和苏黎世圣母大教堂，前者看起来犹如一处堡垒，两座粗犷的塔楼并排耸立着，并没有完全正对河的东岸；后者曾经是座修道院，只有一座细长的尖塔。这两处建筑的年代都可以追溯到13世纪，不过，各种各样的改建差不多一直持续到现在。彩色玻璃窗分别由贾科梅蒂[1]和夏加尔设计。1523年，在苏黎世大教堂的讲道坛上，胡尔德莱斯·慈运理[2]发起了瑞士的宗教改革运动。

我眼前是一个教派的诞生地之一，而这个教派已经屹立了500年之久，比起站在最古老的罗马神庙的阴影里的感受，这种感觉还要奇异得多。两千年来，基督教塑造了欧洲的物质和文化景观，如同冰川一样无情，如同构造板块的碰撞一样残酷，这样的说法只是在陈述一个明摆着的事实。然而，即便我这辈子都在相关证据的包围中度过，但直到现在——对我而言，经历了成千上万年的遗产显得越来越怪异——我才真正理解了其中的意义。有些群体在我眼中如同古埃及人那样陌生，而他们之间晦涩难懂的神学争论改变了整座大陆——无疑，还连带改变了上千种纯粹属于政治与经济方面的力量——尽管如此，这样的争论仍然影响着几乎每一种人类活动的发展，从建筑到音乐、从商业到战争莫不如此，只是程度各不相同。

我们没有理由认为这一进程已经停滞不前了。不能仅仅因为阿尔卑斯山已不再升高，就判定地质学已经走到了尽头。

---

1 阿尔伯托·贾科梅蒂（Alberto Giacometti，1901—1966），瑞士雕塑家，画家。
2 胡尔德莱斯·慈运理（Huldrych Zwingli，1484—1531），16世纪瑞士基督教新教改革运动的改革家。

"您还想了解更多信息吗？"导游问我。

"除非你能告诉我，'对大教堂的病态恐惧'这个词该怎么说。"

它犹豫了一下，然后用无可挑剔的模糊逻辑答道："欧洲境内四面八方都是大教堂。您心里想的具体是哪几座呢？"

* * *

德·安吉利斯的同事向我提供了那家出租车公司的名称——她本人的商业信用卡最后的一项开支，就是乘坐出租车从银行前往机场。在米兰时，我已与出租车公司的经理通过电话，等我回到酒店的时候，她给我发来了一条信息，告知了机场之行那位司机的名字。他绝非最后一个在德·安吉利斯生前见过她的人，但是，在她被人不知用什么手段说服、带着圣像前往维也纳之前，他倒有可能是最后一个见过她的人。当晚9点，他应该到车库去报到。我迅速吃完饭，然后再次动身，来到寒冷的室外。酒店门外的出租车统统来自他们的一家对手公司。我便步行出发了。

我见到潘安端时，他正在车库的角落里喝咖啡。用德语进行过简短的交谈之后，他问我是否更愿意讲法语，我感激地改了口。他告诉我，柏林墙倒塌时，他正在东柏林学习工程学。"我本来一直打算想办法完成学业，然后就回国的。可不知怎么回事，我却改了主意。"他呆呆地望着外面漆黑冰冷的街道。

我把德·安吉利斯的照片放在他面前的桌子上，他仔细地看了许久："不对，抱歉，我没载着这个女人到任何地方去过。"

我本来也并不乐观；不过，倘若能搜集到一些关于她精神状态的蛛丝马迹就好了。在去往机场的路上，她是不是一路上都在哼着"我们有钱了"之类的歌？

我说："你每天肯定得接待上百个顾客吧。谢谢你的努力。"我正要拿回照片，他却抓住了我的手。

"我说的不是我肯定忘了这人。我是说，我肯定从来就没见过她。"

我说："上星期一，下午2点12分，从洲际银行到机场。调度程序的记录显示……"

他皱起了眉头："周一？不对啊。那天我的引擎坏了，我有将近1小时没上班，一直到差不多3点。"

"你确定吗？"

他从车里拿出一本手写日志，给我看了上面的记录。

我说："为什么调度程序会弄错呢？"

他耸了耸肩："肯定是软件出了小故障吧。电脑接电话、分配任务……都是全自动的。我们抽不开身的时候，就按一下收音机上的某个开关——这个我不可能忘，因为修车的时候，我一直开着收音机，其间没有接到过任何乘客。"

"会不会有别的人假扮成你，从调度程序那里接活儿？"

他笑了起来："故意这么干吗？不会的。除非他们把收音机的识别号换掉。"

"那有多难呢？是不是需要一个伪造的芯片，带有一模一样的序列号？"

"不用。可是这相当于要把收音机拿出来，打开，重新设置32个指拨开关。怎么会有人费那个事呢？"然后，我看到他眼中光芒一闪。

我说："你知道最近有哪个人的收音机被偷走了吗？是双向收音机，不是播放音乐的那种？"

他难过地点点头："两种都有，有人这两种都被偷了。差不多1个月以前吧。"

＊　　＊　　＊

早晨，我重返此地，与另外几个司机确认了潘告诉我的大部分信息。无法轻易证明他谎报发动机故障，其实驾车去送德·安吉利斯的就是他本人，但我看不出在没有必要的情况下，他为何要捏造一个"不在场证明"。他完全可以说："对，是我开车送的她，她几乎一个字都没说。"谁也不会有任何理由怀疑他什么。

看来是这样的：有人费了很大的劲儿，与德·安吉利斯一起坐进了一辆假出租车……然后，他们让她走进机场、打电话。大概是为了让总公司发觉出问题的时刻延迟吧。但她为什么要同意呢？在那短短的几分钟里，司机对她说了些什么，才让她这么配合？拿她的家人、恋人来威胁她？还是一大笔贿赂，数目足以让她当场就下定决心？然后，她并未费心去掩盖自己的行踪，因为知道无法做到令人信服？她已经接受了这样的事实：自己犯下的罪行显而易见，她不得不变成逃犯？

听起来得是多大的一笔贿赂啊。那她怎么会这么天真，以为有人果真肯掏这么一笔钱呢？

在洲际银行外，我从钱包里掏出她的照片，对着装甲玻璃旋转门举起，试图去想象当时的情形。出租车到了，她钻进车里，车驶入了车流之中。司机说：天气不错啊。顺便说一句，我知道你手提箱里装的是什么。跟我到维也纳去吧，我会让你发财的。

她责备地回望着我。我说："好吧，德·安吉利斯，对不起。我不信你会傻到那个地步。"

我凝视着激光打印出来的图像。有什么念头正在我心中嘀咕着。带有司机识别号的数字式收音机？不知为何，这让我有些诧异。本来不该如此的。尽管我本人每天都在使用这种技术，但或许在我的潜意识中，电影里的出租车司机与警察是用让人听不太懂的粗声大叫互相交流的，这样的场景依旧挥之不去，在某种程度上仍然影响着我的判断。听见"拍卖"这个词，人们联想起的画面仍是一个男人或女人拿着锤子，在拥挤的房间里大声叫价，可是其实，除了在电影里之外，我从未目睹过类似的场景。在现实生活中，一切都是通过电脑来处理的，一切都数字化了。这张"照片"就是数码照片。我十四五岁的时候，化学胶片就逐渐从商店里绝迹了，即便在我的童年时代，也绝对只有业余爱好者才会使用胶片这种媒介；大多数商业摄影师使用CCD阵列已经有将近20年了。

既然如此，为什么还会出现那道横贯圣像照片的细缝呢？这几百份拍卖目录在制作过程中，根本不会使用任何模拟式的中间媒介；所有内容应当都是从数码相机传到电脑上，再发送给激光打印机。唯一不合乎潮流的东西，就是最终用亮光纸打印出的宣传册了——不那么保守的拍卖行会提供在线版本，或是交互式CD。

赖夫把目录留给了我，回到酒店房间后，我又仔细查看了一遍。那道"细缝"绝不是油漆上的裂纹：它直接横穿了整幅图像，是一条粗细相等的笔直白线，从油漆直至凸起的银箔，没有丝毫的偏移。

是相机上的电子设备出了什么故障吗？若是那样的话，摄影师无疑会注意到这一点，然后再拍一次。而且，即使由于发现细缝的时间太晚，无法重拍，那也只需在任何像样的图像处理软件上按下一个键，便可立即将其抹去。

我给赖夫打电话，花了将近1个小时才接通。我说："你能不能告诉我，制作拍卖目录的平面设计师叫什么名字？"

他死死地盯着我，就像是在他跟人上床的当口，我竟然打电话问他，杀掉猫王的人是谁。"你为什么要知道这个？"

"我只是想问一问他们的摄影师……"

"他们的摄影师？"

"对，或者是给藏品拍照的人。"

"没必要给这些藏品拍照。为了购买保险，亨加特纳先生早就给每一样产品都拍过照片。他留下了一张磁盘，里面装着图像文件，还对目录的版面设计做了详细的指示。他知道自己即将去世，把一切都安排好了，都准备妥当了。这算不算回答了你的问题？这样能不能满足你的好奇心？"

不太能。我鼓起勇气，低声下气地问他：我是否能要一份原始图像文件的副本？我正在咨询莫斯科的一位艺术史学家，而质量最高的彩色传真也无法恰如其分地呈现出目录上的圣像。赖夫颇为勉强地让助手把数据找出来，发送给了我。

那条线（也就是"细缝"）在文件里就有。

亨加特纳一直秘密地珍藏着这幅圣像，不知何故，他早就知道它会拍出惊人的高价，他留下了一张圣像的照片，上面有个明显的小瑕疵，并且确保每一个潜在买家都能看得见。

其中必定有某种深意，但我不知道是什么。

* * *

伦巴第是何时沦陷的，又在何时脱离了奥地利人的控制，有一份相关的日期表，牢牢印在了我16岁那年的记忆里，我对哈布斯堡帝国的认识几乎仅限于此。在2013年，这应该没什么要紧的，但我仍旧感到准备不足，心中有些仓皇。

在酒店的客房里，我打开行李，目光警惕地越过维也纳的屋顶，向远处望去。我可以看见远方的圣斯蒂芬大教堂，南塔几乎与主礼堂分离，最上方有座尖顶，犹如一根无线电天线，以金丝银线作为装饰。礼堂顶上则装点着色彩斑斓的瓷砖，形成了一道引人注目的锯齿形图案，由菱形和"V"形图案组成，仿佛有人在这座建筑上盖了一条巨大的蒙古地毯，以便为其保暖。不过话又说回来了，倘若看不到这样的异国情调，反倒会令人失望。

德·安吉利斯正是在这同一家酒店里去世的（就死在我正上方的客房里，视野也相差无几）。客房是用她本人的名字登记的，付款用的是她本人的信用卡，而她本来完全可以使用不记名的现金。这是不是可以证明，她无愧于心——她是受人威胁的，并没有被收买？

我上午有一半的时间都用来劝说酒店经理了，想让他相信，即便他允许我找员工谈谋杀案的事，当地警察也不会因此就把他关起来。这个想法在他看来似乎无异于叛国。"假如有一位维也纳公民死在了米兰，"我耐着性子劝道，"难道你不认为，一名合格的奥地利调查员在当地能得到一切礼遇吗？"

"我们会派一个警察代表团去跟米兰当局联络，而不会派个单枪匹马的私家侦探。"

劝说毫无进展，于是我打起了退堂鼓。何况我还有约要赴。

我与一个黑市商人共进了午餐，这顿期待已久的午餐费用可以报销，约见的地点在一家健康食品餐厅。在米兰的时候，我付了几百万里拉给一家网络"介绍机构"，借此和"安东"取得了联系。他比我想象的要年轻得多，看上去也就20岁左右，浑身散发着自信，这种自信我以前只在腰缠万贯的青少年毒贩身上见过。我再次避免了讲我那一口蹩脚的德语。安东说的是CNN式的英语，我听着像有匈牙利口音。

我把拍卖目录翻到圣像那一页，递给他。他瞥了一眼圣像的照片："哦，没错，是弗拉基米尔。我可以给你另外弄一幅，跟这幅一模一样。1万美元。"

"我不想要仿品。"虽然这个主意很有吸引力，但马西尼是绝对不会上当的，"哪怕是类似的当代作品也不行。我想知道，这幅画是谁要的，是谁散布消息说，这幅画会在苏黎世转手，他们会花钱把它弄到东方去。"

我不得不刻意留心，强忍着不低头去看他把脚搁在了什么地方。他来之前，我谨慎地把一撮硅土微球撒到了桌子底下的地板上。每个微球内都装有一个微小的加速计，这是由几微米宽的弹性硅光束组成的阵列，跟一个低功耗的简单微处理器装在同一枚芯片上。我们下次见面时，在我撒下的5万个微球中，只要有1个还粘在他的鞋子上，我就可以用红外线进行查询，弄清他到底去过哪些地方，或者换鞋时到底把这双鞋放在了哪里。

安东说："圣像都是往西走的。"他这话说得像是自然法则一般，"经过布拉格，或者布达佩斯，到维也纳、萨尔茨堡、慕尼黑。都是这么安排的。"

"难道你不觉得，为了500万瑞士法郎，说不定，有人会不惜费力地改一改传统的供应方式吗？"

他皱起了眉头："500万！我不信。这东西凭什么能值500万？"

"你才是专家。应该你告诉我才对。"

他对我怒目而视，似乎怀疑我是在嘲讽他，然后再次低头看起了目录。这一回，他甚至连评论都读了。他谨慎地说："这幅画的年代兴许比拍卖商以为的要早。假如真的是……比方说15世纪的话，这个价格差不多还算合理。说不定你的客户猜到了真实年代……另外还有人也猜到了。"他叹了口气，"但要找出这个人是谁，那可就贵了。人们会很不情愿开口的。"

我说："你知道我住在哪儿。一旦找到了需要说服的人，就告诉我。"

他阴沉着脸点了点头，仿佛当真希望我会掏出一大笔现金给他，用于各种各样的贿赂似的。我险些将"细缝"的事拿来问他——这有没有可能是某种暗号，可以让行家知道，这幅圣像比表面上的年代更早？但我可不想出洋相。他已经看见了那道细缝，却什么也没说。或许这终究只是个没什么意义的电脑故障罢了。

我结了账，他站起来要走，然后又弯下腰来，轻声对我说："要是你对任何人说起我在做的事，我就杀了你。"

我板着脸答道："反过来也一样。"

他走后，我想放声大笑。真是个爱吹牛的傻孩子啊。但我却笑不出声。我看，假如发现自己踩到了什么东西上，他应当不会有多开心的。我拿出笔记本，查看了约见日志，然后将右臂垂到身侧，片刻间，我朝地板上残留的微球都发送了一遍"自毁"代码。

然后我从钱包里抽出德·安吉利斯的照片，举到面前的桌子上。

我说："我是不是有危险？你怎么看？"

她回望着我，没什么笑容。她的眼神可能是忍俊不禁，也可能是表示关切。反正不是漠不关心，这一点我很确定。但她似乎尚未准备给出预测或建议。

*　　*　　*

就在我准备再次与酒店经理交涉时，市政府的相关官员终于答应，用传真给酒店发一份形式上的声明，承认我的执照在整个司法管辖区内都受到认可。虽然声明上说的也不过是我已经给他看过的文件，但这似乎让那个经理心满意足了。

酒店前台的接待员几乎已经不记得德·安吉利斯了，他说不出她原先是高兴还是紧张、是友好还是冷漠。她的行李是自己搬的，有个搬运工还记得，当时见她拎着手提箱和一个旅行袋。（去取圣像之前，她是在苏黎世过的夜。）她未曾使用过客房服务，也没去过酒店里的任何一家餐厅。

发现尸体的清洁工出生在都灵，这是他的主管说的。我拿不准这种同胞关系会带来助益，还是会造成阻碍。当我在一间地下储藏室里找到他时，他倔强地用德语说："所有的事我都跟警察说过了，你干吗还要来烦我？如果你想了解情况，就去问他们好了。"

他转过身去，不再理睬我。他似乎是在盘点地毯、洗发水和消毒剂的存货，却表现得像是在忙什么紧急的事。"80岁的女客人在睡梦中死去，你很可能会从容面对。可是吉安娜才27岁。真是一出惨剧啊。"

一听到她的名字，他就紧张起来；我看得出，他的肩膀绷紧了。事情过去了6天之后？因为一个他从没见过的女人？

我说："你从来没见过她，是吗？你没跟她说过话？"

"没有。"

这话我不信。酒店经理是个心胸狭窄的白痴，与人结交很可能是被严格禁止的。这家伙20来岁，容貌俊美，与她讲的是同一国语言。他当时做了些什么？在走廊里并无恶意地跟她打情骂俏了30秒？现在他是不是在担心，自己一旦承认了，就会遭到解雇？

"如果你告诉我，她都说过什么话，别人谁也不会知道的。我向你保证。我不像警察，没有哪件事非要弄得那么正式。我只是想帮你把那帮杀了她的浑蛋抓起来。"

他放下条形码扫描器，转身面对着我："我只是问她从哪儿来，在城里干什么。"

我脖颈后面的汗毛都竖起来了。我花了这么长时间才打探到跟她这么密切的消息，简直不大敢相信这是真的。

"那她什么反应？"

"她很有礼貌，也很友好。不过她显得有些紧张，一副心不在焉的样子。"

"她说什么了？"

"她说自己是从米兰来的。"

"还有呢?"

"我问她为什么会来维也纳,她说,她是来当监护人的。"

"什么?"

"她说她待不了多久。她到这儿来,只是为了给一位年纪比较大的太太当监护人。"

*　　*　　*

监护人?夜里有一半的时间,我都躺在床上无法入睡,想弄明白这是怎么回事。这是否暗示着,她并没有放弃对圣像的保管权,临死的时候还在守护着它?暗示着她将其视作卢西亚诺·马西尼的财产,直到最后一刻,还一直打算把圣像交给他?

那个所谓的"出租车司机"都对她说了些什么?把圣像带到维也纳去1天?没必要让它离开你的视线?我们不想偷走它……只想借用一下?趁着圣像消失在另一间西方银行的保险库之前,再对着它祈祷最后一回?可是,弗拉基米尔圣母像的这幅摹本到底有什么特别之处,值得为它费这么多事呢?可能正是同样的特性,让它在马西尼眼里价值500万瑞士法郎——不过是什么特性呢?

德·安吉利斯为何不惜断送自己的工作、冒着坐牢的风险,来配合实施这个计划呢?这一切根本就是个圈套,即使她对这个明显的事实视而不见,但要让她甘愿毁掉自己的事业和声誉,他们提出了怎样的交换条件呢?

我只睡了10到20分钟,就被一阵敲门声惊醒了,有人在用力拍我的房门。待到我摇摇晃晃地从床上爬起来，套上裤子，警察早已等得不耐烦，用一把万能钥匙自行把门打开了。此时还不到凌晨2点。

他们一共有4个人，其中两个身穿制服。一个警察拿着一张照片在我面前挥舞着，我眯起眼睛瞧了瞧。

"昨天，你跟这人说过话吗？"

照片上的人是安东。我点了点头。他们倘若不知道答案，就根本不会问出这个问题。

"请你跟我们走一趟好吗？"

"为什么？"

"因为你朋友死了。"

他们给我看了尸体，这样我就能确认果真是同一个人。他胸部中弹，被人抛尸在运河附近。没有扔进运河里，也许是凶手中途遇到了干扰。在太平间里的尸体当然没有穿鞋，但以防万一，朝微球发送代码仍然是值得的——这些玩意儿最后可能会出现在最不寻常的地方（首先是在鼻孔里）。但我还没来得及想出一个貌似有理的借口，好从兜里掏出笔记本，他们就把床单拉了起来，重新盖在他头上，把我带走问话去了。

警察在"安东"的笔记本上发现了我的名字和号码（他们即便知道他的真名实姓，也会保密的……还有另外几件我想知道的事他们也不会说，比如说，弹道与德·安吉利斯身上的那颗子弹是否一致）。我将餐馆里的对话从头到尾复述了一遍，但没有提及（非法的）微球；他们很快就会发现的，我自愿认罪也没有任何好处。

我受到了应有的蔑视，但连口头上的辱骂都没有遭遇过，真的——可以给个五星好评了。我在塞韦索被打断过肋骨，在马赛有个睾丸被人踩碎。4点半的时候，我可以随意离开了。

我从审讯室走向电梯，途中经过了六七间小办公室，用隔板隔开，但并没有完全封闭。一张桌子上搁着个纸板箱，里面堆满了用塑料袋装起来的衣物。

我从旁边走过，然后在恰好不会被人看见的地方停下来。办公室里有一男一女，这两人我先前都没见过，他们正一边说话一边做笔记。

我走回去，将头探进办公室里，说道："对不起……劳驾……您能不能告诉我——？"在说这句德语的时候，我尽量用上了最难听的口音。这个开端不错，听起来肯定特别差劲。他们骇然地盯着我。我明显一副在拼命找词的样子，掏出笔记本，按下了几个键，笨手笨脚地鼓捣着常用语手册软件，向办公室的更深处走去。我想，我眼角的余光看到了一双鞋，却无法确定。"劳驾，您能不能告诉我，最近的公共厕所在哪儿？"

那个男人说："在我把你的脑袋踢掉之前，赶紧滚。"

我一面退了出去，一面犹豫地微笑着："谢谢，先生！非常感谢！"

电梯里有监控摄像头，我连扫都没有朝笔记本扫上一眼。在门厅里也是如此。走到大街上，我终于低头看了一眼。

我拿到了207个微球发出的数据。软件已经在忙碌地重建安东的活动轨迹了。

我险些欢喜得叫出声来，这时我忽然想到，假如我没能捕捉到他的轨迹，或许反倒会更好。

*　　*　　*

走出餐馆之后，他去的第一个地方看上去像是某人的家。无人应门，但我透过窗户，可以瞥见欧洲大陆上最自命不凡的几支摇滚乐队的海报。如果这里不是他自己家，那也可能是朋友或女友的住处。我坐在街对面的一间露天咖啡馆，勾勒出这间公寓看得见的那部分的轮廓，猜测着墙壁和家具的模样，重现着他在那里待过的几小时留下的痕迹，然后对猜测加以修改，再重新尝试。

服务员站在我身后，目光越过我的肩头，看着占满了屏幕的多重曝光效果的简笔画像："你是编舞吗？"

"没错。"

"太刺激了！这场舞叫什么名字啊？"

"'边打电话边不耐烦地等着'。这是在致敬我的两位偶像兼导师，特怀拉·萨普[1]和皮娜·鲍什[2]。"服务员听得钦佩不已。

3小时后，没有发现任何活动的迹象，于是我继续前进。安东曾在另一间公寓做过短暂的逗留。这间公寓里住的是一个苗条的金发女子，十八九岁年纪。

我说："我是安东的朋友。你知道在哪儿能找到他吗？"

她一直在大叫："我不认识叫这名字的人。"然后砰的一声把门关上了。我在过道里站了半晌，心中暗想：是不是我害得他送了性命？是不是有人发现了微球，因此才冲着他的心脏开了一枪？可是，

---

1 特怀拉·萨普（Twyla Tharp，1941— ），美国舞蹈家和编舞家。
2 德皮娜·鲍什（Pina Bausch，1940—2009）德国现代舞编导家，欧洲艺术界影响深远的"舞蹈剧场"的创立者。

假如他们当真发现了微球，应该早就把它们销毁了，不会留下任何可以追踪的线索。

在乘车去运河长眠之前，他去过的地方就只有一个了。原来这里是位于高档住宅区的一幢独立式两层住宅。我没有按门铃。这周围没有方便的观察点，所以我只是从旁边走了过去。窗帘都拉上了，附近没有停放的车辆。

走出几个街区，我在一个小公园的长椅上坐下来，开始给各数据库打电话。这所房子3天前才刚租出去，我没费丝毫力气便打听到了业主的信息——是一位公司律师，在全城各处都有房产——却查不到新租客的名字。

维也纳有一张集中式公用设施地图，以免人们不小心挖到地下电缆和电话线路。电话线路对我毫无用处，无论是谁，只要稍微想想办法，也不可能再通过电话线路遭人窃听了。但房子里却有天然气，比水更容易通过，而且发出的动静也小得多。

我买来了铲子、靴子、手套、白色工装裤和安全帽。我从电话簿的条目上把天然气公司的徽标截了图，然后喷到安全帽上，远看特别像真的。我鼓起所有剩余的勇气，回到街上——既在那所房子里的人看不见的地方，又尽可能地靠近房子。我挪开几块铺路石，开始挖了起来。此时中午刚过不久，路上还有稀少的车辆，却几乎没什么行人。距离最近的一所房子里，有个老人从窗户里悄悄地窥视着我。我忍住了想向他挥挥手的冲动，那样就不像真的工人了。

我挖到了天然气总管，爬进底下的洞里，把一个小盒子按压到聚氯乙烯管道上。盒子里伸出一根空心针，用化学方法熔化了塑料，在穿透管道壁的同时仍然保持着密闭性。人行道上有人走过，还牵着两条流着口水的大狗，我没有抬头。

控制箱轻响了一声，这是成功的信号。我把洞填好，将铺路石挪回原位，然后回到酒店补了会儿觉。

＊　　＊　　＊

我留下了一条纤细的光纤电缆，从埋在地下的控制箱出发，一直通向附近一棵树周围未经铺设的地面，末端藏在土壤下，距离地表仅有几毫米。次日早晨，我将所有存储的数据收集起来，然后回到酒店进行筛选。

有几百只窃听器多次成功进入了那所房子的天然气管道，然后又返回到控制箱——单个窃听器轮班的时间长达1小时，各个窃听器发挥作用的时间有所重合，就这样分别窃听，再返回来送出结果。单个窃听器提供的音轨往往效果很差，但用软件将所有音轨一并处理后，一般都能得出可以理解的语音。

一共有5个声音，三男两女。所有人讲的都是法语，不过我不敢肯定法语是他们每个人的母语。

我慢慢把情况拼凑出来了。圣像没在他们手里，这些人是被一个叫卡图尔斯基的人雇来找圣像的。显然，他们曾经向安东付过钱，让他密切注意相关动向，但他却跑回来找他们索要更多的钱，以换取他继续效忠，而不倒向我这一方。问题在于，他其实拿不出任何实在的东西……而他们刚从另一个来源得到了密报。关于杀他的事，这几人说得很隐晦，不过，或许当他们说再也用不着他的时候，他曾经企图用某种方式来敲诈他们。不过，有件事是一清二楚的：他们在轮流监视城市另一头的一间公寓，他们认为，杀掉德·安吉利斯的那个人最终会在那里露面。

我租了一辆车，在其中两人出发去换班的时候跟在后面。他们在目标公寓对面租下了一个房间，借助红外线双筒望远镜，我可以看到他们的望远镜瞄准的方向。监视之下的这个地方看似空空荡荡，透过破旧的窗帘，我只能辨认出剥落的油漆。

我拿公用电话报了警，说话时，我用的是笔记本合成出来的声音。我给审问过我的那个警察留了一条匿名信息，把能解锁微球内数据的代码发给了他。法医几乎立即便可找到那些微球，但通过依靠蛮力的显微镜检查，提取信息则需要耗费几天时间。

然后我等待着。

5小时后，大约凌晨3点，我跟踪的那两个人匆忙离开了，没有人来换班。我取出德·安吉利斯的照片，在月光下仔细端详。我仍然不明白，她身上到底有什么地方让她左右了我；她要么是个窃贼，要么是个傻瓜，也可能是个傻乎乎的窃贼。不管是哪种情况，她都因此葬送了性命。

我说："别光站在那儿傻笑了，就跟所有的答案你都知道似的。祝我好运怎么样？"

* * *

这栋建筑年代久远，而且破败不堪。我毫不费力地打开了前门的锁，尽管通往顶楼的楼梯一路上嘎吱作响，但我一个人也没碰到。

透过712号公寓的门，可以检测到足以说明问题的电场图案，看似与10种不同类型的报警器相连。我撬开了相邻那间公寓的锁。天花板上有一个检查孔，恰巧位于沙发的正上方。当我抬起双腿、盖好检查孔时，底下有人正在睡梦中呻吟。我的心怦怦直跳，这是因为我在一座异国城市入室行窃，是由于肾上腺素、幽闭恐惧症、恐惧和期待的共同作用。我将手电的光柱向四周扫了一圈，只见老鼠正匆忙飞奔。

712号公寓内相应的检查孔像房门一样，配备了警戒装置。我挪到天花板上的另外一处，掀开隔热层，然后在石膏板上挖了个洞，钻进了底下的房间。

我也不知自己指望着会找到什么。一个挂满圣像、摆满许愿蜡烛的神龛？超自然现象的相关事物？还有一沓落满灰尘的书籍，讲述的是斯拉夫民族神秘主义的教义？

房间里空空如也，只有一张床、一把椅子，以及一套连接在电话插座上的虚拟现实装置。维也纳一直在与时俱进，就连这间破旧的公寓里，也安装了最新的高带宽ISDN网络。

我瞥了一眼下方的街道，一个人也没看见。我把耳朵贴在门上，倘若有人正在上楼的话，那他们比我之前弄出的动静可小多了。

我把虚拟现实头盔套到头上。

原来模拟的是一栋建筑，比我以前见过的所有建筑都更壮观，朝着四面延展开来，犹如一座体育场，或者罗马斗兽场。在远处大约200米的地方，耸立着巍峨的大理石柱，柱顶带有圆拱，支撑着阳台，上面装饰着华美的金属栏杆，另一组大理石柱支撑着另一个阳台……如此这般重叠向上，共有6层。地板上铺的是瓷砖或拼花地板，棱角分明的精致穗带勾勒出复杂的六边形图案，颜色金红错杂。

我眼花缭乱地抬起头来，将手伸到面前（却毫无作用）。这是一座不可思议的大教堂，礼堂最高处是气势恢宏的穹顶，尺寸大得令人无法估算。阳光从基座周围的几十扇拱形窗户里倾泻而入。上方的穹顶被类似于马赛克的图案所覆盖，色彩精美得令人难以置信。由于光线太过明亮，我眼中泛起了泪水；我眨了眨眼，让泪水流出，这才开始看清这幅画面。一个头上有光环围绕的女人伸出手来……

有人用枪管抵住了我的咽喉。

我一动也没动，等待着俘虏我的人开口。过了几秒，我用德语说："我希望有人能教教我，怎么才能像那样悄没声息地移动。"

一个年轻的男声用带有浓重口音的英语答道："'拥有耶稣话语的真理者能听见其静默。'出自安提阿的圣依格纳修[1]。"然后，他必定是将手伸向了虚拟现实装置的控制箱，调低了音量——我本来也打算这么做的，但似乎显得有点儿多余——因为我忽然发觉，我方才一直听见的是一层白噪声，掩盖了周围的动静。

他说："喜欢我们建造的东西吗？灵感来源于君士坦丁堡的圣索菲亚大教堂——也就是查士丁尼的神圣智慧教堂——但并非一味盲从的复制品。新的建筑结构没有必要对粗重的物质做出让步。伊斯坦布尔的原型建筑现在成了一家博物馆，当然，在那之前的5个世纪，它还曾经被用作清真寺。但这两种命运都不会降临于这个神圣的场所。"

"不会。"

"你是替卢西亚诺·马西尼干活儿的，对吧？"

我编不出什么貌似可信的谎言，那种能让自己更受欢迎的话，于

---

[1] 后使徒时期的基督教会领袖之一，最终被罗马帝国皇帝投入野兽笼中殉道。

是答道："没错。"

"我给你看样东西吧。"

我僵硬地站在原地，做好了准备，希望他会把头盔从我脑袋上摘下来。我感觉到他在移动，枪管略微挪了个位置，然后我发觉，他正把虚拟现实装置的数据手套往手上戴。

他用手一指，我的视线便随之移动起来；他是看不见我眼前的景象的，这一点让我钦佩。我仿佛从大教堂的地板上滑行而过，径直向圣殿走去。圣殿与中殿之间隔着一面镀金格子大屏风，屏风被成百上千幅圣像所覆盖。从远处望去，屏风闪烁着富丽的光芒，画像的主题无法分辨，这些彩色的嵌板组成了一面美得不可思议的抽象马赛克图案。

然而，当我走近时，产生的效果却令人难以抵挡。

这些图像都是用同一种"粗糙的"二维风格制作的，我曾经挪揄过，马西尼那张"丢失的棒球卡"就是这种风格——可是在这里，把它们全部放到一起，其表现力却似乎比文艺复兴时期任何一幅夸张的杰作更胜千倍。这不仅是因为各种色彩经过了"复原"，达到了实实在在的颜料所不具备的华丽程度：红色和蓝色如同闪闪发亮的天鹅绒，银色则似炽热的钢铁。在那些人物身上，并非写实的简单的人体几何形状——如在痛苦中俯首的角度、仰望天空的眼睛里不带感情的奇特恳求——似乎构成了一套完整的情感语言，清晰而精准，打破了一切妨碍理解的藩篱。像巴别塔出现之前的写作，像心灵感应，像音乐。

或者也可能是抵在喉咙上的枪帮我扩展了审美方面的感受力。再也没有什么比一大剂内源性的鸦片更能让感知大门敞开的了。

俘虏我的人一指，将我的视线引向了两幅圣像之间的一处空白。

"这就是我们的切尔诺贝利圣母所归属的地方。"

"切尔诺贝利？这幅画是在那儿画的吗？"

"马西尼什么也没告诉你，对吧？"

"没告诉我什么？这幅圣像真是15世纪的吗？"

"不是15世纪，而是20世纪。1986年。"

我的脑子转得飞快，但我什么也没说。

他以实事求是的语气把整个故事讲了一遍，仿佛本人曾经身临其境似的："真教会的创始人之一是四号反应堆的一名工作人员。事故发生的时候，在数小时内，他就受到了致命剂量的辐射。但他并没有马上死掉。两周后，他才真正明白了这是一场多大的悲剧——他发觉，不仅是在接下来的几个月里，会有数百名志愿者、消防员和士兵在剧痛中死去，而且在后来的若干年里，还会有成千上万的人送命；土地和水被污染了几十年，一代又一代的人染病——就在这时，我们的圣母在幻象中来到他面前，告诉他应该怎么做。

"他要把她描绘成弗拉基米尔上帝之母，尊重传统，把每一个细节都复制下来。可是实际上，他会将之作为神器，创造出一张新的圣像，她会赋予这幅画神圣的力量，向其中倾注圣子对所发生的苦难全部的同情，倾注他对子民展现出的勇气和自我牺牲感到的欣喜，也倾注他愿意分担他们即将背负的悲伤和痛苦的意旨。

"她叫他往作画时用的颜料中混入一些泄漏的燃料，等到画完以后把它藏匿起来，直到有一天，这幅画能在唯一真教会的圣障[1]上

---

1 东正教用来分隔教堂内殿用的屏帏。

占据应有的位置。"

我闭上双眼，看到了出自电视纪录片中的一幕：事故发生后用赛璐珞胶片拍摄的电影镜头，画面上布满了可怕的闪光和痕迹。这是感光乳剂中记录下来的粒子轨迹，是胶片本身遭受的辐射损害。这就是亨加特纳那道"细缝"的含义——无论这是他用现代相机拍摄圣像时出现的真实效果，抑或只是电脑添加的一种程式化的呈现。对于知道如何解读密码的潜在买家而言，这是发给他们的一条信息：这幅画与评论中的描述并不相同。这是一件稀世珍品，是一幅全新的圣像，是原创的真迹。这是《我们的切尔诺贝利圣母》，1986年作于乌克兰。

我说："我很惊讶，居然能有人把它带上飞机。"

"如今包含的辐射剂量几乎检测不出来，若干年前，大多数温度最高的裂变产物就已经衰变了。但你还是不会想亲吻它的。说不定它害得那个迷信的老人早走了一段日子，本来他可以活得再久些的。"

迷信？"亨加特纳……莫非以为它能治好他的癌症？"

"不然他为什么要买它？这幅圣像在1993年被盗，消失了很长一段时间，但一直有传言说，它具有神奇的力量。"他的语气中带着轻蔑，"我不知道那个老顽固信的是什么教。可能是顺势疗法吧。以毒攻毒，用让他得病的东西来治好他。最好的全身扫描仪可以捕捉到锶-90极其微量的痕迹，确定事故发生的时间；如果是切尔诺贝利引发了他的癌症，他早就该知道了。可是我猜，雇你的那个人不过是个老派的圣母崇拜者，他还以为，只要把所有的钱都烧给圣母的神龛，就能挽救他孙女的性命。"

或许他认为自己这话会让我受刺激吧。我根本不在乎马西尼有什么信仰，可是一不小心之下，仍有一股怒意涌上了我的心头："那个快递员呢？她又算怎么回事？对你来说，她只不过又是一个迷信的傻农民吗？"

他沉默了片刻。我能感觉到他把枪换到了另一只手。我可以准确地察觉出此时枪口抵在什么地方。我闭着眼睛，却仿佛能看见他站在我面前。

"我哥哥跟她说，在维也纳有个来自基辅的小男孩，眼看就要死于白血病了，他希望能有机会向我们的切尔诺贝利圣母祈祷。"现在，他声音里包含的轻蔑彻底消失了，以《圣经》为依据的夸大的笃定也不见了踪影，"马西尼跟她说过他孙女的事。她知道他对圣像有多牵挂，她知道，他永远不会心甘情愿地让圣像离开身边的，哪怕是短短的几小时。所以她同意把圣像带到维也纳来，晚一天再送货。她并不相信它能治愈任何人，我觉得，她根本就不信上帝。但我哥哥说服了她：那个男孩有权对着圣像祈祷，从中获得一点儿安慰——哪怕他手里并没有500万瑞士法郎。"

我挥出了一拳，这是我这辈子最狠的一下。这一拳结结实实地砸在骨肉上，从头到脚撼动着我的整个身躯，感觉犹如触电一般。有那么一会儿工夫，我只觉得晕头转向，不知是不是他扣动了扳机，轰掉了我的半张脸。我摇摇晃晃地摘掉头盔，冰冷的汗水从我脸上滴落。他躺在地板上，痛得浑身发抖，手里依然握着枪。我走上前去，踩住他的手腕，然后弯下腰，轻而易举地夺走了那件武器。他十四五岁年纪，四肢修长，却十分瘦弱，脑袋光溜溜的。我照着他的肋骨狠狠踢了一脚。

"你假扮成了那个虔诚的癌症患儿，对吧？"

"没错。"他流着泪答道，但我说不清他哭是因为疼痛还是悔恨。

我又踢了他一脚："然后你就杀了她？就为了把那幅见鬼的切尔诺贝利圣母像弄到手？那个什么他妈的神迹也实现不了的玩意儿？"

"我没杀她！"他像个婴儿一样号啕大哭起来，"是我哥哥杀的，现在他也死了。"

他哥哥死了？"安东？"

"他去把你的事告诉卡图尔斯基的打手们。"他抽泣着说出了这句话，"他觉得，他们不会让你闲着的……他还觉得，要是他们跟你争个你死我活的话，我们说不定就有机会把圣像从这座城市里弄出去了。"

我早该猜到的。要想找到被盗的圣像，还有什么办法比亲自跟他们做买卖更好呢？要想掌握对手的动向，还有什么办法比伪装成对手的线人更好呢？

"那圣像眼下在哪儿？"

他没有回答。我把枪塞进后兜，然后弯下腰，托住他的腋窝，把他抱了起来。他的体重顶多也就30公斤。或许他是真的即将死于白血病吧，反正当时，我并不怎么在乎。我把他朝着墙上猛地一甩，任凭他摔倒在地，然后又把他抱起来，如是再三。血从他的鼻子里往外涌，他开始哽咽，噗噗地吐气。我第三次将他抱起，然后停下来，查看了一下我的杰作。我发觉，刚才那一拳打断了他的下巴，我的手指很可能也断了一根。

他说："你什么都不是，什么也算不上。历史中的沧海一粟罢了。时间会吞噬世俗时代——以及所有亵渎神明的愚蠢邪教和迷信——就像沙尘暴里的一粒尘埃。"他露出了血迹斑斑的笑容，但语气里既没有自命不凡，也没有得意扬扬。他只是在陈述观点而已。

那把枪肯定是在我的牛仔裤兜里被捂热了，温度达到了体温；当他把枪管抵在我的后脑勺上时，一开始，我还误以为那是他的拇指。我直盯着他的眼睛，企图看穿他的意图，但我看到的唯有绝望。到头来，他只是个孩子，独自置身于一座异国城市，在灾难面前不知所措。

他将枪管沿着我的头颅滑过，对准了太阳穴。我闭上眼，不由自主地抓紧了他。我说："拜托——"

他把枪拿开了。我睁开眼睛，恰好看到他打爆了自己的脑袋。

* * *

我只想在地板上蜷成一团，睡上一觉，然后再醒来，发现这一切都是梦境。不过，某种机械的本能让我仍在不停地行动。我尽可能清洗掉了血迹。我留心倾听着邻居们有无惊醒的迹象。这支枪是瑞典出产的非法武器，配有内置消音器，子弹本身发出的咝咝声几乎听不见，但我拿不准自己刚才的叫声有多响。

当然，我从最开始就一直戴着手套。弹道测试会证实他是自杀的。但是，天花板上的破洞、他被打伤了的下巴和肋骨上的瘀青都得解释一番，而且，我的头发和皮肤碎屑可能掉得满屋子都是。最终还是得审判一回，我非进监狱不可。

我差点儿就准备报警了。我太累了，没力气去想逃跑的事，自己的所作所为也令我十分厌恶。确切地说，我并没有当真动手干掉那男孩——只是打了他一顿，吓唬了他一回。即便是在那时，我也仍然在生他的气。他对德·安吉利斯之死负有部分责任，至少不亚于我对他的死应负的责任。

然后，我心中那个机械的部分说：安东是他哥哥。在他被杀的那天，这兄弟俩可能见过面，可能是在安东家里，或者是在他跟那个瘦弱的金发姑娘同住的公寓里。他们在同一片地板上踩踏过半晌，在同一块鞋垫上蹭过脚。从那以后，他或许就已将圣像从一处藏匿之所转移到了另一个地方。

我拿出笔记本，在尸体脚边跪下，发送了代码。

有3个微球做出了回应。

*   *   *

我是在黎明前找到圣像的，它在市郊一栋拆毁了一半的建筑里，被埋藏在瓦砾之下。圣像依然放在手提箱里，但所有的锁和警报器都失去了作用。我打开手提箱，盯着那幅画的真身看了一会儿，瞧着跟目录上的照片差不多，单调又难看。

我想把它唰啦一下撕成两半，又想点堆篝火，把它烧掉。就因为这幅画，有3个人送了性命。

但事情没那么简单。

我把头埋在手心里，坐在瓦砾上。这幅圣像对它合法的主人意味着什么，我不能假装不知。我见过他们正在修建的教堂，那就是它归属的地方。无论那个故事多么不足为凭，我总归听说了它诞生的经过。神灵对切尔诺贝利遇难者的同情传递到了一张带有放射性的圣诞卡上，这样的传言对我来说是毫无意义的无稽之谈，这也并不是重点。德·安吉利斯对此也丝毫不信，但她还是断送了工作，还是自愿来到了维也纳。我大可尽情地梦想一个世俗而理性的完美世界，却仍然不得不在现实世界中生活和行动。

我确信，我能赶在被捕之前把圣像交给马西尼。他不太可能像之前答应过的那样，交出世间的所有财产，可是，趁着那个孩子还在人世、他的感激之情尚未消失，我多半能从他手里榨取到数十亿里拉。这笔钱足够给我自己聘请几位相当出色的律师了，或许也足够让我免于身陷囹圄。

又或者，我可以完成德·安吉利斯在危急时刻本来该做的事，而不是至死都在捍卫马西尼该死的财产权。

我回到了那间公寓。离开之前，我关掉了所有的警报器，这次我可以从正门进去了。我戴上VR头盔和手套，用指尖在圣障上的空白处写下了一条看不见的信息。

然后我拔掉电话插头，切断网络，找了个地方藏身，直至夜幕降临。

* * *

午夜即将来临前，我们在位于城市东北方的游乐场外见了面，从见面的地点可以看到摩天轮。这又是一个可以被牺牲掉的孩子，虽然心中惊骇，却装出一副勇敢的样子。我完全有可能是警察，也可能是任何一种身份。

当我把手提箱递过去的时候，他打开箱子，往里面瞥了一眼，然后抬头望着我，仿佛我是某种神圣的幻影。

我说："你要怎么处理它？"

"从实体象征中提取出真正的圣像，然后把它毁掉。"

我差点儿回答说：那你应该去偷亨加特纳的图像文件，这样所有人就都可以省去不少麻烦。但我不忍心。

他把一本用多种语言印制的小册子塞进我手里。我在去地铁的路上翻阅了一下，其中清晰地阐明了真教会与各国东正教之间在神学上的差异。显然，这一切都归结到了化身问题。上帝是作为信息被创造出来的，而非肉身，凡是没有领悟这一重要区别的人，都需要尽快得到纠正。

我看过以后几分钟，册子上的字母就消退了。是由呼出的二氧化碳引发的反应吗？这些人确实借用了某些奇怪的大师所使用的方法。

我掏出了德·安吉利斯的照片。

"这就是你希望我做的事吗？你满意了吗？"

她没有回答。我撕碎了照片，任凭碎片飘落在地。

我没有坐地铁。我需要冷空气来让头脑清醒一下。于是，我步行返回城市，在过去不可思议的废墟与未来无法想象的预兆间穿行。

普朗克洞潜 ————

The Planck Dive

吉塞拉正在思索被碾碎的好处——尽管死亡的速度会慢到极点，但几乎必死无疑——这时，信使出现在了她的家景中。她注意到了它的存在，但还是吩咐它等候。外形优美的金色信使穿着带翼凉鞋，不耐烦地伸出一只手，停在20德尔塔外的半途中一动不动。

目前的家景是淡蓝的天空下大片辽阔的黄色沙丘，既不算太荒凉，也不怎么令人分神。吉塞拉斜倚在凉沁沁的沙地上，正全神贯注地望着一个巨大的三角形，它悬停在沙丘上方的一道斜坡上，形态不怎么整齐，每一条边都像是一捆松散的稻草。这个三角形是一组费曼图的集合，粒子在时空中的3个事件之间的移动有着众多方式，三角形仅仅展示了其中的少数几种。量子粒子是无法固定在任何一条路径上的，却可以视为各个局部分量的总和，每个分量都遵循着一条不同的轨迹，并在途中参与一组不同的相互作用。

在"空无"的时空中，与虚粒子的相互作用导致每个分量的相位不断旋转，如同时钟的指针。然而，无论用哪种时钟来衡量，当遵循的路径是一条直线时，在平坦时空中的两个事件之间移动的时间都是最长的——任何弯路都会导致时间膨胀，使行程缩短的——所以，对直线而言，相移对比于弯度的变量图也达到了峰值。由于这一峰值光滑而平坦，聚集在它周围的一群近乎直线的路径都具有相似的相移，这些路径会允许更多的分量彼此到达相同相位、相互增强，数量远超斜坡上的任意一个等效群。3条闪烁着红光的直线穿过"每一捆稻草"的中心，阐明了结果：经典路径、概率最高的路径是直线。

而在有物质存在的情况下，所有相同的过程都变得略有差异。吉塞拉在模型中加入了几纳克[1]的铅——差不多有几万亿个原子，它们的世界线[2]垂直地穿过三角形的中心，喷射出它们自身的虚粒子[3]丛。原子是中性的，不带电荷与色荷，但其中单个的电子和夸克却仍然会散射出虚光子和虚胶子。每一种物质都会对虚粒子群中的某个部分形成干扰，最初的扰动本身会散射出虚粒子，从而在时空中扩散开来，将1吨岩石或1吨中微子产生的效应之间的一切差异迅速抹去，根据平方反比定律，扰动会随着距离的增加而减弱。由于虚粒子雨及其产生的相移因地而异，概率最高的路径便不再遵从平坦时空的几何体系。现在，可能性最大的轨迹形成的那个闪亮的红色三角形明显出现了弯曲。

---

1 极微少的质量单位，等于10^{-9}克。

2 德国数学家赫尔曼·闵可夫斯基于其1908年论文《空间与时间》中提及的概念。他将时间和空间合称为四维时空，粒子在四维时空中的运动轨迹即为世界线。在物理学上，世界线是物体穿越四维时空唯一的路径，因加入时间维度而有别于力学上的"轨道"或"路径"。

3 是在量子场论的数学计算中建立的一种解释性概念，指代用来描述亚原子过程（例如撞击过程）中粒子的数学项。

关键的概念可以追溯到萨哈罗夫[1]的思想：引力只不过是其他作用力未能完美抵消而引起的残余效应；如果以足够的力量挤压量子真空，爱因斯坦的方程就会失效。然而，自从爱因斯坦以来，每一种引力理论同时也都是时间理论。相对论要求自由落体粒子的旋转相位与其余所有沿着相同路径移动的时钟保持一致，一旦引力时间膨胀与虚粒子密度的变化联系到一起，那么，时间的每一种测量单位——从放射性同位素衰变的半衰期（由真空涨落所激发）到石英碎片的振动模式（最终要归因于产生经典路径的那些相位效应），都可以被重新解释为与虚粒子相互作用的次数。

正是依据这样的推理路线，库马尔在萨哈罗夫之后1个世纪，以彭罗斯[2]、斯莫林[3]和罗维利[4]等人的研究为基础，设计出了一个时空模型：它是由粒子世界线组成的所有可能存在的网络的量子总和，经典的"时间"是从网络中给定的某一条线上的交叉点的数量产生出来的。这个模型获得了极大的成功，经受住了数百年的理论审查和实验检验。然而，这一理论从未在最小的长度尺度上得到过验证，只有在能量高得出奇的情况下才能得到应用，而且，它也没有对世界线网络的基本结构或支配这些网络的规律做出过解释。吉塞拉想弄明白那些

1 安德烈·德米特里耶维奇·萨哈罗夫（1921—1989），苏联原子物理学家，闻名于核聚变、宇宙射线、基本粒子和重子生成等领域的研究，并曾主导苏联第一枚氢弹的研发，被称为"苏联氢弹之父"。——编者注
2 罗杰·彭罗斯（Roger Penrose, 1931— ），英国数学物理学家。在广义相对论与宇宙学方面卓有贡献，因发现黑洞的形成是广义相对论的确凿预测而获得2020年诺贝尔物理学奖。——编者注
3 李·斯莫林（Lee Smolin, 1955— ），美国理论物理学家，他对量子引力理论做出了贡献，尤其是圈量子引力。——编者注
4 卡洛·罗威利（Carlo Rovelli, 1956— ），意大利理论物理学家，回圈量子重力论的主要创建者之一。——编者注

细节从何而来。她想理解宇宙最深的层面，想触及隐藏在这一切之下的简与美。

所以她才要进行普朗克洞潜。

信使又引起了她的注意。它放出的光芒形成了标签，表明它代表的是嘉当的市长：这是一种非感知软件，处理的事务是维护与其他城邦的良好关系，遵守正式的礼节，在公民与公民之间没有真实联系的情况下消弭次要的冲突。由于在将近3个世纪的时间里，嘉当一直在围绕钱德拉塞卡运行，距离地球有97光年之遥，而且目前正在进一步远离其他遨游于宇宙的城邦，所以，吉塞拉无法想象市长会涉足怎样的紧急外交任务，更想不出它为何会想要咨询她。

她向信使发送了一个激活标签。为了顺应家景在审美上的连续性，它飞快地穿过沙丘，在她面前停下，包裹在扬起的一团细尘中："我们正在接待两名来自地球的访客。"

吉塞拉惊呆了："地球？哪座城邦？"

"雅典娜。第一位刚到；第二位还在传送途中，得再过90分钟才到。"

吉塞拉从未听说过雅典娜，但是每人竟然需要传送90分钟，这听起来可不太妙。个体公民身上所有具备意义的信息都可以压缩成不到1艾字节的数据，并以伽马射线暴的形式发送出去，耗时仅需几毫秒。如果你想模拟一具完整的肉身者躯体——一个细胞一个细胞地模拟出来，包括多余的内脏等——这样的怪癖固然无伤大雅，但费力地把你"自身的"小肠的各种微观细节拖拽到97光年外的地方，这样的事仍然很稀奇。

"雅典娜的情况你都了解些什么？简短地说一说吧。"

"它成立于2312年，其宪章表达的目标是'重拾沦丧的肉身者美德'。在公共论坛上，其公民对外部世界的现实没有表现出多大兴趣——肉身者的历史和艺术形式除外——但他们确实也会参与城邦之间某些当代的文化活动。"

"那样的话，这二位为什么要到这儿来？"吉塞拉笑了，"假如他们是想摆脱无聊，那不用说，他们肯定可以在离家近一点儿的地方避难吧？"

对她的这句话，市长是照着字面意思来理解的："他们还没有获得嘉当城籍，仅仅是凭借访客特许权进入城邦的。在传送前的序言中，他们声称，此行的目的是见证普朗克洞潜。"

"只是见证——而不参与吗？"

"他们是这么说的。"

若是为了见证，他们即便身在家中，也完全可以见证到与任何一位不参与此事的嘉当人相同的内容。在他们进入绕黑洞运行的轨道短短几年之后，自从这一设想由近乎单纯的玩笑与思想实验形成的那一刻开始，洞潜团队就一直在广播相关的一切事宜——包括研究、图表、模拟、技术参数、形而上学的辩论。不过，现在至少吉塞拉明白市长为什么会找上她了；她曾经自发表示，倘若有人要求获取洞潜行动相关的信息，在任何从公共来源无法获得自动回复的情况下，她都愿意予以回复。然而，到目前为止，似乎还没有人认为他们的报告缺少了某个值得查探的细节。

"这么说，第一个人还处于休止状态？"

"没有，她刚到就醒了。"

这一点似乎比他们把累赘一起传送过来更显得奇怪。既然是与某人同行，那何不推迟激活、等待同伴追赶上自己的脚步呢？或者采用更好的做法，把二人的信息交错压缩到一起？

"但她还在入境大厅里？"

"是的。"

吉塞拉犹豫地说："难道我不该等另一个人也到了以后，一起迎接这二位吗？"

"不用。"在这一点上，市长似乎很是笃定。吉塞拉巴不得城邦间协议允许非感知软件来充当东道主；她感觉自己对扮演这个角色的准备还远不够充分。可是，假如她着手咨询他人、征求意见、深入了解雅典娜的文化，那么，在她准备充分之前，两位访客很可能已经在嘉当游览完毕、踏上归途了。

她鼓起勇气，纵身一跃。

＊　　＊　　＊

上一个重新设计入境大厅的人异想天开，把大厅变成了一座木质码头，四周是被风吹拂着的灰蒙蒙的海水。两名访客中的第一人仍然耐心地站在码头尽处，这样倒也无妨；码头的另一头无边无际，即使走上几千德尔塔也仍是如此，这或许会有点儿令人气馁。她的同行者还在传送途中，一个一动不动的占位符代表了那个人。这两个类像符号在解剖学上都具有高度的写实性，穿着衣服，但明显能看出是一男一女，而已经激活的这位女性在外貌上要年轻得多。代表吉塞拉本人的类像就不那么写实了，她的表层，无论是"皮肤"还是"衣服"的位置——只要她愿意，这二者都可以获得触觉——都呈现出符合漫反射规则的纹理，与任何真实物质的光学特性都不太相符。

"欢迎来到嘉当。我是吉塞拉。"她伸出手去，客人走上前来，与她握了握手——不过，她感知并做出的可能是一种截然不同的动作，经过手势国际语的交叉翻译之后呈现为握手。

"我叫科迪莉亚。这是我父亲，普洛斯彼罗。我们从地球远道而来。"她似乎有点儿茫然，吉塞拉觉得这样的反应完全合理。在雅典娜，无论他们用了何种精心设计的隐喻动作来指示通信软件停止传输，再附加上适宜的解释性标题及校验和，然后将整个传送数据包一点点地转变成一束经过调制的伽马射线流，也绝不可能让他们完全做好准备，去面对这样的事实：在主观上的一瞬间，他们将跨入97年后的未来，与地球相距97光年。

"你们是到这儿来观察普朗克洞潜的？"吉塞拉刻意没有流露出丝毫困惑的迹象；若是让他们明白，自己在雅典娜便可目睹一切，那就残忍得毫无意义了。即使是盲目痴迷于实时数据，不满意光速传输的时延，有194年的时间与同胞们失去同步也不太值得。

科迪莉亚羞赧地点点头，看了看身边的那个人像："我父亲，真的是……"

这话什么意思？一切全是他的主意？吉塞拉微微一笑，以示鼓励，希望对方会加以说明，可是对方却毫无动静。她一直觉得奇怪，为什么一个叫"普洛斯彼罗"[1]的人竟然会给女儿取名为"科迪莉亚"，可是现在，她忽然想到，倘若不得不屈从于时尚，用莎士比亚剧中人物的名字来取名，那么，在一个家里就不要出现同一部戏剧里

---

1 莎士比亚戏剧《暴风雨》中的人物，而科迪莉亚则出自莎士比亚戏剧《李尔王》。

的人物，这么做只不过是谨慎起见。

"在等他的这段时间里，你想不想四处看看？"

科迪莉亚盯着自己的脚，似乎这个问题令她颇为难堪。

"你自己决定好了。"吉塞拉笑道，"怎样对待传送了一半的亲戚才算有礼貌，我可完全不清楚。"科迪莉亚可能同样不清楚；显然，雅典娜的公民并没有养成星际跨越的习惯，而且，地球上的连接带宽都很高，所以这样的问题永远也不会出现。"不过，假如还在传送途中的那个人是我，那我一点儿也不会介意的。"

科迪莉亚犹豫地说："劳驾，我能看看那个黑洞吗？"

"当然可以。"钱德拉塞卡没有耀眼的吸积盘——它已有60亿年的历史，很早以前，就已将这一区域的气体和尘埃扫荡一空了——但它无疑在周围普通的星光中留下了存在的痕迹，"我会带你稍微参观一下，在你父亲苏醒之前，我们早就回来了。"吉塞拉仔细端详着留有胡须的那个类像，他眼睛紧盯着海天相接之处，双臂垂在身体两侧，仿佛正要引吭高歌，"前提是假设他并没有已经在用部分数据运行。我敢发誓，我看到他那双眼睛在动。"

科迪莉亚微微一笑，然后抬起头来，严肃地说："我们打包数据的方式不是这样的。"

吉塞拉向她发送了一个地址标签："那他就不会知道了。跟我来吧。"

*　　*　　*

她们站在虚空中一座圆形的平台上。吉塞拉使视景的地址发生了弯曲，为这座平台赋予了"人工重力"——无论她们如何运动，重力都保持在1G不变——还有一座充满空气的透明穹顶，温度与压力均为标准值。大概所有的雅典娜市民按照自身设定，都会忽略掉任何可能会导致不适的视景参数，但是，宁求稳妥也不涉险似乎仍不失为一个好主意。平台本身经过了折中处理，宽度为5德尔塔，提供了一些防眩晕保护，但尺寸够小，可以让平台上的人看见"地平线"以下大约40度的范围。

吉塞拉用手一指："这就是钱德拉塞卡。质量相当于12个太阳，距离有1.7万公里。你可能要花点时间才能看得见；它看起来就跟从地球上遥望新月差不多。"她对坐标和速度的选择非常谨慎，就在她说话之际，一颗明亮的星星从黑洞的正后方掠过，它被一分为二，然后闪烁了片刻，化作了一个完美的小环，"当然了，引力透镜效应除外。"

科迪莉亚露出了微笑，显然乐在其中："这是真实的景象吗？"

"部分真实吧。这个视景的基础是我们目前为止从整个探测器群接收到的所有图像，不过，仍然有一些视角始终没有覆盖到，需要进行插值。其中还包括一点：几乎可以肯定，我们移动的速度跟任何一个经过相同位置的探测器都不一样，所以，我们看到的景象也就不一样，具有不同的多普勒频移和像差。"

科迪莉亚琢磨着这句话，丝毫没有流露出失望的迹象："我们能再靠近一点儿吗？"

"你想靠多近都可以。"

吉塞拉向平台发送了若干控制标签，她们盘旋而入。有那么一会儿工夫，似乎其他并没有什么可看的：她们前方那个毫无特色的黑色圆盘越变越大，变化的速度很稳定，但显然不会呈现出任何细节。然而，在圆盘周围逐渐出现了一个由透镜影像形成的密集光环，无须借助爱因斯坦环的闪光，就能看出那片光的表现很怪异。

"我们现在的距离有多远？"

"大约34M。"科迪莉亚的表情有点儿不明所以，吉塞拉补充道，"也就是600公里，不过，假如你以自然的方式把质量换算成距离，那就相当于钱德拉塞卡质量的34倍。这样的惯例算法很有用；假如一个黑洞不具备电荷或角动量，它的质量就决定了其所有几何结构的比例：视界总是位于2M处，光在3M处形成环形轨道，诸如此类。"她召唤出一张黑洞外区域的时空图，并指示视景在图上记录下平台的世界线，"实际经过的距离取决于你选择的路径，可是，如果你把这个黑洞想象成被球形的壳所包围，壳层上的潮汐力恒定不变——潮汐力是真实的，可以现场测量——你可以赋予它们一个曲率半径，而不必考虑如何一路到达球壳中心这样的细节。"为了给时间留出余地，省略了一个空间维度，立体的壳层就变成了圆圈，它们的历史在地图上显示为一组半透明的同心圆柱体。

随着圆盘本身逐渐变大，它周围的扭曲蔓延得也更快。到10M的时候，钱德拉塞卡的宽度已经低于60度了，但由于射入的光线弯曲成了径向路径，即使是位于对面那半边天空中的星座也明显挤到了一起。引力蓝移[1]均匀划过天空，此时明显到足以让恒星发出耀眼的强光——那与其说是冰冷的光芒，倒不如说是炽烈的蓝辉。在时空图上，有若干光锥星星点点地沿着她们的世界线分布——其结构类似

---

1 蓝移，指一个移动的发射源在向观测者接近时，所发射的电磁波（例如光波）频率会向电磁频谱的蓝色端移动（也就是波长缩短）的现象。——编者注

于圆锥形沙漏，由所有在某个特定时刻通过特定点的光线组成——此时，它们开始朝着黑洞方向倾斜。光锥标志着在物理学上可实现的运动界限：越过你自己的光锥就会超越光速。

吉塞拉变出一副双筒望远镜，递给了科迪莉亚："看一下光环试试。"

科迪莉亚向她表示感谢："啊！这么多星星都是从哪儿来的？"

"透镜效应能让你看到黑洞后面的星星，但还不止于此。从3M壳层掠过的光在射往一个新的方向之前，会先绕着黑洞运行一段路程——如果光线掠过的位置离壳层够近，那它绕弧线运行的距离是没有限制的。"吉塞拉在时空图上勾画出6道光线，它们分别从不同的角度射向黑洞。这些光线在与3M圆柱体相距略有不同的地方，循着像理发店柱子那样的螺旋线绕行，然后前进的方向转移到了几乎相同的角度，"如果你观察一下从那些轨道上逃逸出来的光线，就会看到整个天空的影像被压缩进了一个窄环。在这道光环的内缘还有一个更小的环，以此类推——每个光环都是由围绕黑洞又运行了一次的光线构成的。"

科迪莉亚沉思了半响："但不可能永远这样继续下去，对吧？衍射效应最终不会让图案变得模糊吗？"

吉塞拉点点头，掩饰着心中的惊讶："会。但我不能在这儿向你展示那样的情形。这个视景还无法细致到那种级别！"

她们在3M壳层上稍作停留。这里的天空被完美地一分为二：一半是彻底的黑暗，另一半则布满了明亮的蓝星。在边界处，光环悬拱于穹顶上方，如同一个有着不可思议的几何形状的银河系。在抵达嘉当后不久，吉塞拉就在这一景象的基础上创作了向埃舍尔致敬的视景：在半边天空中铺上密密交连的星座，在边缘处重复出现体积更小的同形态星座复制品。透过千倍双筒望远镜，她们可以看到平台本身在"远处"投下的某种剪影：在各个方向都有一段黑暗，挡住了一小部分的光环。

然后，她们继续朝着视界前进，完全察觉不到潮汐力和在现实中保持如此悠闲的步调所需的推力。

现在，这些恒星在紫外线频率下是最明亮的，但吉塞拉已经做好了安排，让穹顶过滤掉了除肉身者可见光谱以外的一切，以防科迪莉亚的模拟皮肤把虚拟辐射体现得过于真实。当曾经的整个天球缩成一个小圆盘时，钱德拉塞卡似乎包裹在了她们周围——这种光学错觉十分可怕。假如她们向黑洞外发射了一束光，却未能瞄准那扇小小的蓝窗，光线就会直接绕回来，掉头落回黑洞，就像一块被扔出去的石头所经过的路径。任何物质实体的表现都不可能比这更好了，逃生路线的选择越变越窄。吉塞拉感觉到一阵幽闭恐惧症带来的战栗：很快，她就真的要这么去行动了。

她们再次稍作停留，紧贴在视界上方难以置信地盘旋着，唯一的光亮来自身后，那是细细一束发生了严重蓝移的无线电波。在时空图上，她们的未来光锥几乎完全探入了黑洞内，只有极小的一部分从2M圆柱体处探出来。

吉塞拉说："我们过去好吗？"

科迪莉亚的脸被染上了紫色："怎么去？"

"纯模拟。会尽量真实，但我保证，还不至于真实到把我们困住。"

科迪莉亚张开双臂，闭上眼睛，摆出个向后一倒、落进黑洞的姿

320

势。吉塞拉吩咐平台越过了视界。

天空中的小点忽闪着消失了，然后又开始迅速扩大。吉塞拉把时间放慢了百万倍；在现实中，她们在不到1毫秒的时间内就会到达奇点。

科迪莉亚说："我们能停在这里吗？"

"你是说冻结时间？"

"不，只是悬停一下。"

"我们已经悬停着了，并没有移动。"吉塞拉让视景的演变暂时停下，"我让时间停顿了，我想，这就是你想要的吧。"

科迪莉亚似乎想要否认，但随即朝着此时已经变得静止不动的那圈星星做了个手势："在外面，整个天空蓝移的程度是一样的，可是现在，边缘位置上的星星却要蓝得多。我不明白。"

吉塞拉说："从某种意义上来说，这没什么新鲜的；如果我们任凭自己以自由落体状态向黑洞靠拢，移动的速度就会很快，在我们越过视界之前，快得足以看到全系列的多普勒频移叠加在引力蓝移之上。你知道星虹效应[1]吗？"

"知道。"科迪莉亚再次审视着天空，吉塞拉几乎可以看出，她正在验证这个解释，想象着蓝移星虹会是怎样的景象，"但这只有在我们移动时才说得通——而你说我们并没有移动。"

"根据无可挑剔的移动定义，我们并没有移动；但适用于视界外部的定义却不是这样。"吉塞拉突出显示了她们世界线中垂直的一段，也就是她们在3M壳层上盘旋的地方，"在视界之外，假设有个

---

1 在宇宙中高速航行时，多普勒效应会导致星星的颜色出现变化，因而形成五色星虹。飞船前方的星星会发生蓝移，越前方的星星蓝移越大。

足够强大的引擎，你就可以一直固定在一个具有恒定潮汐力的壳层上。所以，选择这种状态作为'静止'的定义很有道理——让这张时空图上的时间保持绝对的垂直。但在黑洞里面，这就跟实际体验完全不相符了：你的光锥倾斜的斜度极大，以至于你的世界线必定会穿过这些壳层。对'静止'最简单的新定义就是直接钻透壳层——这跟企图攀附在壳层上的情况是完全相反的——这样就会导致'时空图时间'绝对水平，指向黑洞的中心。"她突出显示了她们现在变成了水平方向的世界线上的一段。

科迪莉亚困惑的表情开始被惊讶所取代："这么说，当光锥倾斜得够大的时候……'空间'和'时间'的定义也会随之颠覆吗？"

"没错！现在，我们的未来在黑洞的中心。我们不会脸朝前撞上奇点，而是会未来朝前撞上它，就像撞上了宇宙大收缩那样。现在，这个平台上曾经面对奇点的方向在时空图上变成了'向下'——从外面看，似乎是进入了黑洞的过去，但实际上却是进入了一片辽阔的空间。在我们面前铺陈着数十亿光年的空间——整个黑洞内部的历史转化成了空间——当我们接近奇点时，它正在膨胀。唯一的隐患在于肘部和头部的空间不足，更不用说时间了。"

科迪莉亚盯着时空图，看得入了神："所以，黑洞内部根本不是球体？而是有两个方向的球壳，球壳的历史转化成了空间，这是第三个方向……让整个黑洞成了一个超柱体的表面？这个超柱体的半径在缩小时，长度则在增加。"她忽然间容光焕发，"而这种蓝移就像宇宙开始收缩时的蓝移一样？"她转身面向凝固不动的天空，"只不过，这个空间仅仅在两个方向上收缩——所以，星光的角度越偏向那些方向，蓝移的幅度就越大？"

"说得没错。"对于科迪莉亚快速的领悟，吉塞拉已不再感到惊讶；难以理解的是，她怎么没有在很久以前就了解到关于黑洞的所有知识。只要能不受限制地进入一个还算像样的图书馆，再加上初级的辅导软件，用不了多久，她就能把这些空白给填补上。可是，倘若仅仅为了见证普朗克洞潜，她父亲就能把她一路拖到嘉当来，那他又怎么可能袖手旁观，任由雅典娜的文化妨碍她受教育呢？这完全不合情理。

　　科迪莉亚举起双筒望远镜，朝侧面张望着，看了看黑洞的四周："为什么我看不见我们自己了？"

　　"好问题。"吉塞拉在时空图上画出了一道光线，斜向侧面，在她们刚刚越过视界之后离开了平台，"在3M壳层，像这样的一道光线会沿着时空中的螺旋线旋转一圈，然后返回我们的世界线。可是在这里，螺旋已经被翻转过来了，挤压成了一个旋涡——在撞上奇点之前，它的时间最多只来得及绕着黑洞运行半圈。自从穿越了视界之后，我们发出的光就没有一道能回到我们身边了。

　　"前提在于假设这是一个完美对称的史瓦西黑洞[1]，而我们目前模拟的正是这样一个黑洞。而像钱德拉塞卡这样的古老黑洞很可能已经稳定下来，与史瓦西黑洞的几何结构非常相似。但在接近奇点时，即使是落入的星光也会发生相当程度的蓝移，足以对其造成扰乱，而质量更大的物体——比如我们，假设我们真的进了黑洞的话——引发混沌变化的速度就更快了。"她指示视景切换到别林斯基–哈拉尼科

----

1 卡尔·史瓦西于1915年针对广义相对论的核心方程（爱因斯坦场方程）关于球状物质分布的解。此种几何对应一个静止不旋转、不带电荷的黑洞。在物理上它可以对应任何球对称星球外部的时空几何。

夫-利普希茨结构[1]，然后重启时间。群星开始闪烁出扭曲的光芒，仿佛透过一层大气湍流看到的那样，然后天空本身似乎沸腾起来，红移和蓝移像奔涌的波浪一样席卷了天空。"假设我们具有实体，而且强壮得足够经受潮汐力的拉扯，那么，在穿过朝不同方向坍缩和膨胀的区域时，我们就会感受到猛烈的振荡。"她对时空图做出了相应的修改，加以放大，以便看得更清楚。在接近奇点的地方，曾经规则的圆柱原本具有恒定不变的潮汐力，现在却分解成了随机泡沫，由更细小、变形度更高的气泡组成。

科迪莉亚查看着时空图，满脸惊愕的神色："在这样的环境里，你要怎么进行无论哪种类型的计算？"

"我们并不进行计算。这就是混沌，但混沌的系统很容易操纵。你听说过提普勒神学吗？根据这种神学的教义，我们应该尝试着去重塑宇宙，好在宇宙大收缩之前进行无限的计算。"

"听说过。"

吉塞拉张开双臂，仿佛要将整个钱德拉塞卡黑洞揽入怀中："重塑一个黑洞要更容易些。在封闭宇宙中，你能做的无外乎把已经存在的东西重新整理一下；而对黑洞来说，你可以从四面八方注入新的物质和射线。通过这样的做法，我们希望能将它的几何结构引向更有序的坍缩——不再是史瓦西黑洞了，而是能允许光在黑洞内环绕多次的那一种。'嘉当零号'由反向旋转的光束构成，用脉冲来进行调节，就像线上的串珠。脉冲信号在彼此穿透的时候，会发生相互作用；它们会发生蓝移，获得足够强大的能量来产生电子偶，最终甚至

---

1 别林斯基、哈拉尼科夫、利普希茨是3位苏联物理学家，由其姓名缩写命名的BKL黑洞是最可能在自然界出现的黑洞。

强大到足以产生引力效应。这些光束会成为我们的记忆，光束之间的相互作用会驱动我们所有的计算——如果幸运的话，几乎可以精细到普朗克尺度，也就是10^{-35}米。"

科迪莉亚默不作声地思索着，然后踌躇地问："可是，你们能进行多少计算呢？"

"总量吗？"吉塞拉耸了耸肩，"这取决于普朗克尺度下时空结构的细节——这些细节我们只有等进去之后才能知道。有一些模型可以让我们在小规模上实现提普勒神学的整个概念：无限的计算。但大多数模型给出的结果范围都是有限的，只是有大有小。"

科迪莉亚流露出了十分沮丧的表情。她肯定一直都清楚洞潜者的命运吧？

吉塞拉说："你知道我们派去的是克隆体吧？没人会把唯一的自己送到嘉当零号里去！"

"我知道。"科迪莉亚移开了视线，"可万一你就是那个克隆体呢……你不会怕死吗？"

吉塞拉有些感动："只会略微有一点儿，到了最后就一点儿也不怕了。只要无限计算还有一丝渺茫的机会，或者甚至某种奇异的发现也许可以让我们逃脱，我们就会保持着对死亡的恐惧。这应该有助于激励我们搜寻所有可能的选择！不过，假如死亡真的不可避免，到那个时候，我们就会关闭那种古老的本能反应，就这样接受死亡。"

科迪莉亚礼貌地点点头，但她似乎一点儿也不信。假如某人在一个颂扬"沦丧的肉身者美德"的城邦长大，听到这样的说法，往好了说顶多像欺骗，往坏了说则像是自毁。

"劳驾，我们现在可以回去了吗？我父亲很快就该醒了。"

"当然可以。"吉塞拉想对这个表情严肃的古怪孩子说点儿什么，好让她安心，却不知该从何说起。于是，她们俩便一起跳出了视景（跳出了虚拟的光锥），抛弃了这个模拟环境——趁其尚未被迫承认既给予不了获得新知的机会，也提供不了走向死亡的可能。

* * *

普洛斯彼罗苏醒时，吉塞拉做了自我介绍，问他想看点儿什么。她推荐看一看嘉当零号的示意图；提及科迪莉亚已经到过钱德拉塞卡一游似乎有失礼数，但若请他看看某个父女二人都没见过的视景，却似乎是一种回避问题的圆滑方式。

普洛斯彼罗宽容地对她微微一笑："我相信你们的堕落之城设计得很巧妙，但我对它不感兴趣。我到这里来是为了细察你们的动机，而非你们的机器。"

"我们的动机？"吉塞拉疑心是不是出现了翻译上的错误，"我们对时空结构很好奇。不然为什么要潜入黑洞里去呢？"

普洛斯彼罗的笑容越发灿烂："我到这里来就是要确定这个问题。除了潘多拉的神话之外，还有很多可能的选择：普罗米修斯、堂吉诃德，当然还有圣杯……甚至还有俄狄浦斯。你们希望拯救死者吗？"

"拯救死者？"吉塞拉听得瞠目结舌，"哦，你是说提普勒复活的事吗？不，我们根本没有这样的计划。就算我们当真获得了无限的计算能力——这不大可能——我们获得的信息也还是太少了，远远不足以再造任何一个已经去世的特定肉身者。至于强行让每一个人复活、模拟出可能存在的每一个有知觉的生命呢，又没有确定的方法在预先的模拟中筛选掉会因此经历极端痛苦的生命——而且，在统计学上，这类生命的数量很可能比其他生命多出1万倍。所以，整件事会非常不符合道德。"

"我们回头再看。"普洛斯彼罗挥手否决了她的异议，"重要的是，我要尽快见到卡戎[1]渡船上的所有乘客。"

"卡戎……？你是说洞潜团队吗？"

普洛斯彼罗摇了摇头，表情极为难过，仿佛自己遭到了误解似的，但他还是说："不错，把你的'洞潜团队'集合起来吧。让我来跟他们所有人说。我看得出这地方有多需要我！"

吉塞拉越发困惑："需要？当然了，这里是欢迎你的……但我们有什么需要你的地方呢？"

科迪莉亚伸出手去，拽住了父亲的手臂："我们能在城堡里等吗？我太累了。"她不肯直视吉塞拉的眼睛。

"当然可以，宝贝！"普洛斯彼罗俯身吻了吻她的额头。他从袍子里抽出一张羊皮卷，抛向空中。羊皮卷展开来，变成了一道门，悬在码头旁边的海面上方，通向一片阳光明媚的视景。吉塞拉可以看到其中郁郁葱葱的宽阔花园、石头建筑、空中带翼的飞马。幸亏他们压缩空间比压缩身体更高效，这是件好事，如若不然，伽马射线连接就得被他们占用个10年左右。

科迪莉亚走进门口，握着普洛斯彼罗的手，想把他拉进去。吉塞拉终于意识到，她是想在他再次出什么洋相之前设法让他闭嘴。

---

1 希腊神话中的冥府渡神。

她没有成功。普洛斯彼罗一只脚还踏在码头上，转身对吉塞拉道："为什么需要我？我到这儿来是为了当你们的荷马、你们的维吉尔、你们的但丁、你们的狄更斯！我到这儿来是为了提炼出这一光荣而悲痛的壮举中蕴含的神话精髓！我到这儿来是为了给你们奉上一件礼物，它可比你们追求的永生要伟大得多！"

吉塞拉懒得再次费心地指出，她认为黑洞里面的生命要比外面的短暂得多，没有什么永生可言："是什么礼物？"

"我是来让你们成为传奇的！"普洛斯彼罗从码头上抬起脚，那道门在他身后合拢了。

吉塞拉远眺着大海，一时间对眼前的景物视而不见，然后她缓缓坐下，任双脚悬垂进冰冷的海水。

有些事开始显得合理了。

* * *

"友好一点吧，"吉塞拉恳求道，"看在科迪莉亚的分儿上。"

泰门摆出一副不解的伤心表情："你凭什么觉得我会不友好？我一直很友好的。"他短暂地变化了一下，平时那个棱角分明的类像全是肋骨似的框架和连接杆，眼下却成了一只拿纽扣当眼睛的泰迪熊。

吉塞拉轻轻哀叹了一声："听着。要是我没想错的话，假如她真的在考虑移民到嘉当来，这应当是她平生最艰难的决定。如果她能就这么离开雅典娜，那事到如今，她早就该走了，而不用费那么大的劲，让她父亲以为到这儿来是他自己的主意。"

"你凭什么这么肯定不是他自己的主意呢？"

"普洛斯彼罗对现实没有半点兴趣：他听说洞潜的事只有一种途径，那就是科迪莉亚让他注意到的。她当初之所以选择嘉当，肯定是因为这里离地球够远，可以让她与地球彻底决裂，而洞潜行动又给她提供了需要的借口，正是适合她父亲施展'才华'的对象，可以像胡萝卜一样挂在他面前晃来晃去。可是，在她做好准备、把不再回去的消息告诉他之前，我们绝不能冷落他。她已经够难的了，我们绝不能再给她添麻烦。"

泰门狠狠翻了个白眼，眼珠都翻到了电镀脑壳里："好吧！我会配合的！我估计，你对她的理解有可能是对的。可你要是错了……"

就在这时，普洛斯彼罗进来了，长袍飘飘，女儿跟随在后。他们正置身于专为这一场合打造的视景中，是按照普洛斯彼罗的规范定制的：这是一个房间，形状如同两个截去了顶端的方形金字塔，底部连在一起，镶嵌着白色饰板，透过一扇梯形窗户，在20M处可以望见钱德拉塞卡。吉塞拉以前从未见过这种风格；泰门将其命名为"雅典星空俗气屋"。

洞潜团队的5名队员围坐在一张半圆形的桌旁。普洛斯彼罗站在他们面前，吉塞拉为他一一做了介绍：萨奇奥、蒂埃特、维克拉姆、泰门。她跟他们每一个人都谈过了，希望他们看在科迪莉亚的分儿上善加表现，但她得到的最接近于承诺的东西就是泰门冷淡的让步。科迪莉亚缩在房间的一个角落里，眼帘低垂。

普洛斯彼罗严肃地开口道："近千年来，我们这些肉身的后裔一直生活在远古英雄事迹的梦境中。但我们一直梦想着会有新的奥德赛来激励我们；会有新的英雄与古代英雄并肩而立；永恒的神话可以用全新的方式来重新演绎。要是再多等3天，你们的旅程就白白浪费了，对我们而言就不复存在了。"他自豪地微微一笑，"可我来得正是时候，恰好赶得上把诸位的故事从引力的血盆大口里解救出来！"

蒂埃特说："什么也不会面临不复存在的危险。关于这次洞潜的信息正在向每个城邦广播，储存在每一间图书馆里。"蒂埃特的类像看似是一尊乌木雕塑，镶嵌着柔软的宝石。

普洛斯彼罗不屑地摆了摆手："那只是一连串的技术术语罢了。在雅典娜，这段话会被当作海浪的潺潺低语。"

蒂埃特挑了挑眉："如果你的词汇量很贫乏，那就请补充一下——别指望我们会减少自己的词汇量来迁就你。在讲古希腊故事的时候，难道你会绝口不提某一个城邦的名字？"

"不至于。但那些是通用的措辞，是我们共同的遗产中的一部分——"

"除了一片狭隘的空间和一段短暂的时间，这些措辞就没有任何意义了。不像用来描述洞潜的术语，适用于时空中的每一个4次方费米[1]。"

普洛斯彼罗的回答有点儿生硬："就算是这样，在雅典娜，我们喜欢诗歌也胜过方程式。我到这里来，是为了用语言纪念你们的旅程，这些话会在想象的走廊里回荡数千年。"

萨奇奥说："这么说，你相信自己比洞潜参与者更有资格描写洞潜喽？"萨奇奥的形象是只猫头鹰，栖息在一只形如肉身者的熟铁笼中，笼子里挤满了椋鸟。

"我是一位叙事家。"

---

1 费米，因纪念原子物理学家恩里科·费米得名，又称飞米，长度单位，常用于描述原子等级的物质。1费米相当于10—15公尺。——编者注

"你接受过某种专门的训练？"

普洛斯彼罗傲然点头："不过实际上，这是一种天命。当远古的肉身者聚集在篝火边的时候，我就是那个一直讲故事到深夜的人，讲诸神如何相互争斗，甚至就连凡人勇士也升到了天上，组成了星座。"

泰门面无表情地答道："而我就是坐在你对面的那个人，跟你说，你唠叨个没完的全是傻话。"吉塞拉正要朝他发难，责备他违背了诺言，这时她才发觉，他是在单独跟她说话，数据传送到了视景之外。她恶狠狠地扫了他一眼。

萨奇奥化身的猫头鹰不解地眨了眨眼睛："可是，你认为洞潜本身是不可理解的。那你怎么向别人解释这件事呢？"

普洛斯彼罗摇了摇头："我是来制造谜团的，不是来向人解释的。我来是为了以某种形式塑造你们潜落的故事，在你们的藏书阁化为尘土之后，故事还能长久地流传下去。"

"怎么塑造？"维克拉姆在解剖学上就像达·芬奇的素描一样标准，但他身上却找不到生理模拟中那些足以说明问题的迹象：没有汗水、没有死皮，也没有脱落的头发，"你是说篡改吗？"

"为了提炼出神话的精华，单纯的细节必须屈从于更深层的真理。"

泰门说："我看，那就相当于是肯定的回答了。"

维克拉姆和蔼地皱了皱眉："那你到底要改什么呢？"他张开双臂，伸展开来，将队友们抱住，"既然要改进的是我们，就务必告诉我们要怎么改。"

普洛斯彼罗谨慎地说："首先，'5'这个数字就很不理想。也许是7个人，或者12个人。"

"哟。"维克拉姆咧开嘴笑起来，"原来只是多出来几个虚幻的人物；没有哪个人会被砍掉啊。"

"还有你们乘坐的飞船的名字……"

"嘉当零号？这名字有什么问题吗？嘉当是一位伟大的肉身者数学家，他阐明了爱因斯坦研究工作的意义和影响。'零号'是因为它由零测地线构成，那是光线遵循的路径。"

"子孙后代会更愿意称其为'堕落之城'的——"普洛斯彼罗宣称，"这样它的本质不至于被你们不恰当的名称所妨碍。"

蒂埃特冷冷地说："我们这座城邦是以埃利·嘉当[1]的名字来命名的。城邦在钱德拉塞卡内部的克隆体也会以埃利·嘉当命名。你如果不愿尊重这一点，最好马上就回雅典娜去，因为这儿没人会愿意跟你有丝毫的合作。"

普洛斯彼罗瞥了其他人一眼，或许是在寻找有人表示异议的迹象。吉塞拉的心情有些复杂：无论普洛斯彼罗抱有怎样的想象，他出自神话的呓语存续的时间都不会比图书馆里的真相更长，所以，在某种意义上而言，他的胡言包含的内容几乎无关紧要。然而，她可以想象，倘若他们不在某处划好底线的话，他的存在很快就会变得令人无法忍受。

他说："很好。嘉当零号。我是个工匠，也是位艺术家；就算用不完美的黏土我也可以创作。"

会议结束后，泰门把吉塞拉堵在了墙角。他还没来得及开口抱

---

1 埃利·嘉当（Élie Joseph Cartan，1869—1951），法国数学家，对黎曼空间几何学等有重要贡献，于1922年提出了爱因斯坦−嘉当理论。当物体具有自旋性质时，广义相对论须扩充成爱因斯坦−嘉当理论。

怨，她便抢先说道："你要是觉得这样的日子再过3天都可怕得不敢想，那不妨想象一下，科迪莉亚会是什么感觉。"

泰门摇了摇头："我会遵守诺言的。可是，既然现在我明白了她面对的是什么，那我真心觉得她办不到。假如她这辈子一直陷在所谓肉身者的黄金时代这种宣传里，你怎么能指望她看得穿呢？像雅典娜这样的城邦形成了一个受限的封闭式模因[1]表面：把数量足够的普洛斯彼罗都集中在一个地方，根本无法逃脱。"

吉塞拉狠狠地瞪了他一眼："她在这儿，对吧？别跟我说什么就因为是在雅典娜出世的，她就得永远跟那地方捆在一起。没有比这更简单的了。就连黑洞也会散发出霍金辐射[2]。"

"霍金辐射并不携带任何信息，只是热噪声而已；你没法用它挖条地道逃出黑洞。"泰门将两根手指沿着一条对角线拂过，表示"证明完毕"。

吉塞拉说："你这傻瓜，这只是个比喻而已，又不是同构。你要是连这二者的区别都分不清，那说不定应该自己滚到雅典娜去。"

泰门装模作样地缩回手去，仿佛被什么东西咬了一口似的，然后不见了踪影。

吉塞拉扫视着空荡荡的视景，懊恼自己不该发脾气。从窗户中望去，钱德拉塞卡正在平静地继续粉碎时空，与过去的60亿年并无二致。

她说："你最好是错的。"

---

1 模因，又译文化基因，指通过模仿在人与人之间传播的思想、行为或风格，通常是为了传达模因所代表的特定现象、主题或意义。——编者注
2 以量子效应理论推测出的一种由黑洞散发出来的热辐射。

＊　　＊　　＊

洞潜前50小时，维克拉姆指示位于最低轨道上的探测器开始将纳米机器注入视界。吉塞拉和科迪莉亚在控制视景中与他会合，这是一座宏伟的大厅，里面到处是时空图，还装满了各种小工具，用于操控散布在钱德拉塞卡黑洞周围的硬件设施。普洛斯彼罗质问泰门去了，维克拉姆刚刚经历过这样的磨难。"俄狄浦斯冲动"和"子宫／阴道的象征"是他质问最多的部分，不过，维克拉姆高兴地告诉普洛斯彼罗，据他所知，在嘉当，谁也不曾对这两个器官表现过多大的兴趣。吉塞拉心中暗自疑惑，科迪莉亚究竟是怎么出世的？对肉身者分娩过程原封不动的模拟让人不堪设想。

纳米机器形成的只是包含少量物质的一道细流，每秒仅有几吨。然而，在黑洞的深处，它们会测量周围的曲率——同时观察星光与紧随其后的纳米机器发出的信号——然后修改自身的总体质量分布，以这样一种方式来引导黑洞未来的几何形状，使其更接近于目标。每一次偏离自由落体状态，都意味着要抛撒分子碎片、牺牲化学能量，但在将自身彻底拆解之前，纳米机器应当已经产生了量身定制的光子机器，可以在更小的尺度上完成同样的事。

我们不可能得知这一切是否都在按计划进行，但视景里的一幅时空图显示出了想要的结果。维克拉姆约略勾勒出了两道反向旋转的光束："我们无法避免空间在两个方向上坍缩、在第三个方向上膨胀——除非我们注入极大数量的物质，使空间在3个方向上统统坍缩，那种情况只会更糟。不过，倒是有可能不断改变膨胀的方向，一次又一次地将空间翻转90度，让万物保持均等状态。这会容许光线沿着一系列完整的轨道运行——每一条轨道所需的运行时间大约相当于前一条轨道的1%——这也意味着光束之间存在收缩周期，抵消了膨胀周期的散焦效应。"

随着曲率的拉伸和挤压，这两束光线会在圆形和椭圆形截面之间振荡不定。科迪莉亚制造了一个放大镜，跟随它们"进入"其中：在时间里向未来前行，向奇点前进。她说："如果轨道周期形成了一个几何级数，那么，在到达奇点之前，所能容纳的轨道数量是无限的。而且，波长的蓝移幅度与轨道的尺寸成正比，所以，衍射效应永远也不会占据主导地位。那还有什么能阻止你们进行无限计算呢？"

维克拉姆谨慎地回答："首先，一旦发生碰撞的光子开始产生粒子-反粒子对，每个种类的粒子都会处于一定的能级范围，当移动速度远低于光速时，脉冲信号就会开始变得模糊。我们认为，我们已经让脉冲成形，并将之以一定的间隔来排列，好让所有的数据都能保存下来，但只要有一个未知的大质量粒子出现，整道粒子流就会变得杂乱无章。"

科迪莉亚抬头看着他，一副满怀希望的神色："那如果没有未知粒子呢？"

维克拉姆耸了耸肩："在库马尔模型中，时间是量子化的，所以光束的频率不可能无限地增加。而且，大部分替代理论也暗示，出于各种各样的原因，整个设置最终总是会崩溃。我只希望它崩溃的速度足够缓慢，我们不至于什么也来不及理解，好让我们明白其中的原因。"他笑了起来，"别这么愁眉苦脸的！这就像……树上一根树枝的凋亡。说不定我们暂时能获得某种在黑洞之外永远也无法窥见的知识。"

"但你没法用它做任何事。"科迪莉亚反驳道，"也没法告诉任何人。"

　　"啊，技术和名声。"维克拉姆嘲弄地呸了一声，"听着，就算我的洞潜克隆体在死的时候什么都没弄清，他还是会高兴地死去，因为他知道，我还在外面继续生活。假设他知道了我希望他知道的一切，他就会高兴得活不下去的。"维克拉姆在脸上摆出一副夸张的认真模样，这让他夸大其词的言语都显得不那么夸大了，科迪莉亚微笑起来。吉塞拉刚才一直还在怀疑，对洞潜者命运那种病态的悲伤是否足以使她对嘉当彻底失去兴趣呢。

　　科迪莉亚说："这么说，这件事为什么值得一做呢？你们最多又能指望些什么？"

　　维克拉姆在他们之间的空中勾画出了一张费曼图："如果你认为时空是理所当然的，那么，旋转对称加上量子力学就给你提供了一套处理粒子自旋的规则。彭罗斯将其颠倒过来，证明了只要遵守这些自旋规则，在世界线网络中，'两个方向之间的角'的整个概念就可以从零开始创建出来。假设某个具有一定总自旋量子数的粒子系统向另一个系统投掷出一个电子，在这个过程中，第一个系统的自旋就会减小。假设知道两个自旋矢量之间的夹角，你就可以计算出第二个系统自旋增加而非减少的概率……但是，如果'角'的概念根本还不存在，那你可以逆向运算，通过观察所有第二个系统自旋有所增加的网络得出的概率来对其做出定义。

　　"库马尔和其他人将这个构想扩展到了更抽象的对称性上。现在，根据一系列关于有效网络是怎样构成的，又如何将相位分配给每个网络的规则，我们就可以推导出所有已知的物理学知识。但我想知道，这些规则是否还有更深层的解释。自旋和其他量子数真的是基础架构吗？还是某种更基础的东西带来的产物？当网络根据彼此之间的相位差来相互巩固或抵消的时候，这到底是我们不得不接受的基本原理，还是出于在数学背后隐藏着的某种机制？"

泰门出现在视景中，他把吉塞拉拽到一边："我小小地违背了一下诺言——而且我了解你，反正你总会发现的。所以我来认罪，希望得到从宽处理。"

"你干什么了？"

泰门紧张地注视着她："普洛斯彼罗正在胡扯，说什么肉身者文化是通往一切知识的途径。"他惟妙惟肖地模仿起来，重现了普洛斯彼罗的声音，"'天文学的关键在于对伟大的埃及占星家的研究，而数学的核心是在毕达哥拉斯神秘主义者的仪式中揭示出来的……'"

吉塞拉用双手捂住脸；倘若换作她自己，也很难不做出反应："然后你说什么来着？"

"我告诉他，如果他有机会化作肉身，穿上宇航服，在群星之间飘浮，那他应该试一下对着脸罩打喷嚏，这样可以看得更清楚些。"

吉塞拉迸发出一阵大笑。泰门满怀希望地问："你笑了，这是不是说明我得到了原谅？"

"不是。他反应如何？"

"说不清楚。"泰门皱起了眉头，"我拿不准他能不能领会其中的冒犯。这需要想象一下：有人竟然会认为他对文明的未来而言并不是必不可少的。"

吉塞拉坚决地说："还有两天。你要再努力一点儿。"

"你自己再努力点儿去吧。现在轮到你了。"

"什么？"

"普洛斯彼罗想见你。"泰门幸灾乐祸地咧嘴一笑，"到了提炼你本人的神话精华的时间了。"

吉塞拉瞥了一眼科迪莉亚，只见她正与维克拉姆谈得兴起。雅典娜和普洛斯彼罗令她窒息；唯有在远离这二者的时候，她才表现得活跃起来。移民固然是她独自做出的决定，然而，假如自己做出的任何事情影响了她移民的机会，那吉塞拉永远也不会原谅自己。

泰门说："要友好点儿。"

＊　　＊　　＊

洞潜队已经决定不为克隆体告别：他们的冷冻快照会被存入嘉当零号的蓝图，而无须在钱德拉塞卡黑洞之外运行。吉塞拉把此事告诉普洛斯彼罗时，他先是惊骇莫名，但几乎立刻就又高兴起来：这样一来，他就有更大的余地为行者虚构某种告别仪式，而不必分心顾及真正的仪式是什么样。

不过，整个团队确实在控制视景中齐聚一堂，连同普洛斯彼罗和科迪莉亚，外加几十位友人。维克拉姆倒计时的时候，吉塞拉站在远离人群之处。倒数到"10"时，她吩咐她的分身对她进行克隆。倒数到"9"时，她将快照发送到了一个类像正在播报的地址，这个类像代表的是嘉当零号文件夹，是一组非写实风格的光束，悬浮在视景中央，正在反向旋转。当确认交流完成的标签返回时，她忽然感到好一阵失落：即使她将克隆体视为延伸自我的一部分，洞潜也不再属于她自身的线性未来了。

维克拉姆雀跃地喊道："3！2！1！"他捧起代表嘉当零号的类像，抛进了一张对应着钱德拉塞卡黑洞周围区域的时空图中。这个动作引发了一阵伽马射线暴，从城邦射向一条8M轨道上的探测器；在那个地方，这些数据将被编码到纳米机器中——按照设计，这些机器会以活跃光子的形式来重新创建数据——而纳米机器加入了倾泻进黑洞中的机器流。

在时空图上，当下落的类像靠近2M壳层时，类像转进了一条"静止"的垂直世界线。在黑洞外的静态框架中，常数时间的连续切片始终没有越过视界，而只是攀附于其上；根据一种定义，纳米机器要进入钱德拉塞卡黑洞需要等待到永远。

而根据另一种定义，洞潜已经结束了。在它们自身的框架中，纳米机器只需不到1.5毫秒的时间便可从探测器落到视界，到达嘉当零号发射点的时间也比这长不了多少。无论洞潜者经历了多少主观时间，无论在这个过程中进行了多少计算，再过几微秒，包含嘉当零号在内的整个空间区域都会被挤压进奇点。

"如果洞潜者挖了一条隧道逃出黑洞，就会出现悖论，对吧？"吉塞拉转过身来，她刚才没有注意到身后的科迪莉亚，"不管他们什么时候逃出来，这时纳米机器都还没有掉进去，所以他们可以俯冲下来，截住纳米机器，防止自己诞生。"这个想法似乎使她感到不安。

吉塞拉说："除非他们挖的隧道出口靠近视界，才会是这样的情况。假设他们逃出来的地方相距更远——比如说，就在此时的嘉当——那他们已经来不及了。纳米机器已经领先了太多；实际上，在我们的参照系中，它们几乎是静止不动的，但如果你真的在追赶它们，这样的目标却并不容易追上。哪怕是在光速下，从这里出发，也没什么东西能追得上那些纳米机器。"

听见这话，科迪莉亚似乎又打起了精神："这么说，逃跑并不是不可能的？"

"呃……"吉塞拉本想再列举一些别的障碍，但就在此时，她开始怀疑，这个问题问的是否完全是另外一件事，"对，并不是不可能。"

科迪莉亚朝着她心有灵犀地微微一笑："那就好。"

普洛斯彼罗高喊道："围过来！现在围过来，听一听《嘉当零号之歌》！"他变出了一座讲台，从他脚下冉冉升起。泰门悄悄走近吉塞拉，低声说："如果用到了琉特琴的话，我就把感官转移到别的地方去。"

结果并没有，这首无韵诗在念诵时没有音乐伴奏。不过，内容写得比吉塞拉担心的还烂。普洛斯彼罗没有理睬她和其他人告诉过他的一切。在他讲述的版本中，"卡戎船上的乘客"进入"引力的深渊"是出于他凭空捏造的原因：为了逃避无果的恋情，或针对无法言说的罪行展开的复仇，或对长寿的厌倦；为了复活一位不复存在的肉身者祖先；为了寻求与"诸神"接触。而洞潜者实际上原本希望回答的具有普遍性的问题——普朗克尺度下的时空结构、量子力学的基础——则根本不值一提。

吉塞拉瞥了泰门一眼，据说他逃进了钱德拉塞卡，只是为了逃避对一次未曾明言的暴行的惩罚，但听到这样的说法，他的反应似乎相当不赖；他脸上露出了怀疑的表情，却没有生气。他轻声说："这个人活在地狱里。他能看到的只有喷到面罩上的黏液。"

当普洛斯彼罗开始"描述"洞潜本身时，听众们站在那里，默不作声。泰门盯着地板，面带令人费解的微笑。蒂埃特脸上是超然物外的厌倦表情。维克拉姆不停地瞥向身后的显示器，想看看流入的纳米机器引发的微弱引力辐射是否仍旧与他的预测相符。

最后，是萨奇奥终于耐不住性子了，他恼怒地插话道："嘉当零号是某个视景幽灵似的影像，充斥着可怕的类像，从真空中飘浮而过，落入了黑洞？"

普洛斯彼罗被人打断，与其说是气愤，倒不如说是大吃一惊："这是一座光明之城，剔透又缥缈……"

萨奇奥脑壳里的猫头鹰羽毛直竖："光子态看起来绝不会是那副样子。你描述的东西永远不可能存在，就算存在，也永远不会具备意识。"要如何才能在不破坏周围几何结构的情况下让嘉当零号能自由处理数据，这个问题萨奇奥已经研究了数十年。

普洛斯彼罗张开双臂，摆出了安抚的姿态："追寻的原型叙事必须保持简洁，用技术性细节来加重其负担的话……"

萨奇奥略微低了低头，指尖抚着额头，从城邦图书馆下载着信息："你到底懂不懂什么叫原型叙事？"

"来自诸神或灵魂深处的信息嘛；谁说得清呢？但是它们编码了最深奥、最不可思议的……"

萨奇奥不耐烦地打断了他："它们只是肉身者的神经生理学中少数吸引子的产物。每当一个更复杂或更微妙的故事通过口述文化传播时，最终就会沦为一种原型叙事。一旦文字得以发明，就只有那些不解其意的肉身者才会刻意创造出原型叙事。假如古代所有最伟大的雕像都被扔进了冰川，到了现在，应该已经沦为了一系列老套乏味的球形卵石；这并没有使球形卵石成为艺术形式的顶峰。你的创作不仅缺乏真实性，也缺乏美学价值。"

普洛斯彼罗听得目瞪口呆。他满怀期待地环视着房间，仿佛在等着有人挺身而出，为《嘉当零号之歌》辩白一番。

谁也没有作声。

好了，圆滑的说辞到此结束。吉塞拉悄悄对科迪莉亚急切地低语："留在嘉当吧！谁也没法逼你离开！"

科迪莉亚面向她，脸上露出毫不掩饰的讶色："可是我想……"她不说话了，重新思考着什么，隐藏起了诧异的表情。

然后她说："我不能留在这儿。"

"为什么不行？有什么东西妨碍你留下？你不能一直埋没在雅典娜吧——"吉塞拉忽然住了口。无论那个地方对她产生了什么奇怪的影响，贬低它都无济于事。

此时，普洛斯彼罗正难以置信地咕哝着："真是忘恩负义！卑鄙的忘恩负义！"

科迪莉亚注视着他，带着一种无可奈何的神情："他还没做好准备。"她转过脸来，对吉塞拉坦率地说，"雅典娜不会永远存在下去。像那样的城邦形成了又衰败；人们执着于一种不容置疑的神圣文化，度过了一个又一个世纪，这样的可能性是真实存在的，而且大有可能。但他还没有为转变做好准备；他甚至没有意识到转变即将来临。我不能抛下他不管，任凭他这样下去。他需要有人帮他渡过难关。"她突然淘气地一笑，"可我把等待的时间缩短了200年。别的不说，这次旅行至少可以实现这一点。"

吉塞拉一时间无言以对，这孩子深沉的父女之情令她感到羞愧。

然后她向科迪莉亚发送了一连串标签："这些都是地球上最好的图书馆里的参考资料。你会在那里学到真知，而不是什么兑了水的肉身者物理学。"

普洛斯彼罗将讲台缩回，降落到了地面："科迪莉亚！马上到我身边来。我们要任凭这些野蛮人继续默默无闻，他们只配落得个这样的下场！"

吉塞拉虽然钦佩科迪莉亚的孝顺，却仍然为她的选择感到难过。她木然道："你属于嘉当。这应该是可以实现的。我们应该能找到办法。"

科迪莉亚摇了摇头，没有失意，也没有遗憾："别为我担心。我在雅典娜一直挺到了现在；我觉得自己能坚持到最后。在这个地方，你们向我展示过的一切，还有我做过的一切，都会对我有帮助。"她捏了捏吉塞拉的手，"谢谢你。"

她走到了父亲身边。普洛斯彼罗变出了一道出入口，通向一条穿过群星的黄砖路。他走进门去，科迪莉亚紧随在后。

维克拉姆转过身来，不再去查看引力波留下的痕迹，温和地问道："好吧，现在你们可以爽快地承认了：是谁把多余的艾字节投进去的？"

*　　*　　*

"自——由——啦！"科迪莉亚欢呼着，在嘉当零号的控制视景中跳跃而过，这是一座长长的平台，飘浮在一条费曼图隧道中，这些图经过彩色编码，奔流着穿过黑暗，如同10亿枚相撞又解体的火花留下的痕迹。

吉塞拉发自本能的第一反应是将她赶到墙角，冲着她的脸大喊：现在就自杀吧！结束这一切！一根短短的旁枝，尚未来得及表现出个性差异就被剪断了，几乎不能算作真实的生命，也不能算作真实的死亡。只是一个被遗忘的梦，仅此而已。

不过，那样的分析是站不住脚的。从具备了意识的那一瞬间，这个科迪莉亚就成了一个完全不同的人：永远离开了雅典娜的那个科迪莉亚，逃离的那个科迪莉亚。她的延伸自我在这个克隆体上投入了太多，以致不能将其视作错误，也不能对其止损。除了对自身抱有的期望之外，这个克隆体还清楚地知道，自己的存在对本体意味着什么。即使永远不会被发现，背叛自身的存在也是不可想象的。

蒂埃特厉声道："你没有让她觉得大有希望，对吧？"

吉塞拉回想着她们俩的谈话："我觉得没有。她肯定知道，几乎没有幸存下来的机会。"

维克拉姆显得有些烦恼："兴许我把我们自己的情况说得太过头了。她可能以为，同样的发现对她来说就足够了，但我说不准是不是这样。"

泰门不耐烦地叹了口气："她已经在这儿了。事已至此，无法挽回，为这个发愁没有意义。我们能做的顶多不过是给她个机会，让她充分享受这次经历。"

吉塞拉心中忽然闪过一个骇人的念头："这些额外的数据并没有导致我们过载，对吧？没有阻止对全计算域的访问吧？"与她从地球上发送过来的那个版本相比，科迪莉亚把自己的这个克隆体程序压缩得精简了许多，但这仍是意料之外的负载。

萨奇奥的声音有些愤恨："你们以为我的工作干得是有多差劲？我早就知道，有人会把承诺之外的东西夹带进去；我预留出了百倍的安全裕度。一个偷渡者什么也改变不了。"

泰门碰了碰吉塞拉的手臂："快瞧。"科迪莉亚终于放慢了脚步，开始打量周围的环境。主光束（也就是他们所有计算的基础结构）已经发生了蓝移，变成了硬伽马射线，互相碰撞的光子正在产生相对论性电子和正电子对。除此之外，还有一系列波长较短的实验光束，正在进行长度尺度缩小了1万倍的物理学探测——再过大约1个主观小时，这种物理学也会适用于主光束。科迪莉亚找到了那扇视窗，上面显示了这些光束得出的主要结果。她转过身来，高喊道："前面有很多充满了顶夸克和底夸克的介子，但什么意料之外的东西也没有！"

"好啊！"吉塞拉感到内心那个由歉疚和焦虑拧成的心结开始松动。科迪莉亚与他们当中别的人一样，是自主地选择了参与洞潜。对她来说，这是个艰难的决定，但这并不代表有理由认为她会后悔。

泰门说："好吧，你说得对。我错了。她确实挖了条地道，逃离了雅典娜。"

"是啊。你那个受限的封闭式模因表面理论也就此终结了。"吉塞拉笑起来，"可惜这只是个比喻。"

"为什么？我还以为看见她成功逃走了，你会喜出望外呢。"

"我确实喜出望外。只是很可惜，这根本说明不了我们自己逃脱的机会有多大。"

$$*\quad*\quad*$$

每绕轨道运行1周，他们便会经历30分钟的主观时间，而嘉当零号的真实长度和时间尺度则会缩小100倍。萨奇奥和蒂埃特仔细查看着城邦的运行状态，每当有新种类的粒子进入脉冲序列时，他们就反复核查"硬件"的完整性。泰门评估着各种方法，以便在有机会的情况下，将信息分流进新的模式。吉塞拉努力让科迪莉亚跟上进度，维克拉姆则给她帮忙，他原先的主要工作是负责纳米机器。

那些波长最短的光束仍在对旧粒子加速器实验的结果加以概括；他们3人一起集中精力研究这些数据。吉塞拉竭尽所能地总结了一番："就像自旋那样，电荷和其他量子数在网络中的世界线之间产生了一种角度，但在这种情况下，它们的表现类似于五维空间中的角度。在低能量水平下，你看到的是3个各不相同的子空间，分别对应电磁力、强力和弱力。"

"为什么？"

"这是早期宇宙中与希格斯玻色子有关的一次意外。我来画个图吧……"

要想深入探讨粒子物理学的所有精妙之处，时间是来不及的，但对于嘉当零号而言，在钱德拉塞卡黑洞外部的许多关键问题，此时反正都变成了纯粹的学术问题。在他们谈话时，随着动能的增加，剩余质量的差异被稀释到了无关紧要的程度，遭到破坏的对称性正在恢复。城邦正在发生迅速的变异，变成每一种可能出现的粒子类型的混合体；支配其未来的并非任何一种作用力的理论，而是量子力学自身的本质。

346

"在粒子的频率和波长背后，隐藏的是什么？"维克拉姆在时空图上勾画出了一个波包的快照，"在它自身的参照系中，电子的相位以恒定的速率旋转：大约每10^{-20}秒旋转一次。假如它在移动，我们就会发现，移动的速率会随着时间膨胀而放缓，但完整的图景还不只是这样。"他绘制出了一组分量，从波上的一个点开始，以不同速度成扇形散开，然后在每个分量的相位绕完一整圈的地方标记出若干连续的点。在时空中，这些点的轨迹形成了一组双曲线波阵面，就像一摞圆锥形的碗——在时间和空间中，凡是分量速度较大的地方，曲线挤压得也就更密，"只有速度恰好合适的分量，才能再现原始波的间距；在后来的时间里，它们的轨迹形成了完全相同的副本，全都整齐地叠加在一起。速度不对的分量会扰乱相位，所以它们的副本都被抵消掉了。"他沿着这道波，找了100个点，在每个点上将整个构建过程重复了一遍，整齐地传播进了未来，"在弯曲的时空中，整个过程会被扭曲，但只要具备恰当的对称性，在波长缩小、频率升高的同时，波的形状仍然可以保持不变。"维克拉姆让图表发生扭曲，进行了一番演示，"这就是我们自己面临的情况。"

科迪莉亚一面消化着这一切，一面潦草地计算着，反复核对每一件事，直到她自己满意为止："好吧。那为什么要去打破呢？为什么我们不能一直不断地蓝移呢？"

维克拉姆将图表放大："所有的相移最终都来自相互作用——一条世界线与另一条世界线的交叉。在库马尔模型中，世界线形成的每个网络的交织都是有限的。在每一处交叉点上，都有一个微小的相移，导致时间跳跃了大约10^{-43}秒……不管是讨论更小的相移，还是更短的时间尺度，都并没有什么意义。所以，如果你企图让一道波无限地蓝移，那么最终，你会到达一个点，在这个点上，整个系统不再具备继续复制下去的分辨率。"随着那波包[1]盘旋而入，它开始呈现出一种参差不齐的模糊形状，与原先的形状近似，然后分解成了无法识别的噪声。

科迪莉亚仔细查看着图表，追踪着各个分量，直至整个过程最后的若干阶段。最后她说："假设这个模型是正确的，那我们还要再过多久，才能看到关于这一点的证据？"

维克拉姆没有回答；他似乎在重新思索这整个演示过程是否合理。吉塞拉说："大约2小时以后，我们就能在实验光束中探测到量子化相位。然后再过1小时左右……"维克拉姆意味深长地悄悄瞥了她一眼，但她这句话的声音为什么越来越小，科迪莉亚必定已经猜到，因为她向他发难了。

"你觉得我该怎么办？"她气愤地质问道，"刚隐约看到必死无疑的下场，就歇斯底里地崩溃吗？"

维克拉姆的表情像被蜇了一下似的。吉塞拉说："公道点吧，我们认识你才3天。我们不知道会发生什么。"

"是啊。"科迪莉亚抬起头，凝视着编码光束的格式化图像，此时其中充斥着各种东西，从光子到最重的介子应有尽有，"但我是不会给你们的洞潜行动捣乱的。假设我想思考死亡的话，那还不如待在家里，读些蹩脚的肉身者诗歌。"她微微一笑，"去他的波德莱尔。我到这儿来是为了物理学。"

---

1 波包是局限在空间的某有限范围区域内的波动，在其他区域的部分非常微小，可以被忽略。——编者注

　　　　　*　　*　　*

　　当库马尔模型的关键时刻临近时，所有人都聚集到了一扇视窗周围。上面显示的数据本质上算是来自一次双缝干涉实验，由于实验在进行时，不允许任何类似固体的物质存在，因而实施起来变得更加复杂。有一个正弦图形，显示的是在某个区域内探测到的粒子数量，在这个区域内，一道电子束在经过两种不同路径后，会与自身重新汇合；因为探测点的数量是有限的，而且每次计数都必须是整数，所以这个图形已经"量子化"了，但分析软件考虑到了这一点，数字之大足以让图像显得平滑流畅。在某个特定的波长下，凡是真实的普朗克尺度效应都不会受这些人为因素的影响，一旦出现，它们只会变得越来越强。

　　软件报告说："有发现！"图形放大以后，显示的是略微呈阶梯状的曲线。一开始显得十分精细，让吉塞拉不得不相信程序的说法，即它不仅是在向他们展示难免会有的常见的参差之处。然后，这些小小的阶梯明显变宽了，从两个水平像素变成了3个。以3个相邻的探测点为一组，片刻之前，各组记录下的粒子计数还不相同，现在返回的结果却变得一模一样。整个装置已经缩小到了一定的程度，电子已无法分辨出各条路径长度的差异。

　　吉塞拉心中涌起一阵纯粹的喜悦，随之而来的是一丝恐惧的余味。他们正在下探，用指尖拂过真空中交织的图形。他们能活到现在固然是种胜利，但几乎可以确定，他们的坠落是无法阻挡的。

　　阶梯还在继续变宽；图像缩小了，以便显示曲线的其余部分。分析软件尚未对严格的统计测试表示满意，维克拉姆和蒂埃特就已同时大喊起来。维克拉姆轻声重复道："出错了。"蒂埃特点点头，对软件说："把单波的相结构给我们看看。"视窗上显示的图形变成了一段直线形阶梯。直接测量单波正在变化的相位是不可能的，但从干涉图形所隐含的发展来看，可以假设两个版本的光束正在经历毫无差别的变化。

蒂埃特说："这跟库马尔模型可不一致。这虽然是量子化的相位，但阶跃却不相等——甚至都不是随机的，就像桑提尼模型那样。它们在波中周而复始地排列着，变窄一点儿，又宽一点儿，再窄一点儿……"

众人一阵沉默。吉塞拉盯着这个图形，拼命集中注意力，既为意料之外的发现感到得意，又害怕他们可能无法理解它。为什么相移的单位并不相等呢？这种循环排列的图形违背了对称性，允许选择具有最小量子阶跃的相位作为某种固定参考点——量子力学始终宣称，这种想法是毫无意义的，就像要在空无的空间里找出一个方向那样。

但空间的旋转对称性并不完美：在足够小的网络中，通常各个方向看起来都相同的确定性不再成立。难道这就是答案吗？莫非两道光束到达探测器的角度本身被量子化了？而这种效应叠加在了相位上？

不，尺度完全不对。进行这次实验的区域仍然太大了。

维克拉姆欣喜地大叫一声，来了个后空翻："在各个网络之间有世界线穿插！正是这一点创造了相位！"然后他一言不发，开始用激烈的动作在空中画起了图，启动了软件，运行起了模拟程序。不出几分钟，他基本上就被各种显示图与小工具遮挡住了。

其中一个窗口显示出了模拟的干涉图形，与数据吻合得丝丝入扣。吉塞拉感到一阵嫉妒的刺痛：她离这个答案已经近在咫尺了，本来第一个发现的人应该是她。然后她开始深入查看结果，妒火也随之烟消云散了。这是正确的，它既简练，又优美。是谁发现的并不重要。

科迪莉亚还没跟上节奏，神情有些茫然。维克拉姆弯下腰，从他方才弄出的那些乱糟糟的图形里钻出来，任凭其他人去设法加以理解。他拉住了科迪莉亚的手，两人共舞着华尔兹，一起从视景中穿过。"量子力学里一直有个核心谜团：为什么你不能简单地数出事物有多少种可能的发生方式？为什么非得给每个备选方案分配一个相位，好让它们既可以相互抵消，又可以相互巩固？我们从实践中了解了这样的规则，我们也知道结果，却不知道相位是什么，也不知道它们从哪里来。"他停下舞步，变出了一大堆费曼图，同样的过程有5个备选方案，他把它们一个摞一个地堆叠起来，"相位形成的方式跟其余每种关系一样：就是要跟更大的网络建立共同联系。"他添加了几百个虚粒子，在曾经互不相关的示意图之间形成纵横交错的连接，"就像自旋。如果网络在空间中创造出能让两个粒子平行自旋的方向，那它们结合在一起的时候，就会简单地相加。如果它们是反向平行的，方向相反，就会相互抵消。相位也是一样，但它所起的作用就像二维空间里的一个角度，跟所有的量子数共同起作用：自旋、电荷、色荷，所有的一切——如果两个分量完全反相，它们就会彻底消失。"

吉塞拉眼看着科迪莉亚将手伸入了分层图，沿着两个分量的路径摸索着，开始有所理解。他们并没有像原本希望的那样，发现关于单个量子数的更深层结构，但他们认识到了一点：宇宙中由这些不可分割的世界线组成的一切，都可以用单个巨大的世界线网络来解释。

对她而言，这是否就足够了？当初在雅典娜，科迪莉亚的本体在奋力追求健全心智的时候，想到参与洞潜的克隆体有希望见证这样的突破，或许从这样的希望中得到过慰藉——但随着死亡的临近，对目击者而言，是否一切都会化作灰烬？吉塞拉自己也感到了一阵怀疑带来的痛楚，虽然这个问题她已经与泰门和其他人讨论了若干世纪。难道这一刻，仅仅因为没有机会将这种体验带回更广阔的世界，她所感受到的一切就都失去了意义？她无法否认，如果知道能与其余的自我重新建立联系，将她认识到的东西告知所有相隔遥远的家人和朋友，将千年间可能产生的影响贯彻到底，那样就更好了。

但整个宇宙都面临着同样的命运。时间量子化了；无论对谁而言，在大收缩之前进行无限计算都是不可能实现的前景。倘若凡有终结的一切都是虚无，那么，洞潜不过是让他们免于长时间陷入永生的虚幻愿望而已；倘若每一刻都是独立存在的，本身是完满的，那就什么也无法剥夺他们的幸福。

当然了，真相介于这二者之间。

泰门向她走来，咧开嘴，露出了喜悦的笑容："你一个人在这儿想什么呢？"

她握住了他的手："小网络。"

科迪莉亚对维克拉姆说："既然你已经确切地知道了相位是什么，也知道了它是如何决定概率的……那么，我们有没有什么办法，能利用实验光束来操纵我们前方几何结构的概率？把光锥往回扭转，转到恰好够我们绕过普朗克区域的程度？绕着奇点螺旋上升个几十亿年，直到大收缩到来，或者直到这个黑洞由于霍金辐射而蒸发一空？"

一时间，维克拉姆有些瞠目结舌，然后他开始启动软件。萨奇奥和蒂埃特过来给他帮忙，搜寻着计算的捷径。吉塞拉在一边头晕目眩地旁观，几乎不敢抱有奢望。查看每一种可能性花费的时间或许会比刚才要长，可是接下来，蒂埃特找到了一种方法，可以在单次计算中测试网络的所有类别，让这个过程加快了1000倍。

维克拉姆哀伤地宣布了结果："不，这不可能。"

科迪莉亚微微一笑："没关系。我只是好奇而已。"

读客®
科幻文库
跟着读客读科幻，经典科幻全看遍

太空歌剧、赛博朋克、奇幻史诗……

中国、美国、英国、俄罗斯、波兰、加拿大、日本、牙买加……

读客汇聚雨果奖、星云奖、轨迹奖获奖作品

精挑细选顶尖的科幻奇幻经典

陪伴读者一起探索人类文明的过去、现在和未来

亿亿万万年，直至宇宙尽头

读客科幻文库
读客®